Carl Hiaasen
Einäugige Echse

Carl Hiaasen

EINÄUGIGE ECHSE

Roman

Aus dem amerikanischen Englisch
von Michael Koseler

GULLIVER
von BELTZ & Gelberg

Für Doug Peacock,
der das Feuer am Brennen hält

MIX
Papier aus verantwortungsvollen Quellen
FSC® C089473

Dieses Buch ist erhältlich als:
ISBN 978-3-407-74799-0 Print
ISBN 978-3-407-74512-5 E-Book (EPUB)

in der Verlagsgruppe Beltz · Weinheim Basel
Werderstraße 10, 69469 Weinheim

Die Originalausgabe erschien 2014 unter dem Titel
Skink – No Surrender bei Alfred A. Knopf (USA)
Lektorat: Isabelle Ickrath
Neue Rechtschreibung
Einbandillustration: © Max Meinzold
Gesamtherstellung: Beltz Bad Langensalza GmbH, Bad Langensalza
Printed in Germany
1 2 3 4 5 21 20 19 18 17

Weitere Informationen zu unseren Autoren und Titeln
finden Sie unter: www.beltz.de

1. KAPITEL

Ich ging zum Strand hinunter und wartete auf Malley, die jedoch nicht kam.

Es war Vollmond und vom Meer wehte eine warme Brise. Zwei Stunden saß ich im Sand, ohne dass Malley aufkreuzte. Zuerst fand ich das ärgerlich, doch nach einer Weile fing ich an, mir Sorgen zu machen. Meine Cousine ist nämlich trotz all ihrer Macken ein sehr pünktlicher Mensch.

Immer wieder rief ich sie auf dem Handy an, wurde aber jedes Mal nur mit ihrer Mailbox verbunden, auf der Malley mit britischem Akzent kichernd mitteilte: »Bin gerade auf dem Klo. Ich ruf dich später zurück!« Ich hinterließ ihr keine Nachricht und schickte ihr auch keine SMS.

Für den Fall, dass jemand anders ihr Handy hatte.

Zum Beispiel ihr Dad, mein Onkel. Er nimmt Malley ungefähr zweimal in der Woche das Handy weg, um sie dafür zu bestrafen, dass sie sich wieder mal danebenbenommen hat. Doch selbst wenn zu Hause dicke Luft ist, findet sie immer eine Möglichkeit, sich davonzuschleichen und zum Strand zu kommen.

Ein paar Schildkröten-Leute suchten das Ufer ab und fuchtelten mit ihren Taschenlampen herum. Ich ging in Richtung Norden, wie wir es normalerweise taten. Wir hatten noch nie gesehen, wie eine Schildkröte Eier legte, hatten aber schon mehrere Nester gefunden. Das Erste, was man bemerkt, sind die Spuren der flossenähnlichen Beine, die vom Wasser aus durch den Sand führen. Unechte Karettschildkröten, Suppenschildkröten und Echte Karettschildkröten hinterlassen so tiefe Furchen wie ein kleiner Dünenbuggy, wenn sie ihre schweren Panzer über Land schleppen.

Nachdem die Mutterschildkröte ihre Eier gelegt hat, häuft sie Sand darüber. Wenn Malley und ich auf einen dieser Hügel stießen, riefen wir jedes Mal die Leute von der Naturschutzbehörde an, die dann jemanden losschickten, um das Nest zu markieren.

Zuerst werden Holzstangen so in den Boden gerammt, dass sie ein Viereck um den kleinen Hügel bilden; danach wird ein pinkfarbenes Band von Stange zu Stange gespannt. Wenn man ein Schildkrötennest zerstört, kann man ins Gefängnis kommen. Deshalb stellen die Leute vom Naturschutz ein Warnschild auf. Trotzdem werden immer wieder irgendwelche Idioten beim Stehlen von Schildkröteneiern erwischt, die an bestimmten Orten als exotische Delikatesse verkauft werden.

Traurig, aber wahr.

Mein Handy piepte. Es war jedoch keine SMS von Malley, sondern von meiner Mom, die fragte, wo zum Teufel ich steckte. Ich schrieb ihr, dass ich nach wie vor am Strand und noch nicht von Kriminellen entführt worden sei. Anschließend versuchte ich noch einmal, Malley anzurufen, die aber auch diesmal nicht reagierte.

Deshalb ging ich allein weiter, bis ich zu einem markierten Nest kam, das meiner Erinnerung nach bei unserer letzten Tour noch nicht da gewesen war. Der aufgehäufte Sand war frisch und locker. Ich setzte mich außerhalb des Absperrbandes auf die Erde, ohne meinen Baseballschläger loszulassen, den ich auf Anweisung meiner Mom zum Schutz immer bei mir haben muss, wenn ich nach Einbruch der Dunkelheit zum Strand gehe. Es ist ein Aluminiumschläger von Easton, der noch aus der Zeit stammt, als ich in der Little League spielte. Ich finde es ziemlich bescheuert, dass ich ihn ständig mitschleppen muss, aber ohne den Schläger würde Mom mich nicht aus dem Haus lassen. Da draußen gibt es zu viele Irre, sagt sie immer.

Das schräg aufs Wasser fallende Mondlicht ließ die Wellen wie goldenen und rosa schimmernden Schaum aussehen. Ich legte mich auf den Rücken, verschränkte die Arme hinterm Kopf und schloss die Augen. Der Wind ließ allmählich nach, und von Westen, das heißt vom Festland her, hörte ich das Pfeifen eines Zuges.

Das war aber nicht alles, was ich hörte. Ich hörte auch Atemgeräusche. Atemgeräusche, die nicht von mir stammten.

Zuerst dachte ich: *Eine Schildkröte.* Die Atemgeräusche klangen so feucht und flach, als würde Luft durch eine kaputte Pfcifc gepresst.

Ich setzte mich auf und sah mich um, konnte jedoch keinerlei Spuren im Sand entdecken. Vielleicht war es ein alter Rotluchs, der mich von den Dünen aus beobachtete. Oder ein Waschbär. Waschbären graben gern die Nester von Schildkröten aus, um die Eier zu fressen. Ich klatschte mir mit dem Baseballschläger gegen die linke Handfläche, was ziemlich schmerzhaft war. Das Geräusch war laut genug, um die meisten Tiere zu verjagen, schaffte es aber nicht, das, was da in meiner Nähe atmete, aufzuscheuchen.

Ich hielt es für besser, mich davonzumachen, doch nachdem ich etwa vierzig Meter zurückgelegt hatte, drehte ich um und ging wieder zum Nest zurück. Was immer ich gehört hatte, konnte nicht sehr groß sein, weil ich es sonst entdeckt hätte. Auf einem leeren, vom Vollmond beschienenen Strand konnte man sich nirgendwo verstecken.

Als ich das Schildkrötennest erreicht hatte, legte ich meinen Baseballschläger auf die Erde und hielt die Hände hinter die Ohren, um das Geräusch der Wellen auszublenden. Das mysteriöse Atmen schien aus dem Nest zu kommen.

Ob das vielleicht ein Krebs ist?, überlegte ich. *Ein Krebs mit Asthma?*

Frisch gelegte Schildkröteneier geben keinen Mucks von sich. Das wusste ich ganz genau.

Vorsichtig stieg ich über das Absperrband und hockte mich hin. Das rasselnde Geräusch hielt an, langsam und gleichmäßig. Als ich mich weiter nach unten beugte, sah ich einen gestreiften Trinkstrohhalm aus dem Sand ragen, aus dem jedes Mal, wenn das unterirdische Wesen ausatmete, ein warmer Lufthauch ausgestoßen wurde.

Der Strohhalm ragte nur wenige Zentimeter hervor, doch

das reichte mir, um ihn mit den Fingern zu packen. Als ich ihn aus dem Sand zog, hörten die Atemgeräusche abrupt auf.

Reglos stand ich da und wartete auf irgendeine Reaktion. Ich wollte nicht, dass das Wesen da unten erstickte. Ich wollte es nur dazu bringen, herauszukriechen, damit ich sehen konnte, was zum Teufel es eigentlich war. Außerdem hatte ich vor, mit meinem Handy ein Foto zu machen und es an Malley zu schicken.

Denn das musste ja wohl der raffinierteste Krebs der Welt sein, oder?

Doch während ich noch auf die Stelle starrte, an der sich der Strohhalm befunden hatte, explodierte das Schildkrötennest, und ein Mann schoss, Sand um sich spritzend, aus dem Boden. Ich glaube, mir blieb ungefähr zehn Sekunden lang das Herz stehen.

Hustend, fluchend und spuckend stand er vor mir. Er hatte die Statur eines Grizzlybären und einen langen, verfilzten Bart. Auf seinem Quadratschädel trug er (ich schwöre es!) eine geblümte Duschhaube. Und was noch seltsamer war: Seine Augen blickten in völlig unterschiedliche Richtungen.

Ich sprang über das Absperrband zurück und schnappte mir meinen Baseballschläger.

»Nun mal sachte, mein Junge«, sagte er.

Nachdem ich mich wieder beruhigt hatte, fragte ich: »Was machen Sie denn hier?«

»Ich bin am Ersticken. Dank dir.«

Ich wollte mich entschuldigen, brachte aber kein Wort heraus, weil ich total von den Socken war.

»Verrat mir mal deinen Namen«, forderte der Mann.

»R…R…Richard.«

»Nennt man dich Rick?«

»Nein.«

»Ricky? Oder Richie?«

»Nur Richard.«

»Erstaunlich. Ich glaube, deine Eltern gefallen mir.«

»Mensch, Sie können doch nicht in einem Schildkrötennest schlafen!«

»Was hast du mit meinem Strohhalm gemacht?« Er klopfte sich den Sand von der Kleidung. Der Mann war wie gesagt sehr groß. Eins neunzig oder vielleicht sogar zwei Meter. Er trug eine schäbige, alte Armeejacke und eine Camouflagehose und hatte einen verdreckten Seesack in der Hand.

»Dafür kommen Sie ins Gefängnis«, sagte ich.

»Ach ja?« Er drehte sich einmal um sich selbst und trampelte auf dem Sand herum. Ich hielt mir die Augen zu.

»Weißt du, Richard«, sagte er, als er fertig war, »das ist gar kein richtiges Schildkrötennest.«

Er riss die Stangen eine nach der anderen aus dem Boden und band sie mit dem pinkfarbenen Absperrband zusammen. Dann stopfte er das ganze Bündel in seinen Seesack und erklärte: »Ich habe auf jemanden gewartet.«

»Während Sie im Sand vergraben waren?«

»Es sollte eine Überraschung sein. Der Typ heißt Dodge Olney. Gräbt Schildkröteneier aus und verkauft sie für zwei Dollar pro Stück auf dem Schwarzmarkt. Eines Nachts wird er *mich* ausgraben.«

»Und dann?«, fragte ich.

»Dann werd ich ein bisschen mit ihm plaudern.«

»Warum rufen Sie nicht einfach die Polizei?«

»Olney ist schon drei Mal verhaftet worden, weil er Nester von Unechten Karettschildkröten ausgeraubt hat«, erklärte der Mann. »Der Aufenthalt im Gefängnis hat leider nichts zu seiner Besserung beigetragen. Ich werde die Sache anders angehen.«

Das sagte er völlig ruhig und ohne Zorn in der Stimme, aber so entschlossen, dass ich froh war, nicht Mr Olney zu sein.

»Sag mal, Richard, was machst du eigentlich hier draußen?«

Ich habe keine große Erfahrung mit Obdachlosen, deshalb war mir ziemlich mulmig zumute. Aber da er ein alter Mann war – vermutlich im selben Alter wie mein Opa –, kam ich zu dem Schluss, dass er mich nicht einholen würde, wenn ich davonrannte.

Als ich die Küste entlangblickte, stellte ich fest, dass ich allein war. Die Schildkröten-Leute, die mit ihren Taschenlampen herumfuchtelten, waren über hundert Meter weit weg. Auf der anderen Seite der Dünen befand sich eine Reihe von Häusern. Notfalls konnte ich also dort hinlaufen, an irgendeine Tür klopfen und um Hilfe rufen.

»Ich muss los«, sagte ich zu dem Fremden.

»Gute Idee.«

»Wenn Sie hier irgendwo ein Mädchen in meinem Alter sehen … das ist meine Cousine.« Ich wollte, dass er das wusste, falls er auf irgendwelche verrückten Ideen kommen sollte. Er merkte sicher, dass ich mir im Mondlicht sein Gesicht genau ansah und mir vor allem seine merkwürdigen Augen, die nicht zueinanderpassten, einprägte.

»Soll ich ihr sagen, dass sie dich anrufen soll?«, fragte er.

»Sprechen Sie sie lieber nicht an. Das würde sie erschrecken.«

»Verständlicherweise.«

»Vielleicht sollten Sie sich eine andere Stelle suchen, wo Sie sich aufs Ohr hauen können«, schlug ich vor.

Er grinste – dabei wurden die weißesten, strahlendsten, geradesten Zähne sichtbar, die ich je gesehen hatte. Nicht unbedingt das, was man bei einem schmuddeligen alten Typ, der aus einem Loch im Boden aufgetaucht war, erwarten würde.

»Mein Junge, ich bin bei dieser Jagd den ganzen Weg von Lauderdale gelaufen und habe jede Nacht am Strand geschlafen. Das waren über zweihundert Kilometer, und du bist der Erste, der daraus ein Problem macht.«

»Mach ich ja gar nicht«, erwiderte ich. »Das war nur ein Vorschlag.«

»Tja, und ich hab auch einen für dich: Geh nach Hause.«

»Wie heißen Sie?«, fragte ich.

»Damit du meinen Namen an die Cops weitergeben kannst? Nein, danke.«

Ich versprach ihm, nicht die Polizei zu rufen, was auch stimmte. Der Mann brach schließlich kein Gesetz, wenn er mit einem Strohhalm zum Atmen unter der Erde schlief. Eigentlich belästigte er niemanden und dann war ich aufgetaucht und hatte ihn gestört.

»Mein Name ist Clint Tyree«, teilte er mir mit, »obwohl ich ihn schon seit Jahren nicht mehr benutze. Und jetzt gute Nacht.«

Er ging am Ufer entlang davon. Ich setzte mich neben die Überreste des unechten Schildkrötennests, holte mein Handy heraus und googelte seinen Namen, um mich zu vergewissern, dass er nicht auf einer Homepage stand, wo Kinderschänder aufgelistet waren. Das war nicht der Fall.

Trotzdem wurde ich fündig.

Ich rannte ihm hinterher. Als ich ihn eingeholt hatte, teilte ich ihm mit, dass er laut Wikipedia tot sei.

»Wikiwas?«, fragte er.

»Das ist eine freie Enzyklopädie im Internet.«

»Davon hab ich so viel Ahnung wie ein Marsbewohner.« Er ging weiter, wobei die Wellen über seine Schuhe rollten.

»Mensch, ich würde wirklich zu gern Ihre Geschichte hören«, sagte ich.

»Erzähl mir erst mal von deiner Cousine. Du machst dir Sorgen um sie, stimmt's?«

»Nicht wirklich.«

»Blödsinn.«

»Okay«, gab ich zu. »Ein bisschen schon. Wir wollten uns heute Abend hier treffen, aber sie ist nicht erschienen, was komisch ist.«

»Hast du versucht, sie anzurufen?«

»Na klar. Mehrmals.«

Der Mann nickte. »Halt mal mein Auge«, sagte er und holte sein linkes Auge heraus.

Als Malley mir endlich eine SMS schickte, lag ich schon im Bett. »Hab wieder Hausarrest«, schrieb sie. »Konnte mich nicht davonschleichen. Sorry.«

Eine absolut glaubwürdige Erklärung, die allerdings einen Haken hatte. Nachdem ich den Strand verlassen hatte, war ich zu ihrem Haus gelaufen und hatte gesehen, dass in ihrem Zimmer alles dunkel war. Dabei war Malley eine Nachteule und blieb immer bis weit nach Mitternacht auf. Es war aber erst halb elf, als ich hinter der Eiche vor ihrem Haus gekauert und ihr Fenster beobachtet hatte. Im Zimmer hatte kein Licht gebrannt, was bedeutete, dass Malley nicht zu Hause war.

Was wiederum bedeutete, dass sie keinen Hausarrest hatte.

Vom Bett aus simste ich zurück: »Alles okay?«

»Ja. Ruf dich morgen an.«

Natürlich konnte ich danach nicht einschlafen. Deshalb ging ich ins Wohnzimmer, wo Trent sich im Pay-TV ein Cagefighting-Match ansah. Ungelogen.

»Deine Mom schnarcht wie ein Büffel«, sagte er.

»Die schnarchen auch? Ich dachte immer, die schnauben nur.«

»Hey, Kumpel, bevor du dich hinsetzt … hol mir doch mal eine Flasche Mountain Dew aus dem Kühlschrank.«

Trent trinkt mehr Mountain Dew als jeder andere Mensch auf diesem Planeten. Das ist kaum mit anzusehen, weil er das Zeug so schnell in sich hineinschüttet, dass es ihm wie grüner Sabber vom Kinn tropft. Wir reden hier von mehreren *Litern* dieses extrem zuckerhaltigen und koffeinhaltigen Gesöffs am Tag.

Trotzdem holte ich ihm eine Flasche. Trent ist mein Stiefvater und wir kommen gut miteinander klar. Er behandelt mich wie seinen kleinen Bruder und ich behandle ihn genauso. Er ist harmlos, gutmütig und dumm wie Brot.

»Ist das Eis?«, fragte er mich.

Nein, Trent, das ist ein Käsebällchen mit Schokosoße.

»Willst du auch eins?«, erwiderte ich.

»Vielleicht später, Kumpel. Sind diese zwei Kerle nicht unglaublich?« Trent war süchtig nach Cagefighting. »Mann, siehst du das? Das ist echtes Blut!«, sagte er.

»Wow.« Mehr brachte ich nicht zustande. Ehrlich gesagt würde ich mir eher eine Doku über unseren ehemaligen Präsidenten Calvin Coolidge reinziehen, als mir anzusehen, wie sich zwei Blödmänner mit kurz geschorenen Haaren in einem überdimensionalen Hundezwinger gegenseitig zu Brei schlagen.

Mom hat Trent im letzten Dezember geheiratet, fast drei Jahre nach dem Tod meines Vaters. Dad war ein toller Typ und ich vermisse ihn sehr. Er war wesentlich klüger als Trent, ist aber auf echt blöde Weise umgekommen. Er wäre der Erste, der das zugeben würde.

Das Ganze ist folgendermaßen passiert: Nachdem er zwei Bier getrunken hatte, sprang er auf sein Skateboard und prallte mit voller Geschwindigkeit gegen das Heck eines geparkten Lieferwagens von UPS. Obwohl es ein großes Fahrzeug war, bemerkte mein Vater es nicht rechtzeitig, was daran lag, dass er damit beschäftigt war, einen Schokoriegel auszuwickeln, während er die Florida State Route A1A entlangsauste.

Natürlich trug er keinen Helm. Ich meine, wir reden hier von einem fünfundvierzigjährigen Mann, der am Georgia Institute of Technology seinen Master in Ingenieurwissenschaften gemacht hatte. Unglaublich.

Bei der Beerdigung stand einer seiner Skaterkumpel auf und sagte: »Wenigstens ist Randy gestorben, als er etwas gemacht hat, das er wirklich liebte.«

Was?, dachte ich. *Hat er es etwa geliebt, dass ihm das Blut aus den Ohren floss?*

In der Zeit danach war Mom völlig fertig, was sich erst gab, als sie Trent kennenlernte, dessen einziges Hobby Golf ist. Er arbeitet hier in Loggerhead Beach als Immobilienmakler, doch da die Geschäfte nur mau laufen, hat er viel Freizeit, was ihm nicht gut bekommt. Seine zweitliebste Fernsehsendung ist eine Realityshow mit dem Titel *Die Bigfoot-Tagebücher.*

Um Trent ein bisschen aufzuziehen, teilte ich ihm mit, dass ich am Strand einen Skunk Ape gesehen hätte.

»Erzähl keinen Scheiß«, erwiderte er.

»Na ja, zumindest hat er wie ein Skunk Ape *gestunken.*«

»Wart's nur ab, Kumpel. Eines Tages wird man eines dieser haarigen Monster fangen. Ich freu mich heut schon darauf, dann deinen Gesichtsausdruck zu sehen.«

Trent glaubt ernsthaft an Bigfoots, Sasquatches und Skunk Apes, wie man sie bei uns in Florida nennt.

»Der, den ich kennengelernt habe, hatte ein Glasauge«, fuhr ich fort. »Ich hab ihm den Sand davon abgewischt.«

»Wirklich sehr komisch, Richard.« Er setzte die Flasche Mountain Dew an die Lippen und trank sie gluckernd aus.

»Wie ich gehört habe, will man demnächst mit Drohnen Jagd auf sie machen. Wie bei den Taliban. Ist das nicht cool?«

»Supercool«, gab ich zurück und ging wieder ins Bett.

Bis ich einschlief, hörte ich mir Willie Nelson an, einen von Dads Lieblingssängern. Als ich am nächsten Morgen aufwachte, hatte mir ein Mädchen namens Beth, Malleys beste Freundin im Leichtathletikteam, eine SMS geschickt.

»Sie ist abgehauen!«, teilte Beth mir mit.

»Abgehauen? Wohin?«, simste ich zurück

»Das hat sie nicht gesagt! Was sollen wir denn jetzt machen?«

2. KAPITEL

Mein Onkel schien überrascht zu sein, mich zu sehen. Er hatte noch seine Arbeitskleidung an. Sein Name ist Dan. Er ist bei Florida Power & Light angestellt und fährt einen Lkw mit Arbeitsbühne.

»Ist Malley da?«, fragte ich.

»Nein, Richard. Sie ist gestern abgereist.«

»Wohin?«

»Zur Schule. Hat sie dir das nicht erzählt?«

»Ich dachte, der Unterricht fängt erst in ein paar Wochen an.«

»Komm doch rein«, sagte Onkel Dan. »Ich bin gerade von der Arbeit nach Hause gekommen.« In der Hurrikansaison übernimmt er gern die Nachtschicht, weil das besser bezahlt wird. »Möchtest du was zum Frühstück? Sandy schläft noch.«

Er schüttete mir Cornflakes in eine Schüssel und schnitt eine Banane hinein, die so alt und matschig war, dass selbst ein ausgehungerter Schimpanse sie verschmäht hätte.

»Also, Malley ist schon hingeflogen, um an einem Einführungskurs teilzunehmen«, erklärte er.

Ich nickte, während ich meine Cornflakes kaute, ohne die vergammelten braunen Scheiben anzurühren.

»Sie hat das Ganze völlig vergessen«, fuhr Onkel Dan fort, »bis dann vor zwei Tagen die Vertrauenslehrerin des Wohnheims anrief. Aber so ist Malley nun mal.«

»Typisch«, sagte ich.

Onkel Dan und Tante Sandy hatten beschlossen, Malley auf ein Mädcheninternat namens Twigg Academy zu schicken, hauptsächlich deswegen, weil sie sich nicht mehr tagtäglich mit ihr auseinandersetzen wollten. Malley ist ohne Frage eine echte Landplage.

Malley hatte mir erzählt, dass das Schulgeld an der Twigg Academy neununddreißig Mille pro Jahr betrug, wobei das Essen extra zu bezahlen war. Rechnete man noch die Kosten für Winterklamotten sowie für Flugtickets nach und von New Hampshire hinzu, dann konnte man sich nur fragen, wie ihre Eltern das Ganze finanzieren wollten. Malley vermutete, dass sie eine zweite Hypothek auf ihr Haus aufgenommen hatten, was hieß, dass sie ziemlich verzweifelt sein mussten.

»Komisch, dass sie dir nicht gesagt hat, dass sie abreist«, meinte Onkel Dan, »damit ihr euch noch voneinander verabschieden könnt.«

»Ist doch nicht so schlimm«, erwiderte ich, was absolut gelogen war.

Malley und ich wurden im Abstand von nur neun Tagen geboren. Abgesehen von den Ferien haben wir beide unser ganzes Leben in Loggerhead verbracht. Ich konnte mir sie einfach nicht an einem Ort vorstellen, wo es so kalt wurde, dass die Motoren der Autos einfroren. Genau genommen konnte ich sie mir auch nicht in einem Internat vorstellen. Malley in Schuluniform? Völlig ausgeschlossen.

»Hat sie denn viel mit dir darüber gesprochen, dass sie ins Internat geht?«, fragte Onkel Dan. »Weil wir den Eindruck hatten, dass sie sich irgendwie darauf freute. Ich glaube, wir alle brauchen eine Auszeit.«

»Sie schien es ganz okay zu finden«, erwiderte ich, was stimmte.

Als sie mir die Neuigkeit mitgeteilt hatte, war Malley erstaunlich ruhig und gelassen gewesen. Ich an ihrer Stelle wäre unglaublich sauer gewesen, wenn man mich auf irgendeine stinkvornehme Privatschule abgeschoben hätte.

New Hampshire? Im Ernst?

Trotzdem war ich nicht bereit, die Sache mit dem angeblichen Einführungskurs zu schlucken.

»Sie hat sich ein Buch von mir ausgeliehen«, sagte ich zu Onkel Dan. »Hast du was dagegen, wenn ich es mir hole?«

»Natürlich nicht, Richard.« Er versuchte gerade, mit dem digitalen Waffeleisen, das meine Mutter ihm zum Geburtstag geschenkt hatte, Waffeln zu backen. Die Programmierung des Dings war so kompliziert, dass er vollauf beschäftigt sein würde, während ich in Malleys Zimmer herumschnüffelte.

Ihr One-Direction-Poster hing immer noch an der Wand, ebenso die Poster von Bruno Mars und Jimi Hendrix Experience. Malley stand auf alle möglichen Arten von Musik. Der Wandschrank war nicht so leer, wie ich erwartet hatte, und mir fiel sofort auf, dass sie ihre Wintersachen nicht mitgenommen hatte. Im Schrank hingen ein dicker Parka, dessen Kapuze mit künstlichem Kaninchenfell besetzt war, sowie eine rote Fleecejacke, an der noch das Preisschild von L. L. Bean baumelte.

Na gut, es war ja erst August. Vielleicht hatte sie vor, kurz wieder nach Hause zu kommen und ihre Wintersachen zu holen, bevor es im Norden richtig kalt wurde. Oder vielleicht wollte Sandy alles zusammenpacken und ihr schicken.

Oder vielleicht war Malley gar nicht nach New Hampshire geflogen.

Ihr Laptop war weg, ihr Schreibtisch ausgeräumt. In einer Schublade lag allerdings ein weißer Umschlag, auf dem die Buchstaben T. C. und eine Adresse in Orlando standen.

T. C. war ein Typ namens Talbo Chock, der älter als Malley war. Er wohnte in der Nähe von Disney World und war angeblich ein ganz heißer DJ in einem Club. Malley war ihm noch nie persönlich begegnet, sondern hatte sich online mit ihm angefreundet, was superdämlich war. Das hatte ich ihr schon x-mal gesagt.

Obwohl der Umschlag nicht an mich adressiert war, machte ich ihn auf.

Er enthielt einen Brief in Malleys Handschrift: »Talbo, bitte vergiss mich nicht, wenn ich an dieser ätzenden Schule bin. Sieh zu, dass du einen Gig in Manchester an Land ziehst, damit wir endlich zusammenkommen können!«

Dem Brief lag ein Foto im Postkartenformat bei. Es war ihr Klassenfoto vom letzten Jahr, als sie noch ihre Zahnspange getragen hatte – eine Aufnahme, die sie nicht mochte und die sie nie an einen Typ geschickt hätte, den sie beeindrucken wollte.

Malley hatte immer ein paar süße Selfies auf ihrem iPhone. Davon hätte sie problemlos eines an Talbo Chock senden können. Den Text hätte sie ihm ebenfalls simsen können.

Aber das Ganze war gar nicht für T. C. bestimmt, und Malley hatte auch nicht vergessen, den Brief abzuschicken. Sie hatte ihn absichtlich in ihrem Schreibtisch zurückgelassen, damit ihre Eltern ihn fanden. Ich legte ihn in die Schublade zurück.

Sobald ich wieder zu Hause war, googelte ich die Adresse in Orlando, bei der es sich um ein Motel in der Nähe von Sea World handelte. Ich rief das Motel an und erfuhr – was mir einen ziemlichen Schock versetzte –, dass dort niemand namens Talbo Chock abgestiegen war.

Als Nächstes suchte ich die Nummer der Twigg Academy heraus und rief das Sekretariat an.

»Wann beginnt denn der Einführungskurs für neue Schüler?«, fragte ich die Dame am anderen Ende der Leitung.

»So etwas gibt es bei uns nicht«, teilte sie mir mit.

Danach rief ich sofort Beth an, um ihr alles zu erzählen. Sie war nicht besonders überrascht. Das Gespräch, das sie an diesem Morgen mit Malley geführt hatte, hatte kaum zwei Minuten gedauert.

»Sie hat mir eingeschärft, niemandem etwas zu verraten«, sagte Beth, »aber sie hat mir so wenig erzählt, dass es gar nichts zu verraten gibt.«

»Was ist mit Talbo Chock?«

»Sie hat nur gesagt: *Mach dir keine Sorgen, das ist ein Mann von Welt.*«

»Das war Jack the Ripper auch.«
»Ich hab Angst«, gab Beth zu.
»Ich werd versuchen, was rauszufinden.«

Der Fremde, der sich am Strand eingebuddelt hatte, war kein normaler Obdachloser, falls es so was überhaupt gibt. Vor langer, langer Zeit war er unglaublicherweise Gouverneur von Florida gewesen.

Laut Wikipedia war Clinton Tyree am College ein Footballstar gewesen, bevor er nach Vietnam gegangen war und jede Menge Tapferkeitsmedaillen eingeheimst hatte. Nach dem Krieg überredeten ihn ein paar Freunde, für das Amt des Gouverneurs zu kandidieren, obwohl er nichts von Politik hielt. Im Wahlkampf gab er das Versprechen ab, mit der Korruption in Tallahassee, der Hauptstadt unseres Bundesstaats, aufzuräumen, was er dann offenbar mit allen Kräften versuchte, bis er schließlich total frustriert und deprimiert war und – wie manche behaupteten – sogar den Verstand verlor.

Jedenfalls verschwand Clint Tyree, nachdem er die Hälfte seiner Amtszeit hinter sich gebracht hatte, von heute auf morgen aus dem Gouverneursgebäude. Niemand hatte den Mann entführt; er war einfach abgehauen. Seine politischen Feinde sagten, dies beweise, dass er verrückt sei, während seine Anhänger meinten, dass sein Untertauchen vielleicht eher das Gegenteil beweise.

Alle möglichen wilden Gerüchte kamen in Umlauf und einige davon stellten sich sogar als wahr heraus. Dem Eintrag bei Wikipedia zufolge wurde der Ex-Gouverneur zu einem umherziehenden Einsiedler in der Wildnis und im Laufe der Jahre war er bei mehreren »ökoterroristischen Taten« der Hauptverdächtige gewesen. Interessanterweise war er nie verhaftet oder eines ernsthaften Verbrechens bezichtigt worden, und ich hatte den Eindruck, dass seine Opfer ohnehin der letzte Abschaum waren.

Der Artikel im Internet enthielt auch Interviews mit einigen Zeugen, die Clinton Tyree angeblich zufällig begegnet waren. Die Leute sagten, er habe ein Auge verloren und nenne sich jetzt – nach einer Eidechsenart – »Skink«. Ob er verrückt war oder nicht – darüber gingen die Meinungen auseinander. Im neuesten Eintrag wurde der engste Freund des Gouverneurs, ein pensionierter Highway-Polizist namens Jim Tile, zitiert, der sagte: »Clint ist letztes Jahr im Big Cypress Swamp umgekommen, nachdem ihm eine Korallenotter in die Nase gebissen hatte. Ich habe ihn selbst begraben. Lassen Sie ihn jetzt bitte in Frieden ruhen.«

Bloß dass der Mann noch am Leben war.

Ich entdeckte ihn am Strand, ungefähr einen Kilometer von der Stelle entfernt, wo er in der Nacht zuvor gewesen war. Er hatte ein neues künstliches Schildkrötennest gebaut, sich allerdings noch nicht eingegraben. Im Moment kniete er neben dem pinkfarbenen Absperrband und zog einem Kaninchen das Fell ab.

»Ist überfahren worden«, erklärte er, als er meinen erstaunten Blick bemerkte.

»An der Ecke der Graham Street ist ein Imbissladen. Da könnte ich Ihnen ein Sandwich holen.«

»Ist nicht nötig, Richard.« Die Duschhaube saß wie ein Barett auf seinem Kopf. Jetzt bei Tageslicht konnte ich sehen, dass sie himmelblau war.

»Heute sind Sie nicht sehr weit gelaufen«, stellte ich fest.

»Stimmt.«

»Wieso nicht?«

»Vielleicht, weil ich zu alt und klapprig bin.«

Alt *war* er zwar, aber er sah sehr robust und zäh wie Leder aus, wie Trent immer über die Cagefighter im Fernsehen sagte.

»Ich habe Ihr Bild im Internet gefunden«, sagte ich, »eins von vor vierzig Jahren.«

»Zweifellos habe ich mich schlecht gehalten.«

»Selbst ohne den Bart habe ich sofort erkannt, dass Sie es sind.«

Der Bart war echt bizarr. Bei Mondlicht hatte er so imposant gewirkt wie der von Dumbledore. Jetzt sah ich jedoch, wie ungepflegt und schütter er war. An den Enden der zusammengedrehten Strähnen hatte Skink anscheinend Muschelteile befestigt – die sich jedoch als etwas anderes entpuppten, wenn man genauer hinsah.

»Sind diese Dinger da das, wofür ich sie halte?«, erkundigte ich mich.

»Das sind die Schnäbel von Vögeln.«

»Okay. Find ich nicht komisch.«

»Die Schnäbel von Truthahngeiern, Richard.«

»Aber … warum?«

»Weil das Geistesverwandte sind«, sagte er.

Im Sonnenlicht sah ich, dass sein richtiges Auge jägergrün

war, während das künstliche – das ich gesäubert hatte – eine braune Farbe hatte und anders geformt war als das echte.

»Was gibt's Neues von deiner Cousine?«, fragte er.

»Nichts Gutes. Ich glaube, sie ist mit einem Typen durchgebrannt, den sie online kennengelernt hat.«

»Das heißt, über den Computer.«

»Er ist älter als sie«, sagte ich.

»Wie viel älter?«

»Offenbar alt genug, um Auto zu fahren.«

»Das ist beunruhigend.« Skink wickelte das gehäutete Kaninchen in einen Lappen. Das Fell trug er zu den Dünen und warf es zwischen die Meertraubenbäume. Danach fragte er mich, was ich in puncto Malley vorhätte.

»Wahrscheinlich werd ich ihren Eltern alles erzählen. Heute hab ich ihr eine SMS geschickt und sie mehrmals angerufen, aber sie meldet sich nicht.«

»Ist das typisch für sie?«

»Manchmal schon«, antwortete ich.

Er setzte sich ein paar Meter von mir entfernt auf den Boden. Ich erzählte ihm, dass Malley behauptet hatte, an einem Einführungskurs teilzunehmen, den es an ihrer Schule aber gar nicht gab. »Der Brief, den sie zurückgelassen hat, ist ebenfalls erstunken und erlogen. Damit will sie nur ihre Eltern hinters Licht führen.«

»Verrat mir mal den Namen ihres neuen Boyfriends, Richard.«

»Talbo Chock.« Ich buchstabierte den Namen, obwohl ich selbst nicht genau wusste, wie er sich schrieb.

»Ich werd mal jemanden anrufen«, sagte er.

»Möchten Sie mein Handy benutzen?«

Skink lächelte. »Danke, aber ich habe selbst eins. Bei dem werden alle Anrufe blockiert, mit Ausnahme einer einzigen Nummer.«

»Hey, warum hat Ihr Freund Mr Tile diesem Journalisten erzählt, dass Sie tot sind?«

»Weil ich ihn darum gebeten habe. In etwa einer Stunde kannst du wieder herkommen.«

Während der Gouverneur telefonierte, ging ich zu einem Surfladen in der Kirk Street, wo mein Vater Stammkunde gewesen war. Deshalb kennen mich die Besitzer. Dort hatte mein Dad all seine Surfbretter gekauft und meine Brüder tun es nach wie vor. Bevor sie aufs College mussten, sind sie jeden Tag surfen gegangen. Da es in Gainesville keinen Strand gibt, leiden sie jetzt tierisch.

Ich bin kein Surfer, mag aber Badehosen und Flipflops, die im Sommer praktisch meine Standardkleidung darstellen. Gerade als ich einen Kleiderständer mit neuen Volcom-T-Shirts inspizierte, gab mein Handy ein hohes, stöhnendes Geräusch von sich, das die Leute immer zusammenzucken lässt, bis ich ihnen dann erkläre, dass das der Gesang eines Buckelwals ist. Ich ging zum Telefonieren nach draußen.

»Na, Richard?« Es war Malley.

»Wo *bist* du?«

»Sei nicht sauer, sonst leg ich gleich auf.«

Ich erwiderte, ich sei nicht sauer, nur enttäuscht.

»Tut mir leid, dass ich gestern Abend nicht kommen konnte«, sagte sie. »Hatte die Sache mit dem Einführungskurs völlig vergessen – muss ich irgendwie total verdrängt haben. Mom war stinkwütend, konnte mir aber noch ein Ticket für einen Nachtflug besorgen. War praktisch der letzte freie Platz im ganzen Flugzeug.«

»Wie schön«, sagte ich in sarkastischem Ton.

»Aber trotzdem hätte es fast nicht geklappt, weil die Security-Leute am Flughafen eine Flasche Vitaminwater in meinem Rucksack gefunden haben. Ungelogen! Einer der Typen hat mich aus der Schlange gezerrt und dann musste ich meinen ganzen Rucksack …«

»Vitaminwater?« Ich musste lachen. Malley war schwer in Form.

»Was ist denn daran so komisch, Richard? Vitaminwater ist doch der Hammer.«

»Ist ja auch egal. Warum hast du mir geschrieben, du hättest Hausarrest?« Ich versuchte, so leise wie möglich zu sprechen, weil ich direkt vor dem Laden stand und dauernd Kunden kamen und gingen.

»Zu dem Zeitpunkt konnte ich dich nicht anrufen«, erklärte meine Cousine, »und ich wollte nicht, dass du sauer auf mich bist, weil ich, ohne Tschüs zu sagen, abgeflogen bin.«

»Und jetzt bist du also in New Hampshire?«

»Ja. Hier ist es wie am Arsch der Welt, Richard.«

»Malley, an der Twigg Academy gibt es keine Einführungskurse«, sagte ich in ganz ruhigem Ton. »Ich habe im Sekretariat angerufen und mich erkundigt.«

»Was? *Was* hast du gemacht?«

»Deine Story ist aufgeflogen«, sagte ich. »Und jetzt verrat mir mal, wo du wirklich bist.«

In dem Moment legte sie auf, was nicht besonders überraschend war. Malley ist bekannt dafür, dass sie gern mitten im Gespräch auflegt. Normalerweise ruft sie dann fünf, höchstens zehn Minuten später zurück, diesmal aber nicht.

Während ich in Richtung Strand ging, kam eine SMS: »Wenn du mich bei meinen Eltern verpetzt, rede ich nie wieder mit dir!«

»Krieg dich wieder ein«, simste ich zurück.

»Ich erzähl deiner Mom, was in Saint Augustine passiert ist! Das schwöre ich bei Gott, Richard.«

»Das würdest du NIE tun.«

»Wart's nur ab«, antwortete meine Cousine.

Plötzlich war mir übel. Nicht speiübel, sondern irgendwie mulmig.

Als ich den Strand erreichte, sammelte der Gouverneur gerade Krebse. Ich berichtete ihm, dass Malley sich endlich gemeldet habe und alles in Ordnung sei.

»Nein, mein Junge, ist es nicht«, entgegnete er.

Dann erzählte er mir etwas, bei dem mir noch mulmiger wurde.

3. KAPITEL

Talbo Chock hatte beim U.S. Marine Corps in Afghanistan gedient. Er war in New Orleans geboren, wo er die ersten elf Jahre seines Lebens verbrachte. Dann war die Familie nach Fort Walton Beach in Florida gezogen. Auf der Highschool war Talbo Aufbauspieler der Basketballmannschaft gewesen. Sein Dad arbeitete auf einer Werft, seine Mutter war Buchhalterin und Sekretärin bei der Episkopalkirche.

Kurz nach seinem neunzehnten Geburtstag wurde der Versorgungslastwagen, den Talbo fuhr, von einer Mine in Stücke gerissen, und zwar an einem Ort namens Salim Aka, der, wie Skink erklärte, in der gefährlichen Provinz Kandahar lag. Die zwei anderen Marines im Wagen hatten schwer verletzt überlebt, während Talbo drei Wochen später in einem Militärkrankenhaus in Deutschland gestorben war.

Und jetzt hatte jemand seinen Namen gestohlen, jemand, der meine Cousine Malley dazu überredet hatte, mit ihm durchzubrennen.

»Woher wissen Sie denn das alles?«, fragte ich Skink.

»Aus zuverlässiger Quelle«, erwiderte er. »In der Zeitung

von Pensacola stand damals ein kleiner Artikel über Corporal Chocks Tod. Sicher wäre ausführlicher darüber berichtet worden, wenn nicht am selben Tag ein Hurrikan im Nordwesten Floridas gewütet hätte. Der erste Name des Corporals war Earl, der zweite – sein Rufname – Talbo.«

Was erklärte, warum ich nicht fündig geworden war, als ich »Talbo Chock« gegoogelt hatte, nachdem Malley sich mit ihm angefreundet hatte.

Ich war wie vor den Kopf gestoßen. »Der Typ, der den Namen dieses Soldaten geklaut hat«, sagte ich, »könnte ein ziemlicher Mistkerl sein!«

»Mehr als wahrscheinlich.«

»Aber Malley weiß nichts davon. Malley ist …«

»In einer schlimmen Lage«, ergänzte Skink. »Du musst ihren Eltern sofort alles erzählen, Richard.«

Es heißt, jeder habe wenigstens ein Geheimnis. Kann sein, dass das stimmt. Mein Geheimnis war mehr als unschön. Ich meine, ich habe keine Bank ausgeraubt oder so, aber was ich gemacht habe, war immerhin so schwerwiegend, dass meine Mutter am Boden zerstört wäre, wenn sie es herausfände. Und die Chancen, dass Malley mich verpfeifen würde, wie sie angedroht hatte, standen mindestens fünfzig zu fünfzig. Bei Malley brennt nämlich schnell die Sicherung durch.

Deshalb sträubte sich der egoistische Teil von mir dagegen, ihren Eltern zu erzählen, dass sie mit diesem angeblichen Talbo Chock durchgebrannt war, weil ich Angst vor dem hatte, was meine Mutter tun würde, falls sie von Malley erfuhr, was in Saint Augustine passiert war.

Ich bemerkte, dass Skink mich mit seinem richtigen Auge eindringlich anstarrte. »Worauf wartest du denn noch, mein Junge?«, fragte er.

»Haben Sie schon mal was gemacht, wofür Sie sich echt geschämt haben?«

»Noch nie im Leben.«

»Ich meine es ernst.«

Er kicherte. »Über die ganzen Fehler, die ich gemacht habe, könnte ich Bände schreiben.«

»Vor ungefähr einem Jahr hab ich was Schlimmes gemacht … was Verbotenes … und Malley hat alles gesehen. Wenn ich ihren Eltern erzähle, dass sie nicht im Internat ist, verpfeift sie mich.«

»Würdest du es vorziehen, dass ihre Eltern es von den Cops erfahren?«, entgegnete Skink. »Nachdem sie ihre Leiche gefunden haben, meine ich.«

»Gott, sagen Sie doch nicht so was!«

Er setzte den Sack mit Krebsen ab. »Hör mal gut zu, Richard.« Er hatte die tiefste Stimme, die ich je gehört hatte. Sie hörte sich an wie das Grollen eines Donners. »Auch wenn du meinst, du hättest etwas Schreckliches gemacht – im Vergleich zum Leben deiner Cousine fällt das überhaupt nicht ins Gewicht.«

»Ja, ich weiß. Sie haben völlig recht.«

Er legte mir die Hände auf die Schultern. Dabei merkte ich, wie kräftig er war. »Dann geh jetzt«, sagte er.

Und ich gehorchte.

Trent war auf dem Golfplatz und Mom noch nicht von der Arbeit zurück. Da unsere Haustür wegen der hohen Luftfeuchtigkeit öfter klemmt, muss man manchmal mit der Schulter dagegendrücken. Nachdem ich mir etwas zu trinken geholt hatte, ging ich in mein Zimmer und schlug mit dem Baseballschläger auf die Matratze meines Betts ein. Was hatte meine Cousine sich eigentlich dabei gedacht, als sie sich mit diesem Arsch eingelassen hatte? Hatte sie den Verstand verloren?

Genau in dem Moment rief sie an, sodass ich die Möglichkeit hatte, sie selbst zu fragen.

»Er heißt gar nicht Talbo Chock!«, stieß ich hervor.

»Stimmt genau.«

»Wer ist er dann?«

»Du hast doch niemandem was erzählt, oder?«, fragte sie.

»Wo *bist* du?«

»Mann, Richard, hältst du mich für blöd, oder was?«

Ich war so froh, ihre Stimme zu hören, dass meine Wut im Nu verrauchte. Sie klang so cool und locker wie immer.

»Vielleicht ist der völlig durchgeknallt«, flüsterte ich.

»Ha! Vielleicht bin ich auch völlig durchgeknallt.«

»Hör auf rumzublödeln! Du weißt doch überhaupt nichts über ihn.«

»Du weißt doch gar nicht, was ich weiß«, sagte Malley.

Ich erwiderte, dass es völlig zwecklos sei, mir mit Saint Augustine zu drohen. Selbst wenn ich nichts verriet, würden ihre Eltern schließlich erfahren, dass sie nicht im Internat war.

»Ich brauche nur eine Woche«, erklärte sie. »Danach kannst du ihnen alles erzählen.«

»Eine Woche? Und was soll da passieren? Warum machst du das überhaupt?«

»Yolo«, gab sie in fröhlichem Ton zurück, die nervige Abkürzung von *You only live once*. Man lebt nur einmal.

»Schwache Leistung, Mal. Nur Knallköpfe sagen Yolo.«

»Muss jetzt Schluss machen.«

Nachdem sie aufgelegt hatte, checkte ich die Telefonliste, doch da stand nur: »Unterdrückte Nummer.« Dann rief ich bei Malley an, doch sofort meldete sich ihre Mailbox. Es war sinnlos, eine Nachricht zu hinterlassen – der Pseudo-Talbo-Chock kontrollierte wahrscheinlich ihre Anrufe.

Als ich hörte, wie meine Mutter zur Haustür hereinkam, atmete ich tief durch, zählte bis zwanzig und ging aus meinem Zimmer in die Küche. Mom umarmte mich und sagte, im Auto seien ein paar volle Einkaufstüten.

Ich rückte ihr einen Küchenstuhl zurecht. »Setz dich, Mom.«

Sie sah mich über ihre Sonnenbrille hinweg an. »Jetzt sofort, Richard? Lass uns doch erst mal die Tüten aus dem Auto holen. Sonst schmilzt Trents Eis.«

»Nein, wir müssen uns gleich unterhalten.«

»Worum geht's denn? Ist was passiert?«

»Ich bin mir ziemlich sicher, dass Malley davongelaufen ist.«

»Oh.« Mom zuckte zwar nicht die Achseln, war aber auch nicht gerade erschüttert. »Es tut mir leid, das zu hören«, sagte sie.

»Diesmal ist es nicht so wie bei den anderen Malen.«

»Wie meinst du das, Richard?«

»Sie ist nicht allein«, erklärte ich. »Sie ist mit einem Typen zusammen, den sie online kennengelernt hat. Ich glaube, wir sollten Onkel Dan und Tante Sandy anrufen.«

Mom nahm ihre Sonnenbrille ab und blickte besorgt drein.

»Wie alt ist dieser Kerl?«, fragte sie.

»Malley hat mir nicht das Geringste verraten, sondern nur rumgezickt.« Ich berichtete ihr alles, was ich wusste, und erzählte auch von dem irreführenden Brief, den sie in ihrem Schreibtisch zurückgelassen hatte.

»Hat er ihr was angetan?«

»Glaube nicht, Mom.«

»Okay. Das ist gut.«

Ich ging zum Auto und schnappte mir die Einkaufstüten. Trents kostbarer Nachtisch, eine Riesenpackung Heath Bar Crunch, wurde wohlbehalten im Gefrierfach verstaut. Meine Mutter telefonierte bereits mit Onkel Dan. Sie hatte auf ihren sachlichen Juristenton umgeschaltet und klang ruhig und gelassen.

Mom ist Rechtsanwältin und hat eine kleine Kanzlei, die auf Umweltfälle spezialisiert ist und gegen Unternehmen vorgeht, die ihren Müll illegal entsorgen. Das bringt nicht viel Geld ein, aber sie identifiziert sich voll und ganz mit ihrer Arbeit. Trent hält sie ständig vor, wie umweltschädlich die auf Golfplätzen verwendeten Düngemittel sind. Der Club, dem er angehört, liegt direkt am Fluss und ist völlig rückständig. Die Chemikalien, mit denen man die Fairways behandelt, werden bei heftigen Regenfällen ins Wasser geschwemmt.

Wenn meine Mutter eine Sache in die Hand nimmt, geht alles flott vonstatten. Nach dem Telefonat mit meinem Onkel erledigte sie noch mehrere andere Anrufe, während ich den Rest der Einkäufe wegräumte.

»Okay«, sagte sie, als sie fertig war. »Jetzt können wir nur noch darauf warten, dass die Polizei ihre Pflicht tut.«

»Glaubst du, die werden sie finden?«

»Ganz bestimmt, Richard.«

Wenn Malley erfuhr, dass die Cops nach ihr suchten, würde sie ausrasten. Ich überlegte, ob ich meiner Mutter von Saint Augustine erzählen sollte, um es hinter mich zu bringen und Malley den Wind aus den Segeln zu nehmen.

Doch dann ließ ich es, weil mir der Mumm fehlte.

»Wenn sie wieder anruft«, sagte Mom, »dann sieh zu, dass sie so lange wie möglich am Telefon bleibt. Versuch, alles zu behalten, was sie sagt. Jedes noch so unbedeutende Detail könnte ein wichtiger Hinweis sein.«

»Wie geht es Onkel Dan und Tante Sandy?«

»Sie sind völlig fertig. Und haben Angst. So wie es allen Eltern gehen würde.« Sie stand auf und machte sich daran, die Cornflakesschachteln im Küchenschrank anders hinzustellen. »Deine Cousine hat ja keine Ahnung, worauf sie sich da eingelassen hat.«

»Das hab ich ihr auch schon gesagt.«

»Und wie hat sie reagiert?«

»Sie hat gelacht, Mom.«

Das Beste wäre natürlich gewesen, wenn Malley aus freien Stücken zurückgekommen wäre. Irgendwie glaubte ich fast daran, das genau das passieren würde – dass sie so cool wie immer morgen durch die Haustür hereinspazieren und verkünden würde, dass ihr Abenteuer vorbei sei. Das würde Onkel Dan und Tante Sandy derart glücklich machen, dass sie ihr wahrscheinlich noch nicht einmal Hausarrest aufbrummen würden.

Das Schlimmste, was passieren konnte, war, dass sie nach Hause zurückkehren wollte, der Pseudo-Talbo sie aber daran hinderte. Obwohl die Polizei sich immer sehr ins Zeug legt, wenn ein Kind vermisst wird, konnte niemand von uns ihr wirklich behilflich sein. Weder kannten wir den richtigen Namen des Typs, mit dem sie zusammen war, noch wussten wir, wie alt er war, wie er aussah oder wo er sie hinbrachte.

Wenn die Polizisten kamen, um mich zu befragen, würde ich ihnen über den Pseudo-Talbo nur das erzählen können, was Malley mir mitgeteilt hatte.

Er ist süß, Richard.

Er ist lustig.

Er ist wie ein Dichter.

Was er in Wirklichkeit war, wollte ich mir lieber nicht ausmalen.

Nach Einbruch der Dunkelheit rannte ich zum Strand, ohne meinen Baseballschläger, aber mit einer Taschenlampe. In der Nähe der Dünen entdeckte ich ein kleines, erkaltetes Lagerfeuer; zwischen den Kohlen lagen ein paar Tierknochen.

Ich ging am Strand entlang und überprüfte mehrere Schildkrötennester, doch aus keinem ragte ein Trinkstrohhalm.

Der seltsame alte Gouverneur war verschwunden.

4. KAPITEL

Die Polizei leitete eine umfassende Suche nach Malley ein, und jedes Mal, wenn in den Tagen darauf das Telefon klingelte, schossen meine Hoffnungen in die Höhe. Es gab viele Anhaltspunkte, aber keine heiße Spur.

Die Aufnahmen der Überwachungskameras am Flughafen von Orlando zeigten, wie sie am Abend ihrer angeblichen Abreise nach New Hampshire vor der Abflughalle aus dem Wagen ihrer Mutter stieg. Sie trug schwarze Jeans, Flipflops und ein graues Kapuzenshirt. An Gepäck hatte sie einen roten Rollkoffer und einen Rucksack dabei. Nachdem sie Sandy zum Abschied zugewinkt hatte, ging sie in den Terminal.

Elf Minuten später zeichnete eine Kamera in der einen Stock tiefer gelegenen Ankunftshalle auf, wie Malley aus dem Gebäude eilte und in einen weißen, zweitürigen Toyota schlüpfte. Der Fahrer war ein Mann, der jedoch keine Anstalten machte, meiner Cousine beim Einladen ihres Gepäcks zu helfen; er ließ lediglich von innen den Kofferraum aufschnappen. Es war schwer festzustellen, wie er aussah, weil er eine tief in die Stirn gezogene Baseballmütze, eine billige blonde Perücke und eine

Sonnenbrille trug. Außerdem war die Aufnahme pixelig und die Beleuchtung außerhalb der Halle schlecht.

Glücklicherweise erfasste eine Kamera an der Zufahrt zur Schnellstraße den davonrasenden Toyota. Die Kriminaltechniker vergrößerten das Bild und konnten feststellen, dass das Nummernschild aus Texas stammte. Bedauerlicherweise war es auf dem Parkplatz des Flughafens von einem Avis-Mietwagen abmontiert worden.

Das war kein gutes Zeichen. Als meine Mutter mir davon erzählte, sah sie extrem besorgt aus. Onkel Dan und Tante Sandy waren außer sich. Niemand möchte, dass seine Tochter mit einem Loser, der Nummernschilder klaut, durch die Gegend fährt. Der Toyota war höchstwahrscheinlich auch gestohlen.

Mit anderen Worten: Meine Cousine war mit einem Kriminellen unterwegs.

Als ein Kriminalbeamter zu uns kam, zeigte er mir einen der Videoclips vom Flughafen. Er wollte wissen, ob ich den Mann am Steuer des Toyotas erkannte, was ich verneinte. Mit seiner Mariah-Carey-Perücke und der Sonnenbrille war der Typ völlig unkenntlich. Man konnte lediglich ausmachen, dass er eine normal aussehende Nase und schmale Lippen hatte. Seine Zähne waren zusammengebissen und sein Gesicht war völlig ausdruckslos.

Ganz im Gegensatz zu Malley, die auf dem Video grinste.

Die Polizei gab eine Suchmeldung heraus, für die Malleys schon erwähntes Klassenfoto verwendet wurde, was meine Cousine maßlos ärgern würde. Die Fernsehsender in Orlando und Daytona Beach und sogar der in Tampa berichteten über ihren Fall und zeigten die Aufnahme eines Toyotas, der demjenigen, den Malleys Online-Boyfriend fuhr, ähnlich war. Außerdem gab man die Nummer auf dem texanischen Nummernschild bekannt, doch Mom meinte, der Typ habe das Schild wahrscheinlich längst ausgewechselt. Vermutlich hat er ein anderes Nummernschild geklaut, sagte meine Mutter, oder vielleicht sogar ein anderes Auto.

Mithilfe eines sogenannten Ping-Programms gelang es der Polizei, Malleys Handy von Orlando (von wo aus sie mir an dem Abend, an dem ich sie am Strand erwartete, eine SMS geschickt hatte) bis nach Clearwater (von wo sie mich und Beth am nächsten Tag angerufen hatte) zurückzuverfolgen.

Danach war Malleys Handy entweder abgestellt oder zerstört worden, sodass die Polizei keine Möglichkeit mehr hatte, sie aufzuspüren.

Der Kriminalbeamte, der mich befragte, hieß Trujillo. Er war klein, muskulös und hatte einen schwarzen Schnurrbart. Ich hatte ihn schon öfter in der Stadt gesehen, und wie sich herausstellte, war er Surfer und kannte meine Brüder.

»Warum ist Malley davongelaufen?«, fragte er.

»Keine Ahnung. Vielleicht hatte sie Streit mit ihren Eltern.«

»Mr und Mrs Spence zufolge war das nicht der Fall. Sie haben gesagt, alles sei in Ordnung gewesen. Und dass sie den Eindruck gehabt hätten, dass Malley es okay fand, aufs Internat zu gehen.«

»Dann war er es«, sagte ich. »Der falsche Talbo Chock. Er muss sie dazu überredet haben.«

Trujillo hatte ein kleines, aufgeschlagenes Notizbuch in der Hand. »Hatte Malley hier in der Stadt irgendwelche Boyfriends?«

»Nein. Sie meinte, die Jungs hier in der Schule seien alle Schwachköpfe und Angeber.« Ich erzählte Trujillo, was Malley über ihren tollen Talbo gesagt hatte.

»Aber sie hat nie erwähnt, wie alt er ist? Oder wie er aussieht?«

»Nein.« Jetzt bedauerte ich, dass ich sie nicht öfter nach ihm gefragt hatte.

»Richard, würdest du sagen, dass deine Cousine ein ausgeglichener Mensch ist?«

»Sie ist nicht total durchgeknallt, aber ziemlich rebellisch.«

Trujillo sagte, er habe auch Beth schon befragt, die noch weniger wüsste als ich. Er sagte, Malley habe Beth eingeschärft, den Mund zu halten, sonst würde sie Beths Boyfriend erzählen, dass Beth jemand anderen mochte, was ich bestätigen konnte. Beth mochte nämlich mich.

»Richard, hat Malley gedroht, dir irgendwie Ärger zu machen, falls du ihren Eltern verrätst, was wirklich passiert ist?«

»Nein, Sir«, log ich.

»Wenn sie wieder anruft, möchte ich, dass du alles genau aufzeichnest – Uhrzeit, Datum, was sie sagt. Einfach alles, selbst wenn es dir nicht wichtig vorkommt. Ich geb dir auch so ein Notizbuch. Die SMS kannst du auf deinem Handy speichern, oder?«

»Klar.« Die, in denen es um Saint Augustine ging, hatte ich bereits gelöscht.

Trujillo gab mir ein Notizbuch und einen blauen Kugelschreiber. Ich fragte, wie sie die Identität des Typs, der sich als Talbo Chock ausgab, herausfinden wollten. Trujillo vermutete, dass der »Täter« aus der Gegend von Fort Walton Beach war und die Zeitungsartikel über den Tod des echten Talbo Chock gelesen hatte. Wie hätte er sonst auf den Namen kommen sollen? Trujillo hielt es sogar für möglich, dass irgendeine persönliche Beziehung zwischen dem Mann und dem jungen Marine bestanden hatte.

»Wir haben ein paar Ermittlungsbeamte in den Nordwesten geschickt«, erklärte er, »um Freunde und Verwandte von Corporal Chock zu befragen.«

»Was, wenn Malley mich nicht anruft?«, fragte ich. »Oder überhaupt niemanden anruft?«

»Tja ...« Trujillo überlegte, wie er es formulieren sollte. »Das könnte bedeuten, dass etwas Schlimmes passiert ist«, fuhr er fort. »Es könnte aber auch bedeuten, dass sie noch nicht gefunden werden will.«

Ich hatte mein Handy jetzt rund um die Uhr bei mir, selbst wenn ich aufs Klo ging. Doch seit Malley über diese unterdrückte Nummer angerufen und mir befohlen hatte, eine Woche zu warten und ihren Eltern erst dann die ganze Geschichte zu erzählen, hatte sie sich nicht mehr gemeldet. Inzwischen wusste sie mit Sicherheit, dass ich noch nicht mal einen Tag gewartet hatte, weil die Sache auf Facebook, Twitter und YouTube *das* Thema war und natürlich auch im Fernsehen darüber berichtet wurde. Ich hatte eigentlich angenommen, dass sie mich anrufen würde, um mich zu beschimpfen, oder sich zumindest bei meiner Mutter melden würde, um die Saint-Augustine-Bombe platzen zu lassen.

Diese absolute Funkstille war untypisch für Malley. War gar nicht ihre Art.

Tante Sandy und Onkel Dan kamen dauernd bei uns vorbei, um sich zu erkundigen, ob ich etwas von ihr gehört hätte. Die beiden taten mir wirklich leid. Manchmal brach Sandy in Tränen aus, was auch mir die Kehle zuschnürte.

Nachdem eine Woche vergangen war, fragte ich mich, ob Malley dort angelangt war, wo sie hinwollte. Ich hoffte es. Und ich hoffte, dass sie alles unter Kontrolle hatte.

Die Suchmeldung wurde aufrechterhalten, obwohl die ganze Geschichte allmählich aus den Medien verschwand. In Wellington war ein kleiner Junge von seinem Stiefvater aus dem Kindergarten entführt worden. Das vermisste Kind war krank und brauchte bestimmte Medikamente, sodass also jetzt dieser Fall in den Mittelpunkt des öffentlichen Interesses rückte.

Mom und Onkel Dan setzten eine Belohnung von zehntausend Dollar aus und beteiligten sich an der Finanzierung von sechs Riesenplakaten am Highway, auf denen Malleys Foto zu sehen war. Außerdem war eine Telefonnummer angegeben, unter der sachdienliche Hinweise entgegengenommen wurden.

Auf der vergrößerten Version des Klassenfotos meiner Cousine war ihr Haar rot (obwohl es in Wirklichkeit eher zimtfarben ist), und die Sommersprossen auf ihrer Nase kamen so kräftig heraus, dass sie wie Ausschlag wirkten. Wegen ihrer

Zahnspange lächelte sie auf dem Bild nicht. Sie hatte immer behauptet, mit dem Ding sehe sie aus wie ein Eichhörnchen mit Mumps.

Trotzdem hätte jeder, der Malley Spence irgendwo begegnete, sie anhand des Plakats erkennen können.

Mehrere Leute riefen an, die meinten, sie gesehen zu haben, und zwar an Orten, die über ganz Florida verteilt waren. Die Ermittlungsbeamten gingen jedem einzelnen Hinweis nach, der nicht zu abgedreht war, wurden jedoch nie fündig.

Ein Anrufer behauptete, beobachtet zu haben, wie meine Cousine sich in einem bestimmten Kino in Sarasota mit einem stämmigen, tätowierten Mann gestritten habe. Er behauptete, Malley habe versucht, sich von dem Mann, der sie gepackt hatte, loszureißen.

Das Problem war nur, dass das Kino schon vor sechs Monaten abgerissen worden war. Die Cops steckten den Mistkerl ins Gefängnis, nachdem er zugegeben hatte, die ganze Geschichte erfunden zu haben, um etwas von der Belohnung abzubekommen. Traurig, aber wahr.

Die ganze Warterei machte mich völlig fertig. Manchmal wählte ich Malleys Nummer, weil ich verzweifelt hoffte, ihr Handy wäre angestellt, landete aber immer sofort bei ihrer Mailbox. Möglicherweise lag ihr Handy ja schon längst in irgendeinem Kanal.

Ich verbrachte viel Zeit im Internet – zu viel Zeit, ehrlich gesagt. Ich hatte mich mit der Homepage jeder größeren Zeitung in Florida verlinkt und studierte jeden Morgen den Polizeireport.

Jedes Mal, wenn ich folgende Überschrift sah, wurde mir ganz flau im Magen:

NICHT IDENTIFIZIERTE LEICHE GEFUNDEN

Bisher hatte man drei verschiedene Leichen entdeckt, alle jedoch Männer mittleren Alters. Ein Typ war auf den Gleisen in Jacksonville von einem Zug überfahren worden. Den zweiten fand man im Okeechobeesee – wahrscheinlich ein ertrunkener Angler, der seinen Ausweis im Auto gelassen hatte. Beim dritten Toten handelte es sich um einen Haufen alter Knochen, den ein Jagdhund in den Everglades ausgebuddelt hatte. Mom sagte, dass die Drogendealer in Miami dort draußen oft Leichen vergraben würden.

»Hör auf, dieses Zeug zu lesen«, meinte sie. »Davon bekommst du bloß Albträume.«

»Ich verstehe nicht, warum sie nicht anruft.«

»Malley liebt das Dramatische. Das war schon immer so.«

»Stimmt.«

»Sicher wird sie bald wieder aufkreuzen, entweder mit einem Tattoo oder mit einem Sonnenbrand.«

»Glaub ich auch«, meinte Trent. Er saß auf dem Sofa und aß einen Nudelsalat. Die ganze Aufregung um Malleys Verschwinden hatte ihn irgendwie ins Abseits gedrängt, da er noch nicht lange zur Familie gehörte. Trent hat nichts dagegen, im Abseits zu stehen, vor allem während einer Krise. Er ist ganz froh darüber, keine Entscheidungen treffen zu müssen, eine Einstellung, mit der Mom gut klarzukommen scheint.

»Meine Schwester Kay ist auch mal davongelaufen«, erinnerte sich Trent, »nach San Diego.«

Meine Mutter seufzte. »Malley ist vierzehn. Kay war damals wie alt? Zwanzig? Was rechtlich gesehen heißt, dass sie nicht *davongelaufen* ist. Außerdem hat sie den Typ dann ja geheiratet, oder?«

»Trotzdem haben wir uns wahnsinnige Sorgen gemacht.«

»Das kannst du einfach nicht miteinander vergleichen, Trent«, erwiderte Mom. »Noch nicht mal ansatzweise.«

Ich klappte meinen Laptop zu und ging in mein Zimmer. Da Trujillo mir seine Visitenkarte gegeben hatte, rief ich ihn an und erkundigte mich, ob die Polizei auf neue Spuren gestoßen sei. Ein paar Mal habe es falschen Alarm gegeben, sagte er, was Konkretes habe man jedoch nicht herausgefunden. Die Befragungen in Fort Walton Beach hätten zu nichts geführt. Keiner von Talbo Chocks Freunden oder Verwandten konnte sich erklären, warum ein Fremder seinen Namen benutzen sollte. Seine Eltern seien deswegen ziemlich fassungslos.

Eine Menge Leute klickten die Facebook-Seite an, die Onkel Dan und Tante Sandy eingerichtet hatten, doch bisher waren alle Hinweise im Sande verlaufen, ebenso wie die Anrufe, die wegen der Highway-Plakate eingingen.

»Du darfst die Hoffnung nicht aufgeben, Richard«, sagte Trujillo. »Der Fall hat für uns immer noch höchste Priorität.«

»Hat man denn wenigstens das Auto gefunden?«

»In Florida sind in diesem Monat neun weiße Toyota Camrys gestohlen worden, aber keiner davon in Orlando. Trotzdem gehen wir jedem Fall nach.«

»Im Grunde wissen wir also nicht mehr als zu Anfang.«

»In gewisser Weise sind keine Neuigkeiten gute Neuigkeiten«, sagte Trujillo. »Meistens kommen Kinder, die davongelaufen sind, wieder nach Hause, sobald der erste Kitzel vorbei ist.«

»Was, wenn sie nicht nach Hause kommen *kann*? Was, wenn er sie daran hindert?«

»Du hast doch gesagt, Malley wüsste, dass *Talbo Chock* nicht der richtige Name dieses Typen ist, stimmt's?«

»Stimmt«, bestätigte ich.

»Möglicherweise kennt sie ihn dann ja besser, als wir annehmen. Vielleicht hat sie deshalb keine Angst.«

Das war ganz entschieden ein Hoffnungsschimmer.

»Und vielleicht war diese ganze Sache *ihre* Idee und nicht seine«, fuhr Trujillo fort.

»Das mit dem falschen Namen? Oder das Davonlaufen?«

»Vielleicht beides. Wenn wir ihren Computer hätten, könnten wir feststellen, wem sie Mails geschickt hat, und seinen Benutzernamen herausfinden.«

Unglücklicherweise hatte Malley ihren Laptop mitgenommen. Seit ihrem Verschwinden checkte ich meine Mails ungefähr ein Dutzend Mal am Tag. Dass sie nicht simste oder anrief, konnte ich ja verstehen, weil sie offenbar nicht wollte, dass man ihr Handy ortete. Aber eine E-Mail hätte sie mir (oder, besser noch, ihren Eltern) doch ohne jegliche Gefahr schicken können.

Warum also tat sie es nicht? Das war etwas, worüber ich lieber nicht allzu lange nachdachte.

»Halt die Ohren steif«, sagte Trujillo zum Abschied. »Du kannst mich jederzeit anrufen.«

Als ich aus meinem Zimmer kam, winkte Mom mich in die Küche, wo sie mit Trent saß. Sie sagte, sie wolle für ein paar Tage nach Gainesville fahren, um Kyle und Robbie, meine Brüder, zu besuchen. Sie hatten beide an der Uni Sommerkurse belegt, damit sie im Winter – der besten Surfzeit – frei hatten. Kyle studierte Betriebswirtschaft, Robbie Marketing.

»Ich habe die Jungs seit Mai nicht gesehen«, erklärte meine Mutter.

Sie freute sich schon lange auf den Besuch, und ich erwartete natürlich nicht von ihr, dass sie die Reise absagte. Wir konnten ohnehin nichts mehr tun. Um alles Übrige musste sich die Polizei kümmern. Oder Malley selbst.

»Möchtest du mitkommen?«, fragte Mom.

Unter normalen Umständen hätte ich Ja gesagt. Ich mache mir nämlich immer Sorgen, wenn sie lange Autofahrten allein unternimmt. Außerdem ist es lustig, mit ihr unterwegs zu sein. Alle fünfzig Kilometer tauschen wir unsere iPods im Audiosystem aus, damit jeder die Musik hören kann, die er mag. Darüber hinaus erlaubt sie mir, in einem Drive-in zu essen, wenn wir auf dem Highway sind und sie es eilig hat. Zu Hause gibt es *ausschließlich* gesunde Kost, alles Bio, sieht man einmal von Trents Mountain Dew und seinem Eis ab.

Doch diesmal konnte ich nicht mit ihr nach Gainesville fahren. Ich hätte auf dem ganzen Trip keine ruhige Minute gehabt. Was, wenn Malley anrief, weil sie Hilfe brauchte und ich der Einzige war, dem sie vertraute?

»Ich glaube, ich bleibe lieber zu Hause. Nur für alle Fälle«, sagte ich zu meiner Mutter. »Ist das okay?«

»Natürlich. Trent ist ja hier.«

Er blickte auf und grinste. »Wir zwei beide werden uns bombig amüsieren.«

»Sorry, Mom.«

»Du brauchst dich nicht zu entschuldigen, Richard. Dafür habe ich volles Verständnis.«

»Erster Vorschlag«, verkündete Trent. »Morgen Vormittag gehen wir in den Club und spielen ein paar Runden Golf. Danach essen wir auf der Terrasse Mittag und sehen zu, wie all die alten Knacker versuchen, einzulochen!«

Traurigerweise war das Trents Vorstellung von einem amüsanten Vormittag.

Mom hatte mir einen Satz gebrauchter Golfschläger gekauft, damit Trent und ich was gemeinsam hatten, doch Golf ist ein unmöglicher Sport, und das Einzige, was mir dabei gefiel, war, die Alligatoren im See zu beobachten. An einem Tag hatte ich mal insgesamt fünf von ihnen gesehen.

Trotzdem machte ich weiter mit, und das musste man meinem Stiefvater lassen: Er war unglaublich geduldig und gab sich wirklich Mühe mit mir. Doch ich war ein hoffnungsloser Fall und stellte mit einem Eisen sieben in der Hand geradezu eine Gefahr für die Menschheit dar.

Ich hatte gehofft, Trent würde es endlich aufgeben, doch bisher war das noch nicht geschehen.

»Wir könnten auch angeln gehen«, schlug ich vor. Trents Gesicht wurde sofort ausdruckslos.

Er war kein guter Angler – dazu war er zu unruhig, zu laut und zu ungeschickt. Ich wusste, dass er sich eher auf einem Zahnarztstuhl festschnallen lassen würde, als in einem Boot zu sitzen und zu versuchen, eine Krabbe auf den Angelhaken zu spießen.

Nach dem Tod meines Vaters hatte ich sein vier Meter langes Ruderboot geerbt, das noch so gut wie neu war, weil Dad es selten benutzt hatte. Jede Woche fuhr ich damit auf den Fluss raus, manchmal mit Malley oder meinen Freunden, meistens jedoch allein. Das Boot war aus schwerem, glasfaserverstärktem Kunststoff und hatte einen Außenbordmotor mit zwanzig PS, sodass ich also nie zu schnell oder zu weit hinausfahren konnte. Gewöhnlich brachte ich einen Roten Trommler oder ein paar Meeresforellen mit nach Hause, die Mom uns dann zum Abendessen grillte. Trent liebte Fisch, hatte aber kein Interesse daran, ihn selbst zu fangen.

»Klar. Warum nicht?«, sagte er meiner Mutter zuliebe. »Richard und ich werden uns schon nicht langweilen.«

Mom ging packen, während ich einen Spaziergang machte, hauptsächlich, um mich abzulenken. Auf dem Weg zum Jachthafen begann mein Handy, das sich in den letzten Tagen wie ein Ziegelstein in meiner Tasche angefühlt hatte, plötzlich seinen Walgesang von sich zu geben. Als ich es herausholte, riss ich mir vor Aufregung fast ein Loch in die Hose.

Der Anruf kam von einer unterdrückten Nummer.

»Hey, Richard.«

»Hey, Mal.«

»Na?«

Die Hand, in der ich das Telefon hielt, zitterte tatsächlich. Erbärmlich.

Mit der linken Hand fummelte ich in meiner anderen Tasche herum, um das Notizbuch und den Kugelschreiber herauszuholen, die Trujillo mir gegeben hatte.

»Bist du okay?«, fragte ich.

»Mehr als okay. Ich bin die glücklichste Camperin der Welt.« Sie lachte, was sich ein bisschen gezwungen anhörte. Ich nahm an, dass dieser Pseudo-Talbo neben ihr saß und genau zuhörte.

»Wo bist du?«, sagte ich. »Du weißt, dass ich dich das fragen muss.«

»Und du weißt, dass dich das einen Dreck angeht, Mister.«

»Warum rufst du nicht mit deinem eigenen Handy an?«

»Weil der Akku leer ist, Richard. Sei nicht so paranoid.«

Im Hintergrund hörte ich eine Männerstimme, die etwas von einer Zugbrücke sagte. Zweimal ertönte eine Sirene, die von irgendeinem Schiff kam. Außerdem konnte ich die Schreie von Seeschwalben und Möwen ausmachen. Das waren zwar Seevögel, aber das hieß nicht unbedingt, dass Malley sich in der Nähe des Meers befand. Möwen sind so was wie fliegende Ratten und lieben Müllplätze und Deponien.

»Damit du nicht denkst, ich bin ein kaltherziges Biest«, fuhr meine Cousine fort, »ich habe mit Mom und Dad gesprochen und ihnen gesagt, dass es mir gut geht.«

»Echt? Wann?«

»Vor ein paar Minuten. Kurz bevor ich dich angerufen habe. Sie haben sich wahnsinnige Sorgen gemacht, was ich gut verstehen kann. Aber ich habe nur getan, was ich tun musste, Richard. Ich konnte mich erst melden, nachdem T. C. und ich unser Ziel erreicht hatten.«

»Und das habt ihr, ja?«

»Genau. Oh mein Gott, hier sieht es aus wie auf einer Postkarte.«

»Ist das gut?«

»Keine Ahnung. Ist das Paradies gut? Mensch, es ist einfach umwerfend.«

Malley hörte sich nicht so an, als sei sie sauer auf mich. Das hätte mich eigentlich erleichtern müssen, doch stattdessen beunruhigte es mich. Sie benahm sich, als wüsste sie nicht, dass die Polizei nach ihr suchte. War es möglich, dass sie nichts von der Suchmeldung gehört hatte? Nur falls sie und ihr geheimnisvoller Freund an einen völlig entlegenen Ort gefahren waren, wo ihr Gesicht weder auf Plakaten am Highway noch in den Fernsehnachrichten zu sehen war.

»Was haben deine Eltern gesagt?« Ich versuchte, sie so lange wie möglich am Telefon zu halten.

»Was sollen sie schon gesagt haben? *Komm nach Hause, Liebling. Wir vermissen dich so sehr.* Ich habe nur kurz mit ihnen gesprochen. Mom fing an zu flennen, und Dad fragte mich immer wieder, wo ich bin.«

»Hast du Geld?«, fragte ich.

»Ach, nun hör doch endlich auf, dir Sorgen zu machen.«

Ich hatte das Notizbuch aufgeschlagen und versuchte alles, was sie sagte, aufzuschreiben. Das Handy hatte ich mir zwischen Ohr und Schulter geklemmt.

»Malley, das ist keine Bagatelle.«

»Das mit der Twigg Academy war nicht drin. Du kennst mich doch.«

»Verrat mir wenigstens, wie alt er ist.«

»Was spielt es denn für eine Rolle, ob er sechzehn oder sechzig ist?«, erwiderte sie. »Du solltest dich lieber für mich freuen.«

»Ich freu mich nur dann, wenn du in Sicherheit bist. Wann kommst du wieder nach Hause?«

»Hey, ich bewege mich vorwärts und nicht rückwärts, okay? Ich denke nicht mehr an zu Hause, an die Schule oder mein vergangenes Leben.«

Ich konnte nicht halb so schnell schreiben, wie meine Cousine redete.

»Malley, woher hat er den Namen *Talbo Chock*?«

»Das ist was Persönliches.«

Ich hakte nicht weiter nach, weil Trujillo mir eingeschärft hatte, nichts zu sagen, was sie aufregen oder veranlassen könnte, aufzulegen. Je länger sie am Telefon blieb, hatte er gesagt, desto mehr Informationen würde ich bekommen.

»Bist du noch in Florida?«, fragte ich.

Bevor Malley etwas erwidern konnte, sagte die Männerstimme in scharfem Ton etwas, das ich nicht verstand. Malley antwortete, er solle sich beruhigen.

»Du, Richard?«, sagte sie.

»Ja?«

»Danke, dass du niemandem verraten hast, dass ich abgehauen bin. Du bist wirklich spitze.«

Mein Mund wurde ganz trocken. Nichts zu sagen wäre dasselbe wie eine Lüge gewesen und das brachte ich einfach nicht fertig.

»Mal, ich *habe* es aber jemandem verraten. Meiner Mom. Und die hat es dann deinen Eltern erzählt.«

Sie lachte wieder gezwungen. »Das weiß ich doch, du Hirni. Das war nur ein Test. Übrigens: gern geschehen.«

»Was?«

»Dass ich deiner *Madre* nichts von deinen kriminellen Aktivitäten in Saint Augustine erzählt habe.«

»Danke. Heißt das, du bist nicht sauer auf mich?«

»Nein, bin ich nicht. Ich habe auf Inselzeit umgeschaltet. Hier in dieser Gegend wird niemand so schnell sauer.«

»Cool. Was ist das für eine Insel?«

»Hey, lass das!«, fuhr sie den Mann im Auto an. »Mach das ja nie wieder!«

»Was ist denn los?«, fragte ich. »Malley, ist alles in Ordnung?«

Keine Antwort.

»Malley?«

»Alles bestens. Muss Schluss machen.«

»Nun warte doch mal«, sagte ich.

Doch die Leitung war tot.

5. KAPITEL

Gleich darauf rief ich Trujillo an, um ihm mitzuteilen, was ich mir notiert hatte. Die Erwähnung einer Zugbrücke sei wichtig, sagte er, obwohl es in Florida natürlich Unmengen von Zugbrücken zwischen Inseln und Festland gebe.

»Klang sie okay?«

»Zuerst schon.«

»Und dann? Schien sie Angst zu haben?«

Fast hätte ich Ja gesagt, weil ich befürchtete, die Polizei würde vielleicht weniger intensiv nach Malley suchen, wenn sie zu dem Schluss kam, dass Malley nicht ernstlich in Gefahr, sondern eine ganz gewöhnliche Ausreißerin sei. Doch Tatsache war, dass meine Cousine am Telefon *nicht* so geklungen hatte, als hätte sie Angst. Zum Schluss hatte sie sich eher gereizt angehört, so als sei sie über etwas verärgert.

»Sie sagte, jemand solle etwas lassen. Danach hat sie aufgelegt.«

»Ohne sich zu verabschieden?«, fragte Trujillo.

»*Muss Schluss machen*, hat sie gesagt. Mehr nicht. Als hätte jemand Druck auf sie ausgeübt.«

»Aber sie klang nicht verängstigt?«

»Schwer zu sagen.« Möglicherweise hatte der Pseudo-Talbo Malley ja gekniffen oder sogar geschlagen, weil sie mir zu viel erzählt hatte. Möglicherweise hatte er ihr aber auch einfach ein paar von ihren Pommes geklaut oder einen anderen Sender im Autoradio eingestellt, was Malley absolut nicht leiden konnte, weil sie immer nur ihre Musik hören wollte.

»Sie wird sich sicher wieder bei dir melden«, prophezeite Trujillo. »Ich werd jetzt erst mal ihre Eltern anrufen und ihnen mitteilen, dass sie auch mit dir Kontakt hatte.«

Als ich nach Hause kam, stand Mom neben dem Auto in der Auffahrt und wartete auf mich. Sie sagte, sie werde nur ein paar Tage wegbleiben. Ich bat sie, meine Brüder von mir zu grüßen.

»Bitte sag Trent Bescheid, wenn du mit dem Boot rausfährst«, schärfte sie mir ein.

»Der stellt doch immer sein Handy ab, wenn er Golf spielt.«

»Das wird er heute nicht, Richard. Er wird arbeiten. Es stehen nämlich zwei Hausbesichtigungen an.«

»Echt? Ist ja toll!« Ich gab mir große Mühe, begeistert zu klingen, weil Trent seit elf Monaten kein Haus mehr verkauft hatte. Meine Mutter hatte alle Rechnungen bezahlt, ohne viel Aufhebens davon zu machen.

»Hier.« Sie gab mir vierzig Dollar. »Für alle Fälle.«

»Ist nicht nötig, Mom, ich hab doch noch Geld.«

»Dann hast du jetzt eben noch ein bisschen mehr. Ich ruf dich heute Abend an.«

Nachdem sie abgefahren war, ging ich zum Jachthafen, kaufte für zwanzig Dollar Benzin und tuckerte nach Cutter Island raus. Ich bekam einen prächtigen Roten Trommler an den Haken, der mir allerdings nicht lange blieb. Von der Bucht schoss ein Schwarm Stachelmakrelen heran und fiel über den Fisch her. Ich erwischte fünf oder sechs von ihnen. Stachelmakrelen sind zähe Biester. Ich machte Jagd auf den Schwarm, bis es zu dunkel wurde.

Nachdem ich mein Boot im Hafen vertäut hatte, rief ich Trent an, der sich gerade eine Sendung ansah, die er auf seinem TiVo gespeichert hatte – ein Mixed-Martial-Arts-Match mit seinem Lieblingsfighter Lucifer Rex. Wie ich bei Wikipedia herausgefunden hatte, lautete der richtige Name des Mannes Maurice DePew. Was Trent mir natürlich nicht geglaubt hatte, als ich es ihm unter die Nase rieb.

»Ich bin in einer halben Stunde zu Hause«, sagte ich.

»Könntest du dir selbst was zum Abendessen besorgen? Ich hab grad gegessen und will mir unbedingt das Match ansehen.«

Das er schon x-mal gesehen hatte. Ein echter Fan.

»Kein Problem«, erwiderte ich.

»Morgen Abend holen wir uns ein paar Burger.«

»Klar.«

Ich wollte jedoch nicht bis morgen warten. Auf dem Nachhauseweg ging ich zu McDonald's und kaufte mir einen Doppel Whopper, eine »Cholesterinbombe«, wie Mom immer sagt. Pommes verkniff ich mir zwar, aber trotzdem hätte sie das Ganze nicht gebilligt.

Ständig ging mir das Gespräch mit Malley im Kopf herum, vor allem das, was sie zu der Person neben ihr gesagt hatte: *Hey, lass das! Mach das ja nie wieder!*

Es war nicht abwegig, anzunehmen, dass es sich bei dieser Person um ihren Reisegefährten, den falschen Talbo Chock, handelte. Was auch immer er in dem Moment gemacht hatte, hatte sie mir nicht verraten wollen.

Finde dich damit ab, Richard, sagte ich mir. Sei froh, dass sie überhaupt angerufen hat.

Da ich keine Lust hatte, nach Hause zu gehen und mit Trent rumzuhängen, hielt ich mich eine Stunde lang bei McDonald's auf. Ist das nicht erbärmlich? Ich meine, wer ist denn so hirnrissig und verbringt sechzig Minuten in einem Fast-Food-Restaurant? Ich wusste, dass Trent so von dem Cagefight gefesselt war, dass er es gar nicht bemerken würde, wenn ich zu spät nach Hause kam. Wahrscheinlich würde er es noch nicht mal bemerken, wenn die Küche in Flammen stünde.

Ich ließ mein Handy vor mir auf dem Tisch liegen, für den Fall, dass meine Cousine wieder anrief. Mom simste, dass sie gut in Gainesville angekommen sei und zum Abendessen mit meinen beiden Brüdern in ein neues Thai-Restaurant gehen werde. Während ich zurückschrieb, um ihr von meiner Angeltour zu erzählen, sausten draußen drei Streifenwagen vorbei. Sie fuhren in Richtung Strand. Eine Minute später kam mit heulender Sirene ein Rettungswagen vorbei.

Doch erst als ich den Suchscheinwerfer vom Hubschrauber des Sheriffs sah, steckte ich mein Handy ein und rannte los, um festzustellen, was passiert war.

Wie manche Leute zu dem werden, was sie sind, hat irgendwie etwas Schicksalhaftes.

Bei bestimmten Kindern an der Schule weiß man einfach, dass sie später Chirurgen oder Ingenieure oder durch das Internet Millionäre werden. Bei anderen Kindern ist es wahrscheinlicher, dass sie, wenn sie erwachsen sind, Autos verkaufen oder Krankenhauszubehör oder Immobilien (hoffentlich mit mehr Erfolg als mein Stiefvater).

Doch ein paar von meinen Klassenkameraden steuern mit Karacho darauf zu, als Loser zu enden. Das ist eine bittere Tatsache, die für jede Schule in jeder Stadt gilt. Nicht jeder will hart arbeiten, nicht jeder hat ein wundervolles Leben vor sich. Bestimmte Kinder werden in der Erwachsenenwelt scheitern – entweder mit Pauken und Trompeten oder auf stille, unauffällige Weise. Traurig, aber wahr.

Ein Typ, der zusammen mit meinem Bruder Kyle auf der Schule war, sitzt gerade eine Gefängnisstrafe von achtzehn Monaten ab, weil er in einen Computerladen eingebrochen ist und einen Laserdrucker sowie einen Karton Homer-Simpson-Zip-Laufwerke gestohlen hat. Mom, die seine Eltern kennt, sagt, das seien anständige Leute. Was also ist da schiefgelaufen? Eine Frage, die sich aufdrängt. (Ich habe ja auch nicht gerade eine reine Weste, aber nichts, was meine Mutter je gesagt oder getan hat, hat zu dem Vorfall in Saint Augustine geführt. Das geht alles auf meine Kappe.)

Ein Typ, der früher mit meinem Bruder Robbie surfen gegangen ist, wurde festgenommen, als er versuchte, einem Undercover-Polizisten Drogen zu verkaufen. Sein Vater ist Pfarrer, seine Mutter Geigenlehrerin. Vielleicht haben sie bei seiner Erziehung was falsch gemacht, vielleicht war er aber auch einfach entschlossen, den falschen Weg zu gehen. So was kommt vor.

Ich habe keine Ahnung, ob Dodge Olney eine schlimme Kindheit hatte oder aus einer guten, liebevollen Familie kommt und sich trotzdem zu einem furchtbaren Schwachkopf entwickelt hat. Denn man muss schon ein Spatzenhirn haben, um sich mit dem Diebstahl von Schildkröteneiern seinen Lebensunterhalt zu verdienen.

Dieser Typ ist wirklich das Letzte.

Als ich zum Strand kam, schnallten die Sanitäter ihn gerade auf einer Bahre fest. Sein schlaffes rechtes Handgelenk war mit einer Plastikfessel an der Seitenstange der Bahre festgemacht. Sein linker Arm steckte in einem Stützverband. Er war bewusstlos und von Kopf bis Fuß bandagiert. Ich wusste, dass es nur Olney sein konnte, als ich den Kopfkissenbezug voll kleiner ledriger Kugeln sah, die gerade vorsichtig von einem Naturschutzbeamten gezählt wurden.

»Siebenundneunzig«, stellte er fest, als er fertig war.

Ich trat näher und fragte, was mit den Eiern geschehen werde. Der Mann erklärte, dass man sie wieder vergraben werde, an einem anderen Strand und an sicherer Stelle.

»Werden die Schildkröten denn schlüpfen?«, erkundigte ich mich.

»Manchmal tun sie es, manchmal nicht. Das wird sich zeigen.«

Eine Menschenmenge hatte sich angesammelt, hauptsächlich Leute aus der Gegend, aber auch ein paar von der Sonne braun gebrutzelte Touristen. Ein Polizist befragte gerade eine Joggerin, die beobachtet hatte, was geschehen war. Ich schlich näher, um das Gespräch zu belauschen. Die Frau zeigte auf den regungslosen Olney und sagte, sie hätte gesehen, wie er ein Schildkrötennest ausgegraben habe. Plötzlich sei ein großer bärtiger Mann mit Gebrüll aus der Erde geschossen und der Eierdieb habe eine der Markierungsstangen aus dem Boden gerissen und damit auf ihn eingeschlagen.

»Beschreiben Sie die Person, die aus der Erde auftauchte«, verlangte der Polizist.

»Der Mann war groß und sah merkwürdig aus. Und hatte so einen Umfang.« Die Frau breitete die Arme aus.

»Sonst noch was?«

»An seinem Bart hing was. Knochen oder so.«

»Hat er etwas gesagt?«

»Nein, aber er hat gesungen.«

»Während der Dieb ihn attackiert hat? Was hat er denn gesungen?«

»*You can't always get what you want*«, erwiderte die Joggerin. »Er hat dem Eierdieb die Stange entrissen und sie in die Dünen geschleudert.«

»Und dann hat er den Dieb mit der Faust geschlagen?«

»Ja, Sir«, sagte die Frau. »Mit voller Wucht.«

»Wie oft?«

»Ich hab nicht mitgezählt. Er hatte so was wie eine Soldatenuniform an.«

»Haben Sie gesehen, in welche Richtung er gerannt ist?«

»Oh, er ist nicht gerannt, sondern ganz gemächlich davongegangen. In die Richtung.« Die Joggerin zeigte nach Süden.

Das Szenario ließ sich leicht rekonstruieren. Nachdem Dodge Olney ein echtes Schildkrötennest ausgeraubt hatte, war er auf das gefakte Nest gestoßen, das der ehemalige Gouverneur Clinton Tyree, genannt Skink, angelegt hatte.

Ein verhängnisvoller Fehler, den Mr Olney in seiner Gier da gemacht hatte.

Der Rettungswagen raste davon. Wenn Mom zu Hause gewesen wäre, hätte mein Telefon jetzt wie verrückt geklingelt. Sobald sie eine Sirene hört, ruft sie mich an, um sich zu vergewissern, dass alles in Ordnung ist. Das macht sie seit Dads Unfall so.

Der Hubschrauber des Sheriffs kreiste weiterhin über uns und suchte mit seinem Scheinwerfer die Umgebung ab. Ein junger Polizist mit Kamera stellte sich vor das falsche Schildkrötennest und machte Aufnahmen. Ich ging nach Süden und hielt mithilfe der Taschenlampen-App auf meinem Handy nach Schuhabdrücken im Sand Ausschau.

Der Strand war fast leer, weil alle zum Ort des Kampfes geeilt waren, falls man überhaupt von einem Kampf sprechen konnte. Trent hätte es als »Gemetzel« bezeichnet. Obwohl Dodge Olney nicht älter als fünfunddreißig sein konnte, war er von einem alten Knacker, der doppelt so alt war wie er, verdroschen worden. Was mich, um die Wahrheit zu sagen, nicht im Geringsten kratzte. Wer Schildkröteneier klaut, um Geld damit zu machen, verdient es nicht anders. Ich hatte das Gefühl, dass Mr Olney unseren Strand für den Rest seiner Tage meiden würde, selbst wenn er seine kriminellen Aktivitäten aufgeben und sein Leben völlig umkrempeln sollte.

Skink musste eine Weile nah am Wasser entlanggegangen sein, weil seine Spuren komplett weggespült worden waren. Erst nach ein paar Hundert Metern entdeckte ich im trockenen Sand frische Abdrücke, die eindeutig von überdimensionalen Boots stammten. Während ich den Spuren durch die Dünen hindurch folgte, verwischte ich sie hinter mir mit einem Palmwedel, damit niemand feststellen konnte, in welche Richtung er gegangen war.

Die Abdrücke endeten an einem Steg, der zu einer Gruppe großer, direkt am Ufer gelegener Häuser führte. In keinem der Häuser brannte Licht, weil die reichen Leute, denen sie gehörten, im Norden wohnten und nur im Winter nach Florida kamen. Das Ganze wirkte wie eine kleine Geisterstadt, deren leere Straßen ich irgendwie gruselig fand.

»Gouverneur!«, rief ich. »Ich bin's! Richard!«

Kein Laut war zu hören. Nur die Blätter der Meertraubenbäume raschelten im Wind.

»Hey!«, schrie ich. Immer noch keine Antwort.

Als ich den Hubschrauber des Sheriffs näher kommen hörte, kauerte ich mich hinter eine dichte Hecke, während der Suchscheinwerfer die Straßen wie ein Footballstadion beleuchtete. Sobald der Hubschrauber abgedreht hatte, verließ ich mein Versteck und trabte in Richtung Strand zurück.

Ich hatte keinen Schimmer, wie der Mann sich an mich herangeschlichen hatte. Ich hörte ihn weder kommen, noch wusste ich, dass er hinter mir war. Das merkte ich erst, als mich eine Hand hinten am T-Shirt packte und mich ruckartig zum Stehen brachte. Ich hätte mir fast in die Hose gepinkelt.

»Ganz ruhig, mein Junge«, flüsterte er.

»Okay, okay.« Mein Herz hämmerte wie wild.

»Du musst mir einen kleinen Gefallen tun.«

»Klar«, krächzte ich. »Jederzeit.«

Obwohl am Himmel nur die Mondsichel zu sehen war, war es hell genug, um erkennen zu können, dass Skink seine Duschhaube nicht mehr trug. Sein langes Haar war feucht und verfilzt. Er hatte nur seine Boots und eine Badehose an. Seine Armeejacke und seine Camouflagehose hatte er wahrscheinlich in seinem Seesack verstaut.

»Ich möchte, dass du ein Weilchen mein lieber, fürsorglicher Enkel bist«, erklärte er. »Für den Fall, dass jemand Fragen stellt.«

»Kein Problem.«

»An der Askew Avenue, Ecke A1A hat ein Freund ein Auto für mich bereitgestellt.«

Ich wusste genau, wo das war. Um dort hinzugelangen, mussten wir den Weg, den wir gekommen waren, zurückgehen und würden möglicherweise Polizisten begegnen, die nach dem Mann suchten, der Dodge Olney zusammengeschlagen hatte.

»Sie sollten diese Dinger von Ihrem Bart abnehmen«, schlug ich vor.

»Ja.« Er machte die Truthahngeierschnäbel so vorsichtig von seinem Bart ab, als handelte es sich um zerbrechlichen Weihnachtsbaumschmuck.

»Wir werden denen folgende Geschichte erzählen«, sagte er. »Wir beide haben einen Abendspaziergang am Strand gemacht, okay? Wir haben nichts Ungewöhnliches oder Verdächtiges bemerkt. Wenn die nach meinem Ausweis fragen, erzählst du ihnen, dass ich auf Anweisung der Familie nie einen dabeihabe, weil ich so alt und vergesslich bin, dass ich ihn ständig irgendwo liegen lasse. Außerdem kannst du ihnen erzählen, dass ich manchmal sogar vergesse, mich zu duschen.«

»Aber wir lieben dich trotzdem, Opa«, sagte ich.

Er brach in dröhnendes Gelächter aus. Während wir in Richtung Norden gingen, hob er ein Stück Treibholz auf. »Mein treuer Krückstock!«, verkündete er. Als wir uns den gelben Lichtern der Strandpromenade näherten, fing er demonstrativ an zu humpeln. Ich nahm seinen Seesack, der ziemlich schwer war. Wenn man uns Fragen stellte, würde ich sagen, dass mein verrückter Opa sich ausgezogen hätte, um trotz der Haie ein nächtliches Bad zu nehmen.

Glücklicherweise hielt niemand uns an. Am Tatort stand nur noch ein einzelner Streifenwagen. Der Polizist hinter dem Steuer schrieb gerade seinen Bericht und blickte noch nicht einmal auf, als wir die Straße überquerten.

Das Auto, das Skinks Freund bereitgestellt hatte, war ein mittelgroßer grauer Chevrolet Malibu, der mal wieder eine Reinigung gebraucht hätte. Das Auto sah absolut unauffällig aus, was vermutlich der springende Punkt war. Es stand auf dem Parkplatz eines Bikiniladens, wo mein Bruder Kyle mehrmals (aber immer vergeblich) versucht hatte, einen Sommerjob als Verkäufer zu bekommen.

Skink setzte sich auf den Fahrersitz und tastete unter der Fußbodenmatte herum, bis er den Zündschlüssel fand. Ich öffnete die Hintertür und hievte seinen Seesack auf den Rücksitz.

»Du bist ein guter Junge, Richard.«

»Hey, Sie sind ja verletzt!«, sagte ich.

Das Licht im Auto schien auf eine kommaförmige Schnittwunde, die er seitlich am Kopf hatte. Obwohl die Wunde nicht sehr groß war, sah sie ziemlich tief aus.

»Tja, statt sich vernünftig mit mir zu unterhalten, hat Mr Olney den wilden Mann gespielt.« Der Gouverneur zuckte die Achseln. »Im Kofferraum ist ein Erste-Hilfe-Kasten. Mit Nadeln, Nahtmaterial, Jod und Unmengen von Aspirin.«

»Nahtmaterial?«

Skin lächelte. »Mr Tile ist sehr gründlich.«

Aus meiner Hosentasche erklang der Gesang des Buckelwals. Es war Mom, die aus Gainesville anrief. Ich drückte sie weg und die Mailbox schaltete sich ein.

Nachdem Skink den Motor angelassen hatte, nickte er zufrieden. Die Benzinuhr zeigte an, dass der Tank voll war, und der Motor lief wie geschmiert. Skink betrachtete sich im Rückspiegel und strich sich seine verfilzten Haare so ins Gesicht, dass die Wunde nicht mehr zu sehen war. Jetzt bemerkte ich, dass er keine normale Badehose trug, sondern labbrige alte Boxershorts.

»Keine Angst«, sagte er. »Unterwegs werde ich mich ein bisschen zurechtmachen.«

»Haben Sie denn irgendwo ein Versteck?«

»Ein Versteck?« Abermals lachte er dröhnend. »In meinem Alter, mein Junge, kommt es darauf an, in Bewegung zu bleiben und immer ein neues Projekt in petto zu haben. Das hält einen fit.«

»Und wie sieht Ihr neues Projekt aus?«, fragte ich. »Wenn Sie nicht wollen, brauchen Sie es mir nicht zu verraten.«

»Natürlich werde ich es dir verraten«, antwortete der Gouverneur. »Ich habe vor, deine Cousine ausfindig zu machen. Möchtest du vielleicht mitkommen?«

6. KAPITEL

Trent ist kein schlechter Kerl, ganz und gar nicht. Für meine Mutter würde er alles tun, und damit meine ich, dass er sich für sie sogar vor einen fahrenden Zug werfen würde. Sie sagt immer, es sei besser, mit einem einfach gestrickten Mann zusammen zu sein, der einen wirklich mag, als mit irgendeinem Einstein, der einen wie eine Fußmatte behandelt.

Trotzdem kann ich nicht leugnen, dass ich mir manchmal die – wie soll ich sagen? – intellektuellen Grenzen meines Stiefvaters zunutze mache.

Als ich nach dem Dodge-Olney-Vorfall nach Hause kam, saß Trent auf der Kante des Sofas und zog sich eine Doku mit dem Titel *Bigfoot – unzensiert* rein.

»Hey, Richard, setz dich. Das musst du dir unbedingt ansehen. Das ist toll!«

»Tut mir leid, dass ich zu spät komme.«

»Zu spät?« Er blickte auf seine Armbanduhr. »Oh. Wow.«

»Der Bootsmotor hat Sperenzchen gemacht, sodass ich die Zündkerzen auswechseln musste.«

»Verstehe. Hast du schon was gegessen?« Trent blickte wieder gebannt auf den Bildschirm, wo gerade ein durchgeknallter Autohändler aus Oregon erzählte, wie er auf der Autobahn einen trampenden Sasquatch mitgenommen hatte.

»Mann, ist das irre«, meinte mein Stiefvater.

»Einen Bigfoot würde ich auch im Auto mitnehmen.«

»Aber sicher!«

»Dann würde ich sofort mit ihm zum Cracker Barrel fahren«, sagte ich, »und ihn zum Essen einladen. Er dürfte sich bestellen, was und so viel er will.«

»Verarschst du mich jetzt wieder?«

»Was gibt es denn am Cracker Barrel auszusetzen?«

»Pst«, sagte er. »Ich will hören, was die sagen.«

»Du, Blake und sein Dad wollen ein paar Tage in Ocala campen und haben mich gefragt, ob ich mitkommen möchte. Mom hat nichts dagegen, meint aber, du sollst dich vorher mit Blakes Eltern kurzschließen.«

»Ich?«

»Sie ist gerade mit Kyle und Robbie im Baumarkt, wo sie neue Farbe für ihre Wohnung kaufen wollen.«

Hilfsbereit wählte ich eine Nummer und reichte Trent mein Handy. Inzwischen hatte ich den Überblick über all die Lügen verloren. Mein Ziel war, Malley möglichst schnell zu finden.

»Hi, hier ist Richards Stiefvater«, sagte Trent ins Telefon.

Die Stimme am anderen Ende der Leitung war die von Beth, Malleys Freundin. Sie gab vor, Blakes Mutter zu sein. Beth hat schon in mehreren Theaterstücken mitgespielt und kann alle Arten von Stimmen nachahmen. Die Rolle einer Mutter fiel ihr nicht schwer.

Ich hatte ihr eingetrichtert, was sie sagen sollte – wie sehr Blake und sein Dad sich darauf freuten, mich auf ihrem Trip dabeizuhaben.

Tut uns leid, dass das so kurzfristig ist, sollte Beth sagen.

»Hey, kein Problem«, erwiderte Trent. »Das ist supernett von Ihnen.«

Jetzt musste ich mich schnellstens davonmachen, für den Fall, dass Mom bei uns anrief. Innerhalb von drei Minuten hatte ich meine Sachen in meinem Rucksack verstaut: Zahnbürste, Baseballmütze, Badehose, T-Shirts, Unterwäsche, meinen Laptop und ein Taschenmesser.

Dann schnappte ich mir noch eine Packung Müsliriegel aus dem Küchenschrank und verabschiedete mich von Trent, der es tatsächlich schaffte, sich kurz von der Bigfoot-Doku loszueisen. Er stand auf und boxte mich freundschaftlich gegen die Schulter.

»Viel Spaß, Kumpel. Und pass auf dich auf.«

»Klar«, antwortete ich.

Der schmuddelige graue Malibu wartete auf der Auffahrt eines leer stehenden Hauses am Ende des Blocks. Skink trommelte ungeduldig mit den Fingern aufs Lenkrad. Er hatte seine Duschhaube wieder aufgesetzt, die, wie ich befürchtete, mehr Aufmerksamkeit erregen würde als seine Wunde am Kopf. Außerdem trug er eine Sonnenbrille mit verspiegelten violetten Gläsern. Es sah so aus, als sei er mit einem Kamm durch seinen Bart gefahren (für den Anfang nicht schlecht), doch an einer Schnur um seinen Hals hing die Rassel einer großen Diamantklapperschlange.

Mit anderen Worten: Der Mann war nicht gerade das, was man als unauffällig bezeichnen würde.

Auf dem Weg aus der Stadt erzählte ich ihm von meinem letzten Telefonat mit Malley. »Sie muss auf irgendeiner Insel sein, wo es eine Zugbrücke gibt«, sagte ich.

»Schon möglich.«

»Hey, das ist die beste Spur, die wir haben.«

»Erzähl mal von der Schiffssirene, die du übers Telefon gehört hast. War das vielleicht ein Schlepper? Oder ein Krabbenkutter?«

»Keine Ahnung.«

Skink schien verärgert. »Na, war der Ton hoch oder tief?«

»Ziemlich tief.«

»Je tiefer die Sirene, desto größer das Schiff«, murmelte er. »Je größer das Schiff, desto größer die Brücke.«

»Leuchtet ein.«

»Sieh doch mal im Handschuhfach nach, ja? Da müsste eine CD drin sein.«

Mr Tile hatte an alles gedacht. Auf Skinks Anweisung hin steckte ich sie in den CD-Player. Das Lied, das erklang, erkannte ich sofort wieder. Es hieß *»Run Through the Jungle«*, eine Art Südstaaten-Rocksong. Mein Vater hatte den Text auswendig gekannt.

»Ist das so was wie Ihr persönlicher Mix?«, fragte ich den Gouverneur.

»Musik für unterwegs, mein Junge.«

Wir fuhren in Richtung Westen, quer durch den Bundesstaat, weil Clearwater, wo Malley zum letzten Mal ihr Handy benutzt hatte, an der Golfküste lag. Vielleicht hatte der falsche Talbo Chock ja Freunde, die dort irgendwo auf einer Insel lebten.

Ich fragte Skink, wie er sein linkes Auge verloren hatte.

»Vor langer Zeit hat mir mal ein Dreckskerl ins Gesicht getreten.«

»Ist ja nicht zu glauben. Und wieso?«

»Er und sein Kumpel haben Obdachlose zusammengeschlagen. Einfach so zum Spaß.«

Ehrlich gesagt fehlten mir die Worte.

»Aber das war das letzte Mal, dass sie das gemacht haben«, fügte der Gouverneur hinzu.

»Inwiefern? Sind sie ins Gefängnis gekommen?«

»Das liegt lange zurück.«

Das nächste Lied auf Skinks CD hieß *»Heartbreaker«* und stammte von Led Zeppelin, ebenfalls eine Band, die mein Dad gemocht hatte. Ich öffnete meinen Laptop und stellte ein paar Recherchen an.

»Stimmt das? Geboren sind Sie am …«

»Ich bin einundsiebzig.«

»Nein, zweiundsiebzig«, sagte ich. »Vor zwei Wochen hatten Sie Geburtstag.«

»Hmm. Da hab ich wohl die Party verpasst.«

Ich fragte, ob er wirklich von einer Korallenotter in die Nase gebissen worden war, wie Jim Tile diesem Reporter erzählt hatte.

»Nicht in die Nase, sondern in den großen Zeh. Da hat sich mein Freund einen Spaß erlaubt.«

»Warum sind Sie dann nicht an dem Gift gestorben?«

»Drei lange Tage habe ich mir gewünscht, tot zu sein. Aber Jim hat mich gezwungen, ständig in Bewegung zu bleiben, damit mein Herz nicht stehen bleibt.«

Ich zeigte auf die Klapperschlangenrassel, die ihm an der Schnur um seinen Hals hing. »Was für eine Geschichte steckt dahinter?«

»Die Schlange wurde auf dem Highway 41 von einem Lastwagen überfahren, der Tomaten geladen hatte. Auf diese Weise halte ich ihr Andenken in Ehren.«

Der Gouverneur war ein guter, sicherer Fahrer, was mich angenehm überraschte. Ich hatte angenommen, dass es schwierig sein würde, keine Schlangenlinien zu fahren, wenn man nur ein Auge hat. Nachdem wir ein paar Stunden unterwegs gewesen waren, verlangsamte er plötzlich das Tempo, öffnete die Fahrertür und hob eine tote Krähe von der Straße auf. Als Nächstes folgte ein Opossum (ebenfalls verstorben), das er bei seinem haarlosen rosigen Schwanz packte und auf den Rücksitz warf, neben seinen Seesack und den toten Vogel.

»Ich habe einen Bärenhunger«, verkündete er. »Und du?«

Ich schüttelte höflich den Kopf.

»Was für eine Geschichte hast du dir denn für deine Mom ausgedacht?«

»Noch gar keine«, erwiderte ich. »Hab ihr nur gesimst, um Gute Nacht zu sagen. Sie besucht gerade meine Brüder, die in Gainesville auf das College gehen.«

»Und was ist mit Troy?«

»Trent heißt er.«

»Sie wird ihm den Hals umdrehen«, mutmaßte Skink.

»Nein. Ich werde ihr sagen, dass es nicht seine Schuld war, sondern einzig und allein meine.«

»Okay. Jetzt bist du dran.«

»Was?«, entgegnete ich. Der Malibu verlangsamte abermals das Tempo.

»Siehst du das Gürteltier, das da vorn im Scheinwerferlicht liegt?«

»Ja. Zumindest das, was von ihm übrig geblieben ist.«

»Spare in der Zeit, dann hast du in der Not.«

»Soll ich wirklich …?«

»Du brauchst dich bloß aus der Tür zu lehnen und dir das verflixte Viech zu schnappen«, meinte der Gouverneur. »Aber bleib angeschnallt!«

»Mach ich.«

Als wir langsam vorbeifuhren, griff ich nach dem unglückseligen Tier – und langte daneben.

Das Auto konnte höchstens fünfzehn Stundenkilometer draufhaben. Skink kicherte, legte den Rückwärtsgang ein und sammelte den Rest seines Abendessens auf. Zwanzig Minuten später bog er in einen unbefestigten Trampelpfad ein. Ich half ihm, ein kleines Feuer anzuzünden, weigerte mich aber, etwas von seinem Eintopf aus überfahrenen Tieren zu essen. Zugegebenermaßen roch das Ganze jedoch recht gut. Er sagte, entscheidend sei, wie frisch und in welchem Zustand die Kadaver seien.

»Wenn sie platt gewalzt sind, ist das nicht gut«, sagte er.

»Es sei denn, man hat Appetit auf Pancakes.«

»Etwas mehr Respekt, wenn ich bitten darf, mein Junge.«

»Wollen wir hier draußen campen?«

»Nein, wir fahren die Nacht durch. Wenn du müde bist, kannst du im Wagen schlafen.«

Dagegen hatte ich nichts einzuwenden. Jeder Kilometer, den wir zurücklegten, brachte uns Malley näher.

Malley war schon fünf Mal durchgebrannt. Einmal, weil sie sauer auf Onkel Dan war, der ihr ihren Laptop weggenommen hatte. Aber die anderen vier Male war sie einfach aus Langeweile davongerannt. Und wenn ich sage *davongerannt*, dann meine ich das wörtlich. Meine Cousine ist nämlich ein Ass im Geländelauf. Die holt niemand so schnell ein.

Maximal zwei Tage war sie jeweils weggeblieben und nie waren dabei irgendwelche Jungs im Spiel gewesen. Danach hatte Sandy sie jedes Mal zum Psychologen geschleppt, und Malley hatte es natürlich genossen, dem armen Mann alle möglichen abgedrehten Geschichten aufzutischen. Einmal behauptete sie, in einem früheren Leben die ägyptische Königin Kleopatra gewesen zu sein. Ein andermal erzählte sie dem Psychologen, ihre Eltern seien so gemein, dass sie sie zwingen würden, beim Schlafen wie eine Fledermaus von der Decke zu hängen.

Ihre abgedrehteste Story: Nachdem sie das fünfte Mal ausgerissen und nach Hause zurückgekehrt war, erzählte sie dem Seelenklempner, sie sei weggelaufen, weil Justin Bieber ihr nachstelle. Sie behauptete steif und fest, dass er ständig in der großen Eiche vor ihrem Haus hocke und ihr verzückt zuwinke, wenn sie aus dem Fenster ihres Zimmers blicke.

Die Geschichte war deswegen besonders dreist, weil meine Cousine Justin Bieber nicht ausstehen kann, aber erstaunlicherweise glaubte der Psychologe den ganzen Unsinn und schrieb in seinem Bericht, dass Malley offenbar unter Wahnvorstellungen leide. Sie konnte es gar nicht erwarten, mir die Sache zu erzählen.

Meine Cousine ist superschlau. Sie glänzt in allen Schulfächern, die sie mag, und lässt diejenigen, die sie nicht interessieren, links liegen. Doch auch wenn sie wesentlich schlauer und cleverer als der falsche Talbo Chock ist, würde ihr das nicht viel helfen, falls der Typ gewalttätig werden sollte. Obwohl Malley fast sieben Zentimeter größer ist als ich (infolge eines »Wachstumsschubs«), ist sie wegen all ihrer Geländeläufe sehr dünn. Ihre Arme sind spindeldürr, und ich glaube, sie könnte sich noch nicht mal aus einer Seifenblase freiboxen.

»Hoffen wir, dass es nicht so weit kommt«, sagte Skink.

Ich war zu aufgekratzt, um schlafen zu können. Deshalb erzählte ich ihm noch mehr über Malley.

»Hatte sie je Boyfriends?«, fragte er.

»Nicht wirklich. Den Typ, mit dem sie durchgebrannt ist, hat sie in einem Chatroom kennengelernt.«

»Aber du hast doch gesagt, sie hätten sich über den Computer kennengelernt. Ist dieser *Chatroom* denn so was wie eine Bibliothek?«

»Chatrooms gibt es nur im Computer«, erwiderte ich. »Die sind virtuell, Dude.«

»Nenn mich gefälligst nicht *Dude*.«

»Wieso? Da ist doch nichts Schlimmes dran. Haben Sie nie *The Big Lebowski* gesehen?«

Skink wandte den Blick von der Straße ab und sah mich mit seinem richtigen Auge scharf an. »The Big was?«

»Das ist ein Filmklassiker.«

»Ich bin seit 1974 nicht mehr in irgendeinem Kino gewesen«, erklärte er.

In gewisser Weise war ich mit einem Außerirdischen unterwegs.

Einem Außerirdischen, der viel fluchte. Ich habe all seine Schimpfwörter ausgelassen, obwohl sie mir nichts ausmachten. Der Mann war für sein Land in den Krieg gezogen und auf ihn war geschossen worden, also konnte er von mir aus reden, wie er wollte.

Außerdem hatte er es sich zur Aufgabe gemacht, meine Cousine aufzuspüren und nach Hause zurückzubringen. Vielleicht hatte ihm sein Freund Jim Tile ja von den zehntausend Dollar Belohnung erzählt, obwohl der Gouverneur das mir gegenüber nie erwähnte. Ich hielt es für unwahrscheinlich, dass ein Mensch, der den Sommer damit verbrachte, Schildkröteneierdiebe zu jagen, an Geld interessiert war.

»Werden Sie jetzt von der Polizei verfolgt?«, fragte ich. »Wegen der Sache mit Dodge Olney, meine ich.«

»Niemand, der den Vorfall gesehen hat, weiß, wer ich bin.«

»Trotzdem werden die Cops nach dem Täter suchen.«

»In Anbetracht von Olneys Vorstrafenregister nicht sehr intensiv«, entgegnete Skink.

Vermutlich hatte er recht. Manche Leute hätten ihm sogar

eine Goldmedaille verliehen, weil er dafür gesorgt hatte, dass dieser Drecksack nicht mehr die Strände heimsuchen würde.

Ich schloss mein Ladegerät an und verkabelte es mit meinem iPod. »Hey, könnten wir was von meiner Musik spielen?«

»Auf gar keinen Fall«, sagte Skink.

Auf der Gegenfahrbahn kamen uns mehrere Lastwagen entgegen, deren Scheinwerfer mich blendeten. Ich schloss die Augen und dachte über meine Cousine nach. Ob sie heute in einem Motel übernachtete? Oder in einem Zelt? Vielleicht auf dem Rücksitz des Toyotas?

Ich überlegte, ob sie Geld bei sich hatte oder ob der Pseudo-Talbo Benzin und Essen bezahlte. Wer Nummernschilder klaute, hätte sicher keine Skrupel, eine Kreditkarte zu stehlen. Vielleicht war er ja, wie Malley behauptet hatte, tatsächlich ein fabelhafter DJ. Vielleicht hatte sie sich aber auch das nur ausgedacht.

Schließlich schlief ich ein. Als ich aufwachte, war die Sonne aufgegangen, und ich saß allein im Wagen, der am Ufer einer kleinen Brackwasserbucht geparkt war. Geweckt hatte mich der Gesang des Buckelwals, der aus meinem Handy tönte.

»Hi, Mom«, sagte ich.

»Wo *bist* du?«

»Unterwegs, um Malley zu suchen.«

»Richard, hast du dein letztes bisschen Verstand verloren?«

Sie hatte bereits mit Blakes Vater gesprochen, der mit Erstaunen von dem angeblichen Campingtrip gehört hatte.

»Sei nicht sauer auf Trent«, sagte ich. »Das ist einzig und allein meine Schuld.«

»Du kommst sofort nach Hause!«

»Das kann ich nicht, Mom.«

»Überlass es der Polizei, sich um den Fall zu kümmern!«

»Nein. Wir haben schon lange genug gewartet.«

»Richard, ich schwöre dir …«

»Kein Grund zur Aufregung, okay? Ich hab alles unter Kontrolle.«

»Aber mit wem bist du denn unterwegs? Wen kennst du überhaupt, der alt genug zum Autofahren ist?«

»Mom, es ist …«

Eine Hand schoss wie ein Habicht im Sturzflug durch das offene Fenster und entriss mir das Telefon. Dann sprach Mr Clinton Tyree in ganz ruhigem Ton mit meiner Mutter.

Unglaublich.

»Madam, ich kann Ihnen versichern, dass Richard in Sicherheit ist und unter meiner Obhut steht. Er und ich sind aufgebrochen, um – so Gott will – Ihre Nichte ausfindig zu machen. Ich habe volles Verständnis dafür, dass Sie sich Sorgen machen. Haben Sie einen Kugelschreiber oder einen Bleistift zur Hand? Ich werde Ihnen jetzt eine Telefonnummer geben. Der Gentleman am anderen Ende wird Ihnen so viel über mich erzählen, wie er für ratsam hält. Er hat einen hervorragenden Ruf als Gesetzeshüter, also schenken Sie ihm bitte Ihre volle Aufmerksamkeit. Richard wird sich später wieder bei Ihnen melden. Er ist, wie Sie zweifellos wissen, ein vielversprechender junger Mann und bedauert zutiefst, dass er seinen Stiefvater getäuscht hat, obwohl das nötig war. Jetzt die Telefonnummer …«

In dem Moment begriff ich, warum Skink zum Gouverneur gewählt worden war. Wenn er wollte, konnte er reden wie gedruckt. Nachdem er sich von meiner Mutter verabschiedet hatte, gab er mir das Handy zurück.

»Wo sind wir hier?«, fragte ich.

»Am verdammt falschen Ort. Tut mir leid.«

Wir fuhren ungefähr einen halben Kilometer am Ufer entlang. Dann machte er im Schatten einer vierspurigen Betonbrücke halt. Sie war so hoch, dass Schlepper, Hochseefischerboote und selbst Segelboote darunter hindurchfahren konnten. »Das war früher mal eine Zugbrücke«, sagte er niedergeschlagen. »Vor langer Zeit.«

Die neue Brücke spannte sich vom Festland zu einer Barriereinsel, deren Ufer mit privaten Anlegestellen übersät war. In früheren Zeiten hatten hier nur Mangroven gestanden. Auf der Golfseite der Insel erstreckte sich ein Strand für Touristen. Das wusste ich deshalb, weil ein kleines Flugzeug am Himmel kreiste, das das Spruchband irgendeiner Tiki-Bar hinter sich herzog. Die Aufschrift lautete: »Happy Hula Hour«.

»Ich dachte, deine Cousine könnte hier sein«, sagte Skink. »Aber als ich das letzte Mal hier war, gab es noch keine Hochhäuser. Da war das noch ein ruhiger Ort.«

Ich zählte sechs Wohntürme, die wie riesige Schornsteine nebeneinander aufragten.

»Wann sie die alte Brücke wohl abgerissen haben?«, fuhr Skink fort. Er war regelrecht am Boden zerstört.

»Hey, dann suchen wir eben weiter«, schlug ich vor. »Es gibt doch noch jede Menge anderer Inseln.«

»Die Leute aus den Nordstaaten, die hier überwintern, haben nichts dafür übrig, an einer Zugbrücke warten zu müssen. Deshalb ist sie abgerissen worden. Sonst könnte es ja passieren, dass diese Typen das Frühstücksbüfett im Macaroni Grill verpassen. Ha!«

Er schimpfte noch eine Weile vor sich hin. Erst als ich seine CD anstellte, beruhigte er sich wieder. Ich brachte ihn sogar zum Lächeln, indem ich den Titel des unglaublich alten Bob-Dylan-Songs *»Subterranean Homesick Blues«* erriet. Skink fragte, woher in aller Welt ich den kannte. Ich erklärte ihm, dass mein Vater Dylan und viele alte Bands geliebt hatte und dass ich am Tag nach Dads Tod seine ganze Playlist auf meinen iPod runtergeladen hätte.

»Tatsächlich? Dann lass mal hören«, sagte Skink.

So kam es, dass wir, während wir auf der Interstate durch Tampa fuhren, zur Musik meines Dads abrockten. Manchmal konnte ich einfach nicht glauben, dass der Gouverneur schon zweiundsiebzig war. Bei anderen Gelegenheiten wiederum sah er aus wie hundertzehn. Jetzt benahm er sich wie ein Teenager, schüttelte die Faust und grölte den Text eines Lieds von Pearl Jam mit. Wir hatten die Musik so laut gestellt, dass ich mein Telefon nicht klingeln hörte.

Später machten wir an einem Strandcafé in Clearwater halt, wo Skink zum Lunch eine Mahlzeit aß, die nicht erst gehäutet oder gerupft werden musste. Erst da bemerkte ich die eingegangenen Anrufe. Der erste stammte von Beth, die fragte, wo ich sei und ob ich Malley schon gefunden hätte.

Der zweite Anruf kam von einer unterdrückten Nummer.

»Na, Ricardo? Wollt mich nur mal wieder melden. Hier im Paradies ist einfach alles toll. Weißt du, was ich heute Morgen auf einem Baum gesehen habe? Einen Elfenbeinspecht! Der hat so einsam geklungen, dass ich ganz traurig wurde.«

Malley hustete mehrmals und ihre Stimme hörte sich rau an. Als ich Skink die Nachricht vorspielte, zog er eine Augenbraue hoch. »Sie sagt Ricardo zu dir?«

»Hat sie noch nie gemacht. Komisch.«

»Sie will, dass du gut zuhörst.«

»Außerdem sind Elfenbeinspechte ausgestorben. In der sechsten Klasse hab ich in Bio mal eine Arbeit über sie geschrieben und Malley hat mir bei den grafischen Darstellungen geholfen.«

»Ich weiß, wo diese Vögel leben«, sagte Skink.

»*Lebten*, meinen Sie.«

»An einer ganz bestimmten Stelle in Florida, *Ricardo*, und das ist keine Insel.«

»Tatsächlich?«

»Das Mädchen versucht dir mitzuteilen, wo sie ist.«

»Und dass der Vogel so *einsam* geklungen hat – das heißt, dass sie nach Hause will.«

»Richtig«, sagte er.

»Vielleicht lässt der falsche Talbo sie nicht gehen.«

»Mein Motto ist: Nimm immer das Schlimmste an.« Dann stand der Gouverneur auf und ging mit raschen Schritten zum Auto.

Ich stopfte mir den Rest meines Chili Hot Dogs in den Mund und rannte ihm hinterher.

7. KAPITEL

Der Marine Corporal Talbo Chock hätte mit allen militärischen Ehren auf dem Nationalfriedhof von Arlington, Virginia bestattet werden können, doch seine Mutter wollte ihn in ihrer Nähe haben. Deshalb hatte das Begräbnis in Fort Walton Beach, Florida stattgefunden, an einem schwülen Julinachmittag, genau einen Monat bevor meine Cousine davongelaufen war.

Während des Gottesdienstes hatte sich jemand auf das Gelände geschlichen und einen weißen 2007 Toyota Camry aufgebrochen, der dem Pfarrer gehörte. Auf dem Vordersitz des Autos lag der Ausdruck der Grabrede des Pfarrers, die das kurze Leben und den Heldentod von Earl Talbo Chock schilderte. Der Pfarrer hatte vorgehabt, Talbos Eltern ein Exemplar seiner anrührenden Rede zu überreichen, doch stattdessen geriet es in die Hände eines Autodiebs, der beschloss, auch den Namen des toten Soldaten zu stehlen.

All das berichtete mir Trujillo am Telefon.

»Das ist vermutlich nicht das, was du hören möchtest«, sagte er, »aber immerhin haben wir Fortschritte gemacht. Der

Toyota des Pfarrers hat ein kleines Loch in der Heckscheibe, das auch bei dem Auto auf den Videoaufnahmen vom Flughafen zu sehen ist.«

»Wo genau ist dieses Loch?«, fragte ich.

»In der Mitte. Der Pfarrer hat seinem kleinen Sohn zum achten Geburtstag eine Schrotflinte geschenkt. Nicht gerade eine geniale Idee.«

Ich verschwieg dem Kriminalbeamten, dass ich mit einem einäugigen ehemaligen Gouverneur unterwegs war, um nach meiner Cousine zu suchen. Wir hatten bereits dreiundzwanzig weiße Toyota Camrys gesichtet, doch in keinem hatte ein Paar gesessen, das nach Malley und ihrem Online-Talbo aussah.

Über den letzten Anruf meiner Cousine informierte ich Trujillo nur in groben Zügen. Er wäre wohl kaum davon zu überzeugen gewesen, dass die Erwähnung einer ausgestorbenen Vogelart ein verschlüsselter Hilfeschrei war.

Außerdem machte es die entlegene Gegend, wo Malley unserer Ansicht nach festgehalten wurde – *falls* sie festgehalten wurde –, erforderlich, die Sache ohne Aufsehen anzugehen. Ein Konvoi heranrasender Polizeiautos könnte den falschen Talbo Chock so erschrecken, dass er die Nerven verlor und etwas Drastisches tat.

Fürs Erste war ihm jedenfalls nicht klar, dass ihm jemand auf der Spur war.

Von Clearwater aus nahm Skink den Highway 19, der an der Golfküste bis nach Perry führt, wo man scharf nach links abbiegen muss, um in den Nordwesten zu gelangen. Diese Route hatte mir mein Smartphone angezeigt. Das war die kürzeste Strecke, die uns zu unserem Ziel brachte, doch es dauerte nicht lange, bis etwas dazwischenkam.

Als ein blauer SUV mit hundert an uns vorbeiraste, warf der Fahrer eine leere Budweiser-Dose aus dem Fenster. Eine einzige, lausige Dose!

Der Gouverneur bezeichnete den Typ als Schwachkopf, was ich nur bestätigen konnte. Danach dachte ich nicht weiter darüber nach. Vor allem blickte ich nicht auf den Tachometer, der mir verraten hätte, dass Skink das Tempo erhöhte, um an dem blauen SUV dranzubleiben. Ich war viel zu sehr damit beschäftigt, auf meinem Laptop eine E-Mail meiner Mutter zu lesen.

Als der SUV seine Geschwindigkeit verringerte und nach Westen, in Richtung Homosassa, abbog, folgten wir ihm ebenfalls.

»Wo fahren Sie denn hin?«, fragte ich Skink.

Sein Gesicht war weder wütend noch aufgeregt, sondern hart wie Granit. Diesen Gesichtsausdruck hatte er wahrscheinlich auch gehabt, als er hörte, wie Dodge Olney das gefakte Schildkrötennest freischaufelte.

Ich versuchte es noch einmal. »Was haben Sie vor, Gouverneur?«

Keine Antwort.

»Das war doch nur eine Bierdose. Also echt.«

Er schüttelte den Kopf, als sei er enttäuscht von mir.

»Außerdem haben wir gar keine Zeit«, sagte ich. »Wir müssen uns beeilen, um Malley einzuholen.«

»Es wird nicht lange dauern, mein Junge.«

Und das war's – so als sei keine Erklärung nötig. Er erwartete einfach von mir, dass ich Verständnis für sein Verhalten hatte.

Der Himmel überzog sich immer mehr mit dunklen Unwetterwolken. Nach einer Weile machte der SUV vor einem Restaurant namens Bucky's Deluxe Dining halt. Die Bude sah eher wie eine Kneipe aus. Skink fuhr weiter, bis er einen Eckladen entdeckte. Fünfzehn Minuten später waren wir wieder beim Restaurant. Inzwischen regnete es in Strömen.

Ich will nicht rechtfertigen, was der Gouverneur machte, doch es hätte für den Schwachkopf im SUV noch viel schlimmer kommen können. Er hätte zum Beispiel wie Dodge Olney im Krankenhaus landen können. Stattdessen wurde nur seinem Fahrzeug etwas angetan.

Man muss kein Automechaniker sein, um zu wissen, dass ein Benzinmotor nicht mit einer Mischung aus Wasser, Gerstenmalz, Hopfen, Reis und Hefe läuft, die die Bestandteile von Budweiser Bier sind. Das habe ich gegoogelt, während ich im Malibu saß und mich ganz klein machte.

Skink kniete neben dem blauen SUV und goss in aller Ruhe ein Sixpack in den Tank. Dann – um sicherzustellen, dass sein Botschaft ankam – stopfte er die leeren Dosen in das Auspuffrohr. Ich hoffte inständig, dass wegen des strömenden Regens niemand im Restaurant sehen konnte, was da vor sich ging.

Sobald wir wieder auf dem Highway 19 waren, setzte ich mich aufrecht hin und sagte zu dem Gouverneur, dass er verrückt sei. »Was haben Sie sich denn dabei gedacht? Mannomann!«

»Solche Schmutzfinken sind das Letzte.« Seine Kleidung war klatschnass, von seiner Duschhaube tropfte es.

»Was sollen wir denn machen, wenn man Sie ins Gefängnis steckt?« Ich war ziemlich aufgebracht. »Soll ich dann Malley allein retten?«

»In diesem Teil des Staates gibt es einige wunderschöne Fleckchen Erde. Wenn ich sehe, wie die Gegend von irgendeinem Armleuchter verdreckt wird, kann ich nicht einfach wegblicken.«

Das Glasauge des Gouverneurs hatte sich beschlagen, aber das wusste er natürlich nicht. Ich hatte ihn mal gefragt, warum er sich kein grünes Glasauge besorgte, das farblich zu seinem richtigen Auge passte. Er sagte, das braune Auge stamme von einem ausgestopften Bären. Er selbst würde nie einem Bären etwas zuleide tun. Bären seien mächtige Glücksbringer. Der ausgestopfte Bär hatte irgendeinem Idioten gehört, der sich für einen Großwildjäger hielt. Skink hatte dem Typ mal einen – wie er es formulierte – »inoffiziellen Besuch« abgestattet.

Nachdem ich mich wieder beruhigt hatte, sagte ich: »Was Sie da gerade angestellt haben, war ein Verbrechen. Sie haben den Motor des Autos total ruiniert.«

»Ein oder zwei Kilometer wird er es vielleicht noch machen.«

»Was, wenn es auf dem Parkplatz Überwachungskameras gab?«

»In Homosassa, Florida? Ha!«

Es war aussichtslos, mit ihm zu diskutieren.

»Ein Freund von mir«, fuhr er fort, »hat mal die Ladung

eines Müllwagens in ein BMW-Kabriolett gekippt. Das Szenario war ganz ähnlich – der Fahrer hatte all seine Burger-King-Tüten auf die Landstraße geworfen.«

»Ich versteh ja, dass Sie wütend sind. Bin ich ja auch, aber …«

»Wir sind nun mal, wie wir sind.«

»Ja, schon möglich«, sagte ich.

Beth rief wieder an. Sie hatte eine SMS von Malley bekommen – T. C. sei ja so toll und so weiter und so fort.

Ich erzählte Beth, dass ich nach Norden fuhr, weil ich einen ganz bestimmten Verdacht hätte, und mich in ein paar Tagen wieder bei ihr melden würde. Sie hörte gar nicht mehr auf zu reden. Ehrlich gesagt war ich nicht besonders scharf darauf, mir anzuhören, was für Probleme sie mit ihrem Boyfriend Taylor hatte. Er interessiere sich nur für Baseball, sagte sie. Außerdem sei er ein lahmer Tänzer.

Ich kannte Taylor kaum, wollte mich aber nicht zwischen ihn und Beth drängen. Falls sie mit ihm Schluss machen sollte, sah die Sache schon anders aus.

Skink tat so, als höre er dem Gespräch nicht zu. Als ich es beendet hatte, zuckte ich die Achseln und sagte: »Hey, nur eine Freundin, nichts weiter.«

»Von denen hab ich auch einige gehabt.« Er kratzte sich am Bart. »Wie kommt deine Mutter damit zurecht?«

Ich klappte meinen Laptop auf und las ihm ihre E-Mail vor, die halb im Ton einer Mutter, halb in dem einer Rechtsanwältin verfasst war:

Lieber Richard,

all das wollte ich Dir eigentlich am Telefon sagen, aber manchmal ist es leichter, seine Gedanken zu ordnen, wenn man sie schriftlich niederlegt.

Du wirst verstehen, dass ich von Deinem spontanen Trip nicht begeistert bin. Wir alle machen uns Sorgen um Deine Cousine, aber ich persönlich mache mir vor allem Sorgen um Dich. Ich habe mich lange mit dem geheimnisvollen »Mr Tile« unterhalten, der mir im Vertrauen die Geschichte des Mannes erzählt hat, mit dem Du unterwegs bist. Er sagte, dieser Mensch sei trotz seines Alters körperlich in der Lage, Dich zu beschützen, und dass er nicht zögern würde, notfalls für Dich sein Leben zu opfern.

Es wäre unwahr, zu behaupten, dass Mr Tiles Aussagen mich nicht beruhigt hätten. Ich habe selbst ein paar Recherchen angestellt, die die biografischen Details über diesen sogenannten »Skink« bestätigt haben.

Ich bin jedoch auch auf Berichte über bestimmte Vorfälle gestoßen, von denen ich nur hoffen kann, dass sie übertrieben sind. Wenn nur die Hälfte der Geschichten stimmt, dann ist dieser Mann nicht gerade das, was man als ausgeglichene Persönlichkeit bezeichnen würde. Bitte, bitte sei vorsichtig.

Mr Tile hat versprochen, mit mir in Kontakt zu bleiben. Trotzdem schmeckt mir dieser Trip, auf den Du Dich eingelassen hast, überhaupt nicht. Ich persönlich glaube nicht, dass man Malley finden kann, wenn sie das nicht will, oder dass sie wirklich »gerettet« werden muss. Laut Dan und Sandy klang sie ziemlich unbeschwert, als sie zu Hause angerufen hat. Meine Erfahrung sagt mir, dass sie nach Loggerhead Beach zurückkehren wird, sobald sie von dieser neuesten Eskapade genug hat.

Offenbar glaubst Du, dass sie in Gefahr sein könnte, und wenn das zutrifft, könntest Du ebenfalls in Gefahr sein. Deshalb bitte ich Dich nochmals, umzukehren und den Fall der Polizei zu überlassen. Du und »Skink« – ihr könnt nichts tun, was erfahrene Ermittlungsbeamte nicht besser tun könnten. Ehrlich gesagt habe ich nur wegen Mr Tile nicht die Polizei eingeschaltet, um nach Dir suchen zu lassen!

In solchen Situationen frage ich mich, was Dein Vater wohl tun würde, wenn er noch da wäre. Wie Du weißt, war er immer sehr nachsichtig und tolerant. Er hielt es für richtig, wenn ihr Jungs ein bisschen über die Stränge schlagt und Risiken eingeht, aber ich vermute, dass selbst er von Deinem jetzigen Verhalten alarmiert wäre.

Bitte komm nach Hause, Schätzchen.

Alles Liebe, Mom

Ich klappte den Computer zu und sah den Gouverneur an, um festzustellen, ob er beleidigt war, weil meine Mutter angedeutet hatte, dass er möglicherweise nicht ganz richtig im Kopf sei.

Doch er sagte nur: »Du bist ein Glückspilz, junger Mann.«

»Ich weiß.«

»Wenn du nach Hause willst, dann ist das okay.«

»Ich will ja gar nicht, aber …«

»Sie würde es nicht verkraften, wenn dir etwas zustoßen sollte.«

»Deshalb habe ich ja nach Dads Tod mit dem Surfen aufgehört«, sagte ich. »Meine Brüder sind auf dem Wasser die reinsten Irren. Haben keinerlei Angst. Mom kann das nicht ertragen.«

»Und bei dir verlässt sie sich darauf, dass du keinen Mist baust. Stimmt's?«

»So ungefähr.«

Der Regen hatte inzwischen nachgelassen. Die Scheibenwischer des Wagens glitten quietschend über das Glas. Gerade wurde eins von Skinks Liedern gespielt. *Help me, Rhonda. Help, help me, Rhonda.*

»In Bay County gibt es einen Flughafen«, erklärte er. »Sag deiner Mutter, sie soll dort anrufen und einen Flug nach Orlando für dich buchen. Ich würde dich ja in einen Greyhound-Bus setzen, aber dann landest du vielleicht neben jemandem, der noch schlimmer aussieht als ich.«

»Warum kann ich denn nicht einfach mit Ihnen im Auto zurückfahren?«

»Weil ich nicht zurückfahre.«

»Oh.« Im ersten Moment kapierte ich gar nichts.

»Sondern deine Cousine ausfindig machen werde«, fuhr er fort.

Und damit hatte es sich. Ob mit mir oder ohne mich – der alte Mann hatte die Absicht, Malley aufzuspüren und sie von dem Pseudo-Talbo wegzuholen.

Ein paar Stunden später – die Sonne ging gerade hinter lockeren pinkfarbenen Wolken unter – befanden wir uns in Panama City und standen am Rande des Messalina Bayou.

Wir sahen zu, wie die Tarpon-Dock-Zugbrücke hochgezogen wurde, um einen Krabbenkutter durchzulassen, der vom Golf hereinkam. Um das Heck schwirrten unzählige Möwen und Seeschwalben und stießen hungrige Schreie aus. Der Kapitän des Schiffs ließ die Sirene ertönen.

Ich geriet so aus dem Häuschen, dass ich anfing zu zittern. »Das muss die Brücke sein, von der sie mich angerufen hat!«

Als das Schiff an uns vorbeituckerte, musterte uns der Kapitän von der Kommandobrücke aus. Skink nahm seine Duschhaube ab und stopfte sie sich in die Tasche. Seine Kopfwunde war vom Jod purpurrot, und ich sah, dass sie mit schwarzen Fäden zusammengenäht worden war. Das musste er gemacht haben, während ich geschlafen hatte.

»Was hast du deiner Mom denn geschrieben?«, fragte er.

»Dass ich Ihnen vertraue.«

Der Gouverneur lächelte. »Heißt das, ich soll dich nicht zum Flughafen bringen?«

»Das heißt es«, erwiderte ich.

»Wunderbar.« Er nahm die Schnur mit der Klapperschlangenrassel ab und überreichte sie mir.

Ich wünschte, ich hätte sie noch.

8. KAPITEL

Nach dem Elfenbeinspecht suchen Wissenschaftler mit derselben fanatischen Entschlossenheit, mit der andere Leute nach dem Bigfoot suchen.

Der Unterschied dabei ist, dass es diese Spechte wirklich gab. Sie lebten in den alten Hartholzwäldern im Südosten der USA, bis nach dem Bürgerkrieg die Holzverarbeitungsindustrie anrückte und Millionen Bäume fällte. Zum Schluss gab es für die Vögel weder Borkenkäfer, von denen sie sich ernähren, noch abgestorbene Baumstämme, in denen sie ihre Nisthöhlen bauen konnten. Sobald bekannt wurde, dass Elfenbeinspechte immer seltener wurden, machte man Jagd auf sie und verkaufte die toten Vögel an Museen, wo sie ausgestopft und wie Dinosaurier ausgestellt wurden. Traurig, aber wahr.

Der Elfenbeinspecht war unglaublich schön. Der ziemlich große Vogel hatte einen langen Schnabel, blassgelbe Augen und bläulich-schwarzes Gefieder. An beiden Seiten des Halses verliefen leuchtend weiße Streifen, die bis zu den Flügeln reichten. Sein auffälligstes Merkmal war eine spitz zulaufende Haube auf dem Hinterkopf, die bei Weibchen eine schwarze, bei Männchen eine hellrote Färbung hatte. Das Aussehen des Elfenbeinspechts war so spektakulär, dass man ihm den Spitznamen »Herrgottsvogel« verpasste, weil die Leute angeblich »Herrgott!« riefen, wenn sie zum ersten Mal einen erblickten.

Seit über achtzig Jahren hat es keine hundertprozentig dokumentierte Sichtung des Elfenbeinspechts mehr gegeben. Angeblich will man ihn hier und da erspäht haben, doch wie beim Bigfoot konnte er in keinem einzigen Fall eindeutig lokalisiert und identifiziert werden. Was Leute oft zu Gesicht bekommen (und was sie in Aufregung versetzt), ist in Wirklichkeit ein Helmspecht, der ebenfalls eine rote Haube hat. Dieser Vogel ist jedoch kleiner, hat bräunliches Gefieder und einen kürzeren Schnabel. Außerdem sind die weißen Streifen auf den Flügeln nicht so stark ausgeprägt.

Das alles weiß ich, weil ich diese Arbeit in Bio geschrieben habe. Ich würde mich zwar nicht als Elfenbeinspecht-Experten bezeichnen, habe aber Unmengen von Recherchen betrieben. Weil Elfenbeinspechte vor so langer Zeit aus den Wäldern verschwunden sind, gibt es keine Farbfotografien von ihnen. Malley half mir damals, ein Bild des Vogels auf mein Posterboard zu zeichnen. Um der Genauigkeit willen orientierten wir uns an jahrhundertealten Illustrationen sowie an einem Gemälde von drei Elfenbeinspechten, das von John James Audubon stammte, dem berühmten Naturmaler, der lange Zeit in Florida lebte.

Leider erschoss Audubon gewöhnlich die Vögel, die er malen wollte, damit er sie genauer studieren konnte. Das war in den Zwanzigerjahren des neunzehnten Jahrhunderts, als es noch sehr viele Elfenbeinspechte gab, doch sicher würde Audubon heute dieses Gemälde hergeben, wenn er dafür einen lebendigen Elfenbeinspecht sehen könnte. Die letzte bekannte Population wurde in den Dreißigerjahren des zwanzigsten Jahrhunderts ausgerottet, als eine Chicagoer Holzfirma einen uralten Wald in Louisiana abholzte. Viele Leute – sogar einige Politiker – protestierten damals gegen die Abholzung, jedoch ohne Erfolg.

Danach wurde der Elfenbeinspecht zur Legende, die bis zum heutigen Tag fortlebt und in Florida mit den tiefen Wäldern am Choctawhatchee, der sich vom südlichen Alabama in den Nordwesten des Staates schlängelt, verknüpft ist. Malley half mir damals auch beim Zeichnen der Habitatkarte. Deshalb konnte sie mir am Telefon mitteilen, wo sie war, ohne den falschen Talbo Chock zu alarmieren. Sie brauchte nur zu sagen, dass sie einen Elfenbeinspecht gesehen hätte, was nur ein Vogelfreak wie ich verstehen würde.

Vor nicht allzu langer Zeit haben Forscher von zwei großen Universitäten eine Studie veröffentlicht, in der vierzehn glaubwürdige Sichtungen des Elfenbeinspechts im Flusstal des Choctawhatchee aufgelistet sind. Zudem werden dreihundert Aufnahmen aufgezählt, auf denen man den Ruf und das charakteristische Hämmern des Elfenbeinspechts hören kann. Doch bisher ist es trotz langjähriger Versuche noch niemandem gelungen, einen eindeutigen fotografischen Beweis dafür zu erbringen, dass in dieser Gegend – oder sonst wo in den USA – noch Elfenbeinspechte leben.

Es gibt ein berühmtes Video, auf dem angeblich ein Elfenbeinspecht zu sehen ist, und zwar in einem Sumpf in Arkansas, doch führenden Ornithologen zufolge handelt es sich dabei höchstwahrscheinlich um einen Helmspecht. Einen Ausschnitt aus diesem Video baute ich damals in meine Bioarbeit ein, die ich interaktiv angelegt hatte. Man konnte einen Link anklicken und sich Aufnahmen von den unterschiedlichen Klopfgeräuschen des Helmspechts und des Elfenbeinspechts anhören. Die Geräusche machte ich selbst nach, indem ich mit einem hohlen Bambusrohr gegen eine Palme klopfte.

Es wäre toll, wenn tatsächlich jemand einen lebenden Elfenbeinspecht entdecken würde, aber bisher ist das noch nicht geschehen. Offiziell gilt der Vogel als ausgestorben und zu diesem Schluss kam ich auch in meiner Arbeit. Sie sind alle verschwunden.

»Sei dir da nicht so sicher«, sagte der Gouverneur.

»Jetzt hören Sie sich so an wie mein Stiefvater. Der glaubt nämlich, dass es Sasquatches gibt.«

»Ich habe einen dieser Spechte selbst gesehen.«

»Okay«, sagte ich.

»Am 17. April 2009. Morgen zeige ich dir, wo das war.«

Die Choctawhatchee Bay, wo der Fluss ins Meer mündet, liegt ganz in der Nähe von Panama City, doch Skink beschloss, erst am nächsten Morgen mit unserer Suche nach Malley zu beginnen. Im Dunkeln herumzuschnüffeln sei zu riskant, sagte er. Bei Tageslicht könnten wir als Großvater und Enkel auftreten, die eine gemütliche Sommerreise machten.

»Haben Sie nicht so was wie einen richtigen Hut?«, fragte ich.

Er strich seine Duschhaube glatt und stocherte mürrisch mit einem Stock in der Glut des Feuers herum. Wir campten in einem Kieferngehölz, in der Nähe eines Ortes namens Ebro. Der Gouverneur briet gerade zwei Dutzend Austern, die er in einem Fischgeschäft gekauft und mit einem Kampfmesser aus der Schale herausgelöst hatte. Ich hatte mich noch nie getraut, Austern zu essen, erklärte mich aber bereit, eine zu probieren, weil die Alternative gekochter Waschbär gewesen wäre. Skink hatte das überfahrene Tier auf dem Highway 98 aufgesammelt. Es war von einem Fahrzeug mit extrem großen Reifen erwischt worden, und nur anhand der Streifen am Schwanz konnte man noch erkennen, was für ein Tier es war.

Die Austern schmeckten so gut, dass ich schließlich mehr als der Gouverneur aß. Als wir fertig waren, sammelte er die leeren Schalen auf und ging davon, um sie zu vergraben. In dem Moment rief meine Mutter an.

»Wo bist du?«, fragte sie. »Ich habe eine Straßenkarte von Florida vor mir liegen.«

»Das darf ich dir nicht sagen, aber allmählich kommen wir Malley immer näher.«

»Moment mal! Hast du eben wirklich gesagt, das darfst du mir nicht sagen?»

»Ich habe ihm versprochen, nicht zu viel zu verraten.«

»Mit *ihm* meinst du sicher Mr Tyree. Hat er dich inzwischen adoptiert oder was? Falls nicht, dann darf ich dich daran erinnern, dass *ich* immer noch diejenige bin, die für dein Wohlergehen verantwortlich ist!«

»Okay, Mom. Okay.« Ich erzählte ihr, dass wir im Nordwesten campten. Sie erkundigte sich nach dem Namen der nächstgelegenen Stadt, und ich sagte, wir seien irgendwo westlich vom Tallahassee.

»Na, das ist ja unglaublich hilfreich, Richard. Genauso gut hättest du sagen können *östlich von Mobile.*«

»Mom, es ist alles in Ordnung. Zum Abendessen hatten wir frische Austern, okay? Es ist nicht so, dass ich hier irgendwie vernachlässigt werde. Er hat Insektenspray, Decken, Seife und sogar ein Mittel gegen Schlangenbisse dabei.«

Es war dumm von mir, Schlangenbisse zu erwähnen.

»Na großartig. Ihr seid also in einem Sumpf«, seufzte meine Mutter, »wo es Mokassin- und Klapperschlangen gibt.«

»Wir sind *nicht* in einem Sumpf. Könntest du dich bitte abregen?«

»Hat er schon was Verrücktes angestellt? Sag die Wahrheit!«

»Auf dem Highway hat er geschimpft, weil jemand eine leere Bierdose aus dem Auto geworfen hat«, erwiderte ich. »Aber das ist nichts Verrücktes, das würdest du auch machen.« Bloß dass meine Mutter noch nie jemandem Bier in den Tank gegossen hat, egal, welchen Blödsinn der Betreffende verzapft hat.

Trent kam ans Telefon und sagte, wie enttäuscht er von mir sei, weil ich ihn angelogen hatte. Ich entschuldigte mich, dass er meinetwegen Ärger mit Mom bekommen hatte.

»Das Beste wäre, Kumpel«, sagte er, »du würdest dich schnellstens nach Hause zurückbeamen.«

»Das geht noch nicht.«

»Überlass es den Cops, Malley zu finden. Wofür hältst du

dich eigentlich, Mister? Für einen Geheimagenten? Oder für einen Kopfgeldjäger?«

Der Unterschied dabei war, dass Kopfgeldjäger Leute aufspüren, um die Belohnung einzukassieren, während ich nach meiner Cousine suchte, weil ich mir Sorgen um sie machte.

»Könnte ich bitte noch mal Mom haben, Trent?«

Im Hintergrund war Gemurmel zu hören. Dann sagte meine Mutter mit gepresster Stimme: »Richard, wenn ihr Malley tatsächlich findet, dann musst du mir versprechen, dass ihr beide, du und Mr Tyree, nichts Unbedachtes tut, sondern euch zurückhaltet und die Polizei ruft, ja? Versuch auf keinen Fall, den Helden zu spielen.«

»Natürlich«, sagte ich, obwohl ich wusste, wie unberechenbar der Gouverneur war. Er konnte es gar nicht erwarten, ein wenig mit dem falschen Talbo zu »plaudern«.

»Außerdem«, fügte Mom hinzu, »hast du genau zweiundsiebzig Stunden Zeit.«

»Was? Und danach?«

»Benachrichtige ich die Polizei.«

»Aber was ist mit Mr Tile?«

»Dem werde ich dasselbe sagen«, entgegnete sie. »In drei Tagen erwarte ich dich gesund und munter zu Hause. Wenn du bis dahin nicht zurück bist, schicke ich die Kavallerie los.«

»Ach, Mom, nun mach mal halblang!«

»So sieht der Deal aus, Richard. Könnte ich jetzt bitte mit Gouverneur Tyree oder Skink oder wie immer er sich nennt sprechen?«

»Äh … der ist gerade nicht da.«

»Er ist gerade nicht da? Wo ist er denn hingegangen? Hat er dich etwa da draußen allein gelassen und …«

»Bis später, Mom.«

Der Grund, warum ich so schnell auflegte, war, dass ich hörte, wie auf der Straße, die nicht weit von unserem Lager entfernt war, ein Lastwagen hupte und Bremsen kreischten. Mithilfe meiner Taschenlampen-App bahnte ich mir den Weg durch den Wald, wobei ich noch nicht einmal versuchte, leise zu sein.

Als ich zur Straße gelangte, war der Lastwagen bereits verschwunden. Der Asphalt war mit zersplitterten Austernschalen übersät. Ich rief nach dem Gouverneur und schwenkte mein Handy hin und her, bis das Licht auf einen ungewöhnlich großen Schuh fiel, der einsam und allein auf dem Kiesstreifen am Rand der Straße stand. Ich sah, dass der vordere Teil des Boots völlig platt gedrückt war. Daneben lag eine schmutzige, zerrissene Socke.

Als ich von Neuem nach dem Gouverneur rief, überschlug sich meine Stimme.

Aus dem Dunkeln kam krächzend eine Antwort.

»Bin hier drüben, mein Junge.« Dann folgte ein Schwall von Flüchen.

Ich richtete das Licht auf einen Graben und entdeckte ihn. Er lag am Boden, und sein nackter rechter Fuß sah ziemlich zermatscht aus.

»Was ist passiert?«, schrie ich.

»Ich bin nicht mehr so schnell wie früher, das ist passiert. Hier, halt das mal.«

»Kommt gar nicht infrage!« Wie ich auf den ersten Blick sah, hatte er ein kleines Stinktier in der Hand, zwar nur so groß wie ein Meerschweinchen, aber trotzdem ein Stinktier, mit Streifen und allem Drum und Dran.

»Tu, was ich sage«, knurrte Skink. »Wenn du ruhig bleibst, bespritzt es dich auch nicht. Und mach das verflixte Licht aus.«

Ich nahm den kleinen Stinker also auf den Arm, während der Gouverneur aus dem Graben kroch und sich seinen Boot holte, der allerdings nicht mehr über seinen zerquetschten Fuß passte. Das Stinktier gab keinen Laut von sich, aber ich merkte, wie es zitterte.

»Das wollen wir doch nicht etwa essen?«, fragte ich.

»Red keinen Blödsinn, Richard. Wenn ich das wollte, wäre das Ganze überhaupt nicht passiert.«

Wie ich von Skink erfuhr, hatte das kleine Stinktier zusammen mit seiner Mutter die Straße überquert, als plötzlich ein Sattelzug den Berg heruntergerast kam. Stinktiere können nicht gut sehen, sodass die beiden gar nicht merkten, was da passierte. Die Mama schaffte es, auf die andere Seite zu gelangen, doch das Kleine war zu langsam. Der Gouverneur hatte die Austernschalen fallen lassen, war auf die Straße gerannt und hatte sich das kleine Stinktier geschnappt. Als er versuchte, zurückzuspringen, war ihm der Wagen über den rechten Fuß gefahren.

Jetzt humpelte er vor mir durch den Wald. Ich brauchte keine Taschenlampe, um zu sehen, wo er hinging – ich folgte einfach dem durchdringenden Geruch der Austern. Er suchte nach dem Muttertier, und beeindruckenderweise schaffte er es, es aufzuspüren. Wenn wir leise sprachen, würde sie uns nicht mit Moschus bespritzen, sagte er, und das stimmte. Er nahm mir das Junge ab und setzte es auf die Erde. Das kleine Wesen konnte so schlecht sehen, dass Skink es seiner Mutter zudrehen musste. Dann trotteten sie beide im Gänsemarsch davon und verschwanden im Gebüsch.

Der Gouverneur hatte gewaltige Schmerzen und humpelte ächzend und fluchend neben mir her. Ich fand einen stabilen Ast, den er als Krückstock benutzen konnte. Trotzdem atmete er schwer und war schweißüberströmt, als wir die Straße erreichten.

»Diese verdammten Stinktiere«, grummelte er. »Es gibt ein bekanntes Sprichwort, Richard: Keine gute Tat bleibt unbestraft.«

»Glauben Sie denn nicht an Karma? Ich schon.«

»Du bist ja auch nicht derjenige, der einen kaputten Fuß hat.«

Auf dem Kamm des Bergs tauchten zwei Scheinwerfer auf. Es war eindeutig kein Lastwagen, sondern ein Auto, das mit hoher Geschwindigkeit näher kam. Skink befahl mir, in den Graben zu springen und mich zu ducken. Ich fragte, warum.

»Für den Fall, dass es der Sheriff oder ein Wildhüter ist«, sagte er ungeduldig. »Ich habe keine Lust, zu erklären, was wir mitten in der Nacht hier draußen zu suchen haben. Wenn die meinen zerquetschten Fuß sehen, rufen sie sofort einen Rettungswagen und lassen mich in die Notaufnahme bringen.«

»Da gehören Sie auch hin.«

Er schubste mich in Richtung Graben. »Das können wir uns zeitlich nicht erlauben, mein Junge. Wir haben was zu erledigen.« Er kauerte sich neben mich und nahm seine Duschhaube ab, damit das Scheinwerferlicht sich nicht im Plastik widerspiegelte.

Das Auto hatte gut und gern neunzig Stundenkilometer drauf, als es an uns vorbeibretterte. Trotzdem gelang es uns, einen kurzen Blick daraufzuwerfen. Es war kein Polizeiauto, sondern ein heller Toyota.

»War das ein Camry?«, fragte Skink. »Oder ein Corolla?«

»Konnte ich nicht feststellen. Dafür fuhr es zu schnell.«

»Konntest du sehen, ob dieses Loch in der Heckscheibe war?«

»Nein, dafür fuhr es zu schnell«, wiederholte ich. Das Einzige, was ich deutlich erkannt hatte, war das Chromlogo am Kofferraum – eine größere Ellipse, in der sich eine kleinere befand, die von einem Kreis umgeben war. Ich erkannte das Logo wieder, weil mein Vater mal einen Minivan von Toyota gehabt hatte.

Skink sagte, das Auto sei eindeutig zweitürig gewesen. »Und nach so was suchen wir doch, oder?«

»Ja.« Ich war so aufgeregt, dass mein Herz wie wild hämmerte.

Der Gouverneur rappelte sich hoch und kletterte aus dem Graben. »Sie fahren nach Norden«, murmelte er, während er den in der Ferne verschwindenden Rücklichtern hinterherblickte. »Vielleicht hattest du recht. Vielleicht hat das kleine Stinktier uns tatsächlich Glück gebracht.«

Ich stand neben ihm auf der Fahrbahnmarkierung und überlegte, ob ich gerade meine Cousine davonfahren sah. »Dann beeilen Sie sich!«, schrie ich. »Los, kommen Sie! Sie schienen sich Ihren Fuß, während ich das Feuer lösche und unsere Sachen zusammenpacke.«

Er lachte bedrückt. »Guter Plan, Richard. Bloß dass es ein kleines Problem gibt.«

»Und zwar?«

»Kannst du Auto fahren?«

»Natürlich nicht. Dafür bin ich nicht alt genug.«

»Lektion Nummer eins.« Skink schwenkte seinen platt gefahrenen Schuh hin und her. »Es ist der rechte Fuß, den man für Gaspedal und Bremse braucht.«

»Oh Gott.« Mir wurde speiübel. »Können Sie nicht den linken dafür nehmen?«

»Das ist zu schwierig«, erklärte er. »Außerdem habe ich große Schmerzen. Mr Tile packt immer die entsprechenden Medikamente in den Erste-Hilfe-Kasten, aber von denen werde ich so groggy, dass ich keinen Wagen mehr steuern kann.«

Der Gouverneur humpelte durch den Wald zu unserem Lagerfeuer. Ich ging voran, um ihm mit meiner Taschenlampe den Weg zu zeigen.

»Was, wenn Malley in diesem Auto war?«, fragte ich niedergeschlagen. »Wir können doch nicht einfach hier rumsitzen und Marshmallows rösten, bis Ihr blöder Fuß wieder in Ordnung ist.«

»Nein, mein Sohn. Wir setzen die Verfolgung fort.« Bei jedem Schritt zuckte er vor Schmerzen zusammen.

»Aber das geht doch gar nicht, wenn Sie nicht fahren können.«

»Von jetzt an bist du unser Fahrer, Richard. Ich werde dir alles beibringen.«

»Jetzt gleich? Im Dunkeln? Ist nicht drin. Das schaff ich nicht.«

»Entspann dich«, sagte er. »Auf den Highways dieses Staats wimmelt es nur so von Grenzdebilen.«

»Vielen herzlichen Dank.«

»Womit ich nur sagen will, dass das jeder kann.«

»Und wenn man mich verhaftet, weil ich minderjährig bin und keinen Führerschein habe? Mom würde ausrasten, wenn ich sie aus dem Gefängnis anrufen müsste.«

»Niemand in diesem Auto wird verhaftet werden«, stellte Skink kategorisch fest.

Ich hatte keine Angst vor dem Autofahren, war aber nervös. Supernervös, um ehrlich zu sein. Die Umstände waren ja auch nicht gerade ideal.

Bei Tageslicht auf dem leeren Parkplatz eines Footballstadions? Kein Problem. In pechschwarzer Nacht auf einer kurvenreichen Landstraße? Das war was ganz anderes.

Der Gouverneur stupste mir freundlich mit seinem Krückstock in den Rücken.

»Du wirst das schon schaffen«, sagte er. »Du darfst sogar deine Musik spielen.«

9. KAPITEL

Meine Größe ist ein Problem.

Dad war einen Meter achtzig groß. Kyle ist eins siebenundsiebzig, Robbie eins zweiundachtzig. Onkel Dan ist eins fünfundachtzig, Mom eins fünfundsiebzig.

Ich bin nur eins sechsundfünfzig – und warte immer noch auf einen Wachstums- oder Hormonschub. Meine Beine sind ziemlich lang, aber der Rest meines Körpers hat noch einiges nachzuholen.

Mit einem Wort: Als ich auf dem Fahrersitz saß, musste ich mich strecken, um überhaupt über das Lenkrad sehen zu können. Für meine erste Fahrstunde brauchte ich aber nach allen Seiten einen freien Blick. Ich musste also etwas haben, um höher zu sitzen.

Skink empfahl mir, mal im Kofferraum nachzusehen. Er war voller Bücher, was ich nicht erwartet hatte. Außerdem lagen dort auch noch andere Sachen – Töpfe, Pfannen, Kleidungsstücke, Batterien, Schlafsäcke, eine Angelrute, ein Gewehrkasten. Doch seine Bücher nahmen den meisten Raum ein. Ich holte zwei der dicksten Wälzer heraus. Das erste Buch war *Jenseits von Eden*, ein Roman von John Steinbeck, das zweite das *Oxford English Dictionary*, Band eins.

Ich packte die beiden Schinken auf den Fahrersitz und hockte mich obendrauf. Es kam mir vor, wie auf einem Thron mit scharfen Kanten zu sitzen.

»Pups ja nicht auf meinen Steinbeck«, warnte mich der Gouverneur, »sonst kannst du was erleben.«

»Jetzt sitze ich so hoch, dass ich nicht mehr an die Bremse komme.«

»Dann nimm das Wörterbuch weg.« Er zog das Buch heraus. »Bist du bereit, König Richard?«

»Nicht wirklich.«

»Schnall dich an.«

Das einzige Fahrzeug, das ich je gelenkt habe, war ein Golfcart. Wenn wir auf dem Golfplatz sind, lässt mein Stiefvater mich immer ans Steuer, weil er gern die Hände frei hat, um zu simsen und Mountain Dew in sich hineinzukippen. Die Carts in Trents Club sind wie Autos gebaut – das Lenkrad ist auf der linken Seite, Bremse und Gaspedal befinden sich nebeneinander. Der große Unterschied zwischen einem Golfcart und einem Auto besteht darin, dass man mit einem Golfcart nicht hundert fahren kann, es sei denn, man lässt es über den Rand eines Kliffs sausen.

Skink saß neben mir und wickelte eine Mullbinde um seinen lädierten Fuß. Nachdem er den Schlüssel im Zündschloss gedreht hatte, leuchtete das Armaturenbrett auf wie die Instrumententafel in einem Cockpit. Durch die Sohlen meiner Sneaker spürte ich das sanfte Vibrieren des Motors.

»Schalt die Scheinwerfer an«, sagte er.

»In welche Richtung soll ich fahren?«

»Erst mal geradeaus.«

Ich war so nervös, dass ich das Lenkrad verkrampft umklammerte.

»Jetzt fahr los«, befahl der Gouverneur.

Als ich auf das Gaspedal trat, machte das Auto einen Satz nach vorn. Ich schrie etwas, das meine Mutter nicht gebilligt hätte.

Skink lachte nur. »Sachte, mein Junge. Tu so, als läge ein rohes Ei unter dem Gaspedal.«

Wir blieben auf der unbefestigten Straße in der Nähe unseres Camps. Wir wurden gehörig durchgerüttelt und wirbelten viel Staub auf, aber wenigstens brauchte ich mich nicht mit scharfen Kurven auseinanderzusetzen. Ich fuhr hin und her – mit höchstens vierzig oder fünfundvierzig Stundenkilometern. Ab und zu befahl mir der Gouverneur, mit aller Kraft auf die Bremse zu treten. Sehr bald hatte ich ein Gefühl dafür entwickelt, wie der Chevy reagierte.

Das Wenden war knifflig – bei den ersten Malen landeten wir mit den Rücklichtern im Gebüsch. »Versuch's noch mal«, sagte Skink dann.

Er schrie mich nicht ein einziges Mal an, wofür ich ihm dankbar war. Während ich hinter dem Lenkrad saß, überlegte ich die ganze Zeit, was Mom wohl sagen würde, wenn sie mich jetzt sehen könnte. Und auch, was mein Vater sagen würde. Er war ein lässiger, total lockerer Fahrer gewesen, was okay war, wenn man irgendwo am Strand entlangzuckelte. Auf der Autobahn war es eher problematisch. Einmal brachte er uns alle fast um, weil er eine drachenförmige Wolke betrachtete, statt auf den Sattelschlepper zu achten, der eine Panne hatte und vor uns auf der Fahrbahn stand. Nach diesem Vorfall setzte meine Mutter sich immer ans Steuer, wenn wir in den Urlaub fuhren.

Es war schon weit nach Mitternacht, als ich den Chevy parkte und wir zu unserem Lager zurückkehrten. Skink warf mir einen Schlafsack zu. Er selbst streckte sich in der Nähe des Feuers auf dem nackten Erdboden aus. Schon nach wenigen Minuten schnarchte er. Ich checkte über mein Handy, ob ich neue E-Mails hatte. Von Malley war jedenfalls keine dabei. Sie meldete sich nach wie vor nur übers Telefon – und auch das nicht sehr oft.

Ich legte mich hin und vergegenwärtigte mir noch einmal den weißen Toyota, den wir flüchtig zu sehen bekommen hatten. Manchmal speichert man mehr Details ab, als einem bewusst ist. Doch sosehr ich mich auch bemühte – und sosehr ich *wollte*, dass es das richtige Auto war –, ich schaffte es einfach nicht, mich an ein kleines Einschussloch in der Heckscheibe zu erinnern. Vielleicht war es da gewesen, vielleicht auch nicht. Vielleicht war das Auto ein Camry, vielleicht ein Corolla gewesen.

Und vielleicht fuhr der Fahrer zu irgendeinem Versteck im Spechtgebiet. Vielleicht war er aber auch nur zu einer geschäftlichen Besprechung in Alabama unterwegs.

Sosehr ich auch versuchte, einzuschlafen – es war aussichtslos. Irgendwo tief im Wald stießen zwei Kreischeulen ihre

Lockrufe aus, was sich anhörte wie das Wiehern liebeskranker Pferde. Ein Riesennachtfalter schwirrte in das Licht des Feuers. Zuerst hielt ich ihn für eine Fledermaus und zog mir schnell den Schlafsack über den Kopf.

Nach einer Weile hörte die Glut des Feuers auf zu knistern und wurde zu Asche. Jetzt war nur noch Skinks Schnarchen zu hören, das allmählich in Wimmern und später dann in Knurren überging. Ich überlegte, ob er wegen seiner Schmerzen im Fuß einen Albtraum hatte oder ob dieses Wimmern und Knurren mit seinen Erlebnissen in Vietnam zusammenhing. In der Schule hatten wir gehört, welche Auswirkungen schreckliche Kriegserfahrungen auf einen Soldaten haben können – posttraumatische Belastungsstörung nennt man so was.

Einerseits wollte ich ihn wecken, um ihn zu beruhigen, andererseits befürchtete ich, er würde um sich schlagen, wenn ich ihn anfasste. Deshalb stupste ich ihn vorsichtig mit seinem Krückstock an, und tatsächlich fing er an, wild herumzufuchteln, als habe er eine Art Anfall. Schnell holte ich das Handy aus meinem Rucksack, um 911 zu wählen, doch dann wurde er ganz plötzlich wieder ruhig.

Ächzend öffnete er sein eines Auge.

»Sind Sie okay?«, fragte ich.

Er hustete heftig und nickte.

»Wovon haben Sie geträumt?«

»Von Lollis«, knurrte er. »Von Lollis und Schmetterlingen.«

»Vom Krieg?«, hakte ich nach und reichte ihm eine Flasche mit Wasser.

»*Ein Traum hat Kraft, den Schlaf dir zu vergiften.* Das stammt von einem Dichter namens Shelley. Sehr lesenswerter Autor.« Langsam stand Skink auf und klopfte sich den Schmutz von der Kleidung. »Wie spät ist es, Richard?«

»Ziemlich spät.«

Wir setzten uns zusammen und unterhielten uns. Er erzählte mir von zwei Freunden, die im Vietnamkrieg gefallen waren, und ich erzählte ihm von meinem Vater. Wir waren beide der Ansicht, dass es schlimm ist, in jungen Jahren jemanden zu verlieren, den man liebt.

»Wie sind Sie eigentlich zu Ihrem Spitznamen gekommen?«, fragte ich. »Das ist doch eine Echsenart.«

Er lachte. »Das hab ich Jim Tile zu verdanken. Als er mal wütend auf mich war, sagte er, ich sei so schlüpfrig wie ein Skink. Irgendwie ist der Name dann an mir hängen geblieben.«

Ich erzählte ihm, dass ich in einem Holzstoß mal einen Fünfstreifen-Skink gefangen hätte, was aber nicht leicht gewesen war, weil die Viecher so glitschig und wendig sind. »Außerdem beißen sie«, fügte ich hinzu.

»Wie alle, die überleben wollen.« Er wickelte die Binde von seinem Fuß ab, den er mit finsterer Miene musterte. »Wird wohl nichts mehr mit einer Karriere als Fußballspieler.«

»Was wollen wir denn morgen machen?«, erkundigte ich mich.

»Nach Norden fahren und die Gegend um den Fluss absuchen. Wenn die campen, werden sie in der Nähe des Wassers sein.«

»Brauchen wir da nicht ein Boot?«

»Was wir brauchen, ist Glück«, erwiderte Skink.

Er brach ein paar dickere Zweige ab und bastelte sich eine Schiene für seinen Unterschenkel. Ich half ihm beim Umbinden der Elastikbinde, bis sie superfest saß. Mit seinem Messer schnitt er seinen platt gefahrenen Schuh zu einer Art Sandale zurecht, die er dann über seinen verletzten Fuß zog.

Die Nachtluft war so warm, dass wir das Feuer gar nicht brauchten. Keiner von uns konnte einschlafen. Ich glaube, Skink hatte Angst davor, wieder in den Albtraum von vorhin zu geraten – und ich wollte wach bleiben für den Fall, dass er tatsächlich einschlief und der Albtraum zurückkehrte.

Sich auf seinen Krückstock stützend, ging er zum Auto und holte zwei Bücher aus dem Kofferraum. Eins gab er mir. Es hieß *Der stumme Frühling* und war von Rachel Carson. In dem Buch ging es um ein schreckliches Pestizid namens DDT und andere Chemikalien, die zur Ausrottung von Weißkopfseeadlern und vielen anderen wilden Tieren führten. Ich hatte das Buch schon mal gesehen, weil meine Mutter ein Exemplar davon in ihrer Kanzlei aufgestellt hatte. Skink sagte, es sei ein Klassiker.

»Musstet ihr das denn nicht in der Schule lesen? Ist ja skandalös!«, empörte er sich.

Ich stellte meine Taschenlampe an und schlug das Buch auf. Skink machte es sich neben der qualmenden Asche gemütlich und holte eine richtige Taschenlampe hervor. Sein Buch hatte den Titel *Grizzly Years* und stammte von einem Mann namens Doug Peacock, wie der Gouverneur erklärte, ein Arzt, den er im Vietnamkrieg kennengelernt hatte. Der Krieg hatte Mr Peacock so schlimm mitgespielt, dass er nach seiner Rückkehr in die Berge von Wyoming und Montana verschwand, wo er viele Jahre lang unter wilden Grizzlybären lebte, und zwar völlig unbewaffnet. Eine wahre Geschichte. Am liebsten hätte ich mit Skink die Bücher getauscht, wollte ihn aber nicht verärgern.

Und ehrlich gesagt war *Der stumme Frühling* eine interessante Lektüre. Obwohl es schon 1962 erschienen ist, gerät man auch noch nach einem halben Jahrhundert in Wut, wenn man es liest. Skink erzählte mir, dass DDT nach der Veröffentlichung des Buchs verboten wurde, was ein großer Triumph war. Er fügte aber hinzu, dass es noch viele andere Chemikalien gebe, die genauso schädlich und völlig legal seien.

Dann sagten wir nichts mehr, bis sich ungefähr eine Stunde vor Sonnenaufgang ein Reh unserem Lager näherte. »Hallo, du«, sagte ich, worauf es davonrannte.

Im Osten wich die Dunkelheit allmählich einem sanften goldenen Schimmer. Zum Frühstück schüttete der Gouverneur eine Müslimischung in eine Pfanne, die wir dann ohne Milch aßen.

Mein Handy klingelte und ließ in diesen Wäldern zum ersten Mal den Gesang des Buckelwals ertönen.

»Malley?«

»Hey, ich bin's«, sagte sie mit undeutlicher Stimme.

»Du bist ja schon früh auf. Kannst du frei reden?«

»Überhaupt nicht.«

»Dann sag, was du sagen kannst.«

»Nichts, Mom«, erwiderte sie. »Alles ist ganz toll.«

Im Hintergrund konnte ich eine Männerstimme hören. Offenbar hatte sie dem Pseudo-Talbo erzählt, dass sie ihre Mutter anrufe.

»Wenn du Hilfe brauchst«, sagte ich, »dann erkundige dich nach deinem Dad.«

»Klar. Wie geht's Dad denn so?«

Ich sah den Gouverneur an, der beide Hände so bewegte, als dehne er ein Gummiband, womit er sagen wollte: Zieh das Gespräch in die Länge, um mehr Informationen zu bekommen.

»Wenn du noch in Florida bist«, sagte ich zu Malley, »dann rede übers Wetter.«

»Hier ist es sonnig und klar, einfach fantastisch. Hat es bei euch geregnet?«

Inzwischen hatte ich beide Hände um das Telefon gelegt. »Das ist jetzt wichtig, Mal. Seid ihr noch da, wo es Elfenbeinspechte gibt?«

»Ja. Heute Morgen habe ich einen auf einem Baum gesehen!«, teilte sie mir mit munterer Stimme mit.

»Am Choctawhatchee, stimmt's? Wie auf der Karte zu sehen war, die wir für meine Arbeit gezeichnet haben.«

»Natürlich, Mom. Ich vermisse dich auch, aber das ist nun mal der beste Trip, den ich je gemacht habe. Rundum super!«

»Hör zu«, flüsterte ich. »Ich komm dich holen.«

»Das ist aber nett.«

Skink gab mir mit einem Zeichen zu verstehen, dass ich das Telefon zuhalten sollte. »Frag, ob sie nördlich oder südlich der Brücke auf der State Road 20 ist. Und finde heraus, wie weit nördlich oder südlich.«

»Mal, auf der Road 20 gibt es eine Brücke«, fuhr ich fort.

»Ich weiß, Mom.«

»Sag *Sardinen*, wenn du nördlich der Brücke bist. Sag *Muscheln*, wenn du südlich davon bist.«

»Muscheln. Und die sahen lecker aus.«

»Wie weit südlich? Sprich jetzt nicht von Kilometern. Sag Regenbogen oder Hustenanfälle oder so was …«

»Gestern habe ich zwei Otter gesehen«, antwortete sie.

»Verstanden, Mal. Zwei Kilometer südlich der Bücke.«

Dann sagte die Stimme im Hintergrund: »Leg endlich auf, verdammt noch mal!«

Und das tat sie.

Bei Tagesanbruch fuhren wir los. Von Verkehr konnte keine Rede sein. Es war wesentlich einfacher und angenehmer, auf dem glatten Asphalt zu fahren, als auf der unbefestigten Straße.

»Schneller, Richard«, sagte Skink.

Ich hockte auf dem Roman von Steinbeck und ließ meinen Blick zwischen Straße und Armaturenbrett hin und her schweifen. Als der Tachometer fünfundsiebzig Stundenkilometer anzeigte, hob der Gouverneur die Hand.

»Ist das gut?«, fragte ich.

»Fabelhaft.« Er klang irgendwie groggy, was mich beunruhigte.

»Haben Sie eine von diesen Schmerztabletten genommen?«

»Ich bin voll da, Sportsfreund.«

»Gut, denn allein schaffe ich das alles nicht.«

»Wie sieht's denn hier mit dem Tempolimit aus?«, fragte er.

»Auf dem Schild stand achtzig.«

»Sehr vernünftig.«

»Ich würde aber lieber bei fünfundsiebzig bleiben.«

»Du bist ein vorbildlicher Bürger, Richard. Dann tu das.«

Wie er versprochen hatte, schloss Skink mein iPod an das Audiosystem des Autos an. Obwohl ich abfällige Kommentare erwartete, gefielen ihm einige der Sänger auf meiner Playlist. Seine Favoriten waren die Black Keys und Jack Johnson. Als ein Lied von Adele erklang, zuckte er die Achseln und meinte, dass noch keine Frau auf dem ganzen Planeten besser gesungen hätte als Linda Ronstadt. Er buchstabierte den Nachnamen für mich, und ich versprach ihm, mir mal was von ihr anzuhören. Als ein Stück von Skrillex kam, hielt er sich die Ohren zu und stöhnte wie ein kranker Pavian.

Wir fuhren in dieselbe Richtung wie der geheimnisvolle Toyota, und alles ging glatt, bis wir hinter einen Lieferwagen gerieten und ich Muffensausen bekam.

Es war ein großer brauner Lieferwagen von UPS, der gleiche Typ Fahrzeug wie der, gegen den mein Vater damals auf seinem Skateboard geknallt war. Ein schrecklicher Gedanke drängte sich mir auf:

Das ist das Letzte, was Dad in seinem Leben gesehen hat.

Offenbar wurde ich blass, denn Skink fragte, was los sei. Ich umklammerte das Lenkrad und starrte gebannt auf das UPS-Logo. Nicht dass ich zu dicht aufgefahren wäre oder so, aber irgendwie befand ich mich in einer merkwürdigen Verfassung und war fast wie hypnotisiert.

Der Gouverneur befahl mir, den Lieferwagen zu überholen. Die Fahrbahn war zweispurig, sodass also genug Platz war, um links vorbeizuflitzen.

»Das kann ich nicht«, erwiderte ich.

»Dann halt an und mach eine Pause.«

»Nein, nein, ist schon okay.« Was nicht stimmte.

An dem Unfall damals war einzig und allein mein Vater schuld gewesen. Der UPS-Lieferwagen hatte mit eingeschalteten Blinkern am Straßenrand gestanden. Der Fahrer, der den Aufprall gespürt hatte, sprang aus dem Auto und rannte nach hinten, um Dad zu helfen, für den jedoch nichts mehr getan werden konnte. Ein Polizist rief Mom an, die zehn Minuten später am Unfallort eintraf. Ich war glücklicherweise in der Schule. Sie hat mir und meinen Brüdern nie erzählt, was sie dort zu sehen bekommen hat, aber es muss schlimm gewesen sein. Manchmal träume ich immer noch davon, dass ich ebenfalls am Unfallort bin und versuche, hinten in den Rettungswagen zu klettern, damit ich mit meinem Vater ins Krankenhaus fahren kann – bloß dass die Tür des Rettungswagens nicht aufgeht, sosehr ich auch daran rüttele. Nach einem solchen Traum wache ich immer schweißgebadet auf und ringe nach Luft.

Nach dem Tod meines Vaters bestellte meine Mutter ungefähr ein Jahr lang nichts mehr im Internet, weil die Sachen in unserer Gegend alle von UPS ausgeliefert werden. Wenn Mom einen dieser braunen Lieferwagen sah, fing sie jedes Mal an zu weinen. Jetzt ist sie darüber hinweg und hat ihr verrücktes Online-Shopping wieder aufgenommen, sodass bei uns ständig ein Wagen von UPS vorfährt. Mich hatte es nie aufgewühlt, einen UPS-Lieferwagen zu sehen – zumindest hatte ich das bisher angenommen.

»Verrat mir mal, was los ist«, verlangte Skink.

»Nichts.«

»Die Klapperschlangenrassel, die dir am Hals hängt, besteht aus achtzehn Hornringen.«

»Und?«

»Das war ein Riesenreptil, mein Junge. Die Ringe entsprechen jeweils einem Lebensjahr. Möchtest du auch achtzehn werden? Oder möchtest du deiner Mama das Herz brechen?«

Ich war wie benommen und hatte den Eindruck, als würde das Auto *mich* lenken und nicht umgekehrt.

»Sieh mal nach hinten«, sagte er.

»Na toll.«

Dicht hinter uns kam eine dunkle Limousine, auf deren Dach ein Blaulicht blinkte.

»Was jetzt?«, fragte ich ratlos.

»Nimm langsam den Fuß vom Gaspedal und tritt auf die Bremse.«

Es war zweifellos nicht das eleganteste Haltemanöver in der Geschichte automobiler Fortbewegung. Trotzdem schaffte ich es, mit dem Malibu sicher auf den Seitenstreifen zu gelangen. Sobald der UPS-Lieferwagen außer Sicht war, war meine Benommenheit wie weggeblasen. Im Rückspiegel beobachtete ich, wie der Polizist aus seinem Auto stieg.

»Highway-Polizei«, erklärte der Gouverneur.

Ängstlich drehte ich mich zu ihm. »Tut mir leid, aber einem Cop kann ich nichts vorlügen.«

»Das verstehe ich.«

Inzwischen hatte sich der Polizist vor meinem Fenster aufgebaut. Er war groß und korpulent. Wie Trujillo trug er Zivil – hellbraune Hosen und ein Poloshirt von Nike, dieselbe Marke, die Trent kauft. An seinem Gürtel war ein goldenes Polizeiabzeichen befestigt, im Halfter an seiner Hüfte steckte eine kleine Pistole mit extrem kurzem Lauf.

Ich war zu nervös, um ihn anzusehen, und starrte wie blöd auf meine Hände am Lenkrad.

»Bin ich zu schnell gefahren, Officer?«

»Überhaupt nicht.«

»Das ist nicht mein Auto.«

Skink seufzte. »Das weiß er.«

»Hören Sie, es tut mir wirklich leid«, stieß ich hervor, »aber ich habe keinen Führerschein.«

»Jetzt hast du einen«, antwortete der Polizist.

Und reichte mir eine Plastikkarte, in die ein Hologramm des Staatssiegels von Florida eingeprägt war. Es war ein echter Anfängerführerschein, mit meinem richtigen Namen und meinem Foto, das aus dem Jahrbuch meiner Schule stammte. Meine Adresse stand ebenso auf der Karte wie meine Körpergröße und mein Gewicht. Jedes Detail stimmte, bloß dass mein Geburtsdatum um ein Jahr nach hinten verschoben war.

Das war kein zufälliger Fehler. Auf diese Weise war ich alt genug, um in Begleitung eines Erwachsenen Auto zu fahren.

»Das hat jemand an der Brücke in Panama City gefunden«, erklärte der Polizist.

Ich saß stumm da und betrachtete die glänzende Karte.

Skink lächelte. »Muss ihm aus dem Rucksack gefallen sein. Danke, Officer.«

Der Mann beugte sich vor und blickte ins Auto. Er war Afroamerikaner und so alt, dass er sicher schon längst pensioniert war. Sein Haar war schlohweiß, obwohl seine Arme so dick wie Schiffskabel waren.

»Gute Reise, meine Herren«, sagte er.

Der Gouverneur zwinkerte ihm zu und rief: »Bruder, Sie geben mir den Glauben an die Menschheit zurück!«

»Das möchte ich bezweifeln.« Der Mann setzte seine Sonnenbrille auf. »Richard, pass gut auf diesen alten Sack auf.«

Eine Minute später war die Limousine weitergefahren und verschwand in der Ferne. Ich steckte meinen Führerschein in die Gesäßtasche und startete den Malibu.

»Das war er, oder?«

»Wer?«, erwiderte Skink.

»Ihr Freund Mr Tile.«

»Ist denn das zu glauben, dass er mich als alten Sack bezeichnet hat?«

10. KAPITEL

Der Choctawhatchee war ziemlich breit und strömte träge dahin. Wir standen auf der Road-20-Brücke und schauten auf das braune Wasser des Flusses hinab, der durch starke sommerliche Regenfälle angeschwollen war. Üppige Bäume säumten die Ufer und zwei Fischadler flogen auf der Suche nach Meeräschen hin und her.

»Mom sagt, wir haben drei Tage Zeit. Danach benachrichtigt sie die Cops.«

»Ha! Das schaffen wir doch bequem«, erwiderte der Gouverneur.

In der Nähe der Brückenpfeiler wühlte ein großer Fisch das Wasser auf, ein Stör, wie Skink erklärte. »Während der Paarungszeit gebärden die sich wie wild. Vor ein paar Jahren hat einer von denen mal ein Wassermotorrad demoliert. Das hätte ich zu gern miterlebt.«

»Sind Sie sicher, dass wir hier richtig sind?«

»Bin ich.« Er schirmte sein Auge mit der Hand ab und spähte ins Wasser. »Bleib hier«, sagte er.

»Was haben Sie denn vor?«

»Ich geh kurz mal tauchen.«

Überraschend flink überquerte er die Brücke und stieg einen steilen, grasbewachsenen Abhang hinunter. Für kurze Zeit verschwand er zwischen den Betonpfeilern. Als er wieder in Sicht kam, bemerkte ich, dass er seine Beinschiene abgenommen und beide Boots ausgezogen hatte.

Während er ins Wasser watete, sah auch ich, was er entdeckt hatte – ein langes weißliches Objekt auf dem Grunde des Flusses, das im schräg einfallenden Licht gespenstisch schimmerte.

Ich rannte zum Ufer hinunter, traute mich aber nicht, Skink zu folgen. Stattdessen wandte ich mich ab und übergab mich.

Der Gouverneur tauchte drei, vier, fünf Mal. Wenn sein Kopf aus dem Wasser schoss, hörte Skink sich an wie eine alte Seekuh, die schnaubend Luft holte. Ich sank zu Boden und wartete darauf, dass sich nicht mehr alles um mich drehte. Vor Angst war ich wie gelähmt.

Nach einer Weile kam Skink keuchend ans Ufer. Sein Haar war klatschnass, sein silberner Bart glitzerte in der Sonne.

»Ist es das Auto?«, presste ich hervor.

»Ja.«

»Haben Sie das Nummernschild überprüft?«

»Das ist abgerissen worden.«

»Ist … ist sie …?«

»Im Auto ist niemand, mein Junge. Keine Menschenseele.«

»Sind Sie hundertprozentig sicher, dass es das richtige Auto ist? Haben Sie sich die Heckscheibe angesehen?«

»Die hat ein Einschussloch. Und auf dem Gaspedal liegt ein großer Stein.«

Er machte die Reifenspuren ausfindig, die verrieten, wo der falsche Talbo Chock den gestohlenen Toyota in den Choctawhatchee hatte rollen lassen. Jetzt war das versenkte Auto hinter einer bräunlichen Schlammwolke verschwunden, die Skink aufgewirbelt hatte.

»Aber Malley haben Sie nicht gesehen?«, fragte ich mit belegter Stimme. »Sie würden es mir doch sagen, wenn sie da unten wäre, oder?«

»Wenn Sie da unten wäre, hätte ich sie mit hochgebracht.«

»Und was ist mit dem Kofferraum? Haben Sie da nachgesehen?« Schon wenn ich daran dachte, wurde mir wieder übel, aber ich musste es einfach wissen.

»Hab ich«, erwiderte Skink voller Geduld. »Außer einem Ersatzreifen und ein paar durchweichten Bibeln, die sicher dem Pfarrer gehören, war da nichts drin.«

»Malley ist also noch am Leben!«

»Würde vermuten, dass sie sich ein Boot besorgt haben.«

Was hieß, dass sie wahrscheinlich flussabwärts fuhren. Wenn sie bei Tagesanbruch, als Malley angerufen hatte, zwei Kilometer jenseits der Brücke gewesen waren, konnten sie inzwischen schon ziemlich weit weg sein. Alles hing davon ab, wo der Pseudo-Talbo hinwollte und wie schnell. Vielleicht suchte er nur nach einem Ort am Fluss, wo er sich verstecken konnte.

»Wir brauchen auch ein Boot«, sagte ich, »und zwar *schnellstens*.«

Der Gouverneur lächelte und zeigte zum Ende der Brücke, wo ein Mann und eine Frau mittleren Alters gerade vorsichtig ein Aluminiumkanu vom Dach ihres Minivans hoben.

»Das nennt man eine glückliche Fügung«, sagte Skink.

»Sie meinen, die werden uns einfach ihr Kanu leihen? Zwei völlig fremde Leute?«

»Natürlich nicht.«

»Bitte sagen Sie jetzt nicht, dass wir es stehlen werden.«

»Wir sind hier nicht in einem Film, Richard. Auf dem Rücksitz unseres Autos liegt ein Schuhkarton. Bitte hol ihn. Ich werde unterdessen erst mal ausführlich pinkeln.«

Bei dem Paar handelte es sich um Mr und Mrs Capps aus Thomasville, Georgia. Zuerst waren sie mehr als verblüfft, als die seltsame Erscheinung des Gouverneurs auf sie zugehumpelt kam, doch es dauerte nicht lange, bis er sie davon überzeugt hatte, dass er mein Großvater sei. Er sagte, wir seien auf einem Campingtrip, aber unten in Apalachicola hätte uns irgendein Armleuchter unser Kajak gestohlen.

»Richard war untröstlich«, sagte Skink. »Stimmt's, mein Junge?«

Ich gab mir alle Mühe, untröstlich zu wirken.

Mrs Capps tätschelte mir die Schulter und sagte, wie schlecht die Welt doch sei, wenn man jetzt schon Kindern das Boot stehle.

»Wie wahr«, stimmte Skink ihr zu. »Ich habe versucht, den Schurken aufzuhalten, aber er hat mir mit einem Brecheisen eins auf den Kopf gegeben und ist mir dann noch mit seinem Kombi über den Fuß gefahren.«

Er zeigte Mr Capps und seiner Frau seine Verletzungen. Die beiden waren empört. Sie fragten, ob wir die Polizei gerufen hätten, und ich sagte, ja, natürlich, aber der Schurke sei trotzdem entkommen. Das war mein einziger Beitrag zu der Lügengeschichte des Gouverneurs.

»Also, Leute, die Lage ist folgende«, fuhr er fort. »Wahrscheinlich ist das der letzte Trip, den Richard und ich zusammen machen können. Ich werde nicht jünger, und als ich das letzte Mal im Krankenhaus war, sah mein MRT nicht gerade rosig aus. Die Lunge«, fügte er erklärend hinzu.

Natürlich nahmen Mr und Mrs Capps daraufhin an, dass der alte Mann todkrank sei.

»Das tut mir sehr leid«, sagte Mr Capps.

Peinlicherweise stellte sich heraus, dass Mr Capps Arzt war. Als er anfing, Skink nach Einzelheiten seines Befunds zu fragen, geriet der Gouverneur ins Stottern. Offenbar hatte er vergessen, sich eine konkrete Krankheit auszudenken. Deshalb mischte ich mich ein und sagte: »Opa hat ein Emphysem.«

Was, wie ich weiß, ein schlimmes Leiden ist. Eine meiner Großtanten war daran erkrankt. Sie hatte dreißig Jahre lang pro Tag vier Päckchen Zigaretten geraucht, sodass ihre Lunge aussahen wie eine Teergrube. Der Ausdruck stammt übrigens nicht von mir, sondern von Malley.

»Oje«, sagte Mrs Capps.

Skink rang sich ein kränkliches Husten ab. »Kurzum, ich frage mich, ob Sie wohl so freundlich wären, uns Ihr Kanu zu verkaufen.«

Von der Idee schien Dr. Capps nicht sonderlich begeistert.

»Tja, ich weiß nicht recht«, erwiderte er. »Es ist schon seit Jahren in Familienbesitz.«

Der Gouverneur holte ein Bündel Geldscheine aus dem Schuhkarton. Die Scheine waren so feucht und schmutzig, als wären sie auf einem Friedhof vergraben gewesen.

Skink hielt Dr. Capps das Geld hin. »Hier sind tausend Dollar. So viel ist mir dieser Trip mit meinem Enkel Richard wert.«

Ich weiß nicht mehr, wem der Unterkiefer weiter herunterklappte, mir oder dem Doktor.

»Bitte nehmen Sie es«, forderte Skink ihn auf.

»Hm …«

Langsam streckte Dr. Capps' Hand sich nach dem Geld aus, doch seine Frau schlug ihm auf die Hand und sagte: »John, das ist doch viel zu viel! Als wir deinem Bruder dieses alte Kanu abgekauft haben, haben wir nur …«

»Lass mich das machen, Grace.«

»Herrgott noch mal, hast du denn gar kein Herz?«

Ich blieb mucksmäuschenstill. Ich kam immer noch nicht darüber hinweg, dass wir wie zwei Rauschgiftschmuggler mit einem Schuhkarton voller Geld durch Florida gefahren waren.

»Wie wär's mit fünfhundert?«, meinte der Doktor.

»Abgemacht.« Langsam zählte der Gouverneur das Geld ab – fünfundzwanzig Zwanziger.

Angesichts des ganzen Geldes schienen Mrs. Capps' Einwände sich in Luft aufzulösen, obwohl sie sich nach wie vor große Mühe gab, Mitgefühl zu zeigen. »Meine Güte, was ist denn mit Ihrem Auge los?«, fragte sie Skink.

Aus seiner linken Augenhöhle floss eine ekelhaft aussehende Brühe, die ihm in den Bart tropfte.

»Ich kann Ihnen ein paar hervorragende Augenärzte empfehlen«, bot Dr. Capps an.

»Das ist das geringste meiner Probleme«, entgegnete Skink.

Er holte das falsche Auge heraus und warf es in den Fluss, wo es mit einem Platschen verschwand. Dann nahm er ein Ersatzauge aus einer kleinen schmuddeligen Tasche. Das neue Auge war himmelblau und hatte eher die Form einer halben Muschel als einer Murmel. Mit Mühe (und einigen Flüchen) schob der Gouverneur das Stück Glas in die feuchte Höhle unter seiner Augenbraue.

»Das ist eine Antiquität«, erklärte er, während er den Schlamm aus seinem Auge wegblinzelte.

Irritiert stiegen der Doktor und seine Frau in ihren Minivan und rasten davon, dass der Kies aufspritze. Wir trugen das Kanu zum Wasser und machten uns daran, unsere Sachen einzuladen. Als ich Skink fragte, ob wir den Gewehrkasten mitnehmen sollten, lachte er. Er ließ die Riegel aufschnappen und holte einen uralten Golfschläger mit abgenutztem Ledergriff heraus.

»Ein Eisen neun«, sagte er, während er den Schläger ins Kanu warf. »Ein Insiderjoke. Mr Tile vertraut mir keine Feuerwaffen an.«

Nachdem wir den Schuhkarton mit dem Geld unter einem Tupelobaum vergraben hatten, legten wir ab und paddelten flussabwärts.

Mein Vater sagte immer, dass man den größten Teil seines Lebens in seinem eigenen Kopf verbringt und deshalb dafür sorgen müsse, dass man sich dort wohlfühlt. Was leichter gesagt als getan ist.

Meine Fantasie lässt sich nämlich nicht einfach abschalten, und ständig kreisten meine Gedanken darum, was der falsche Talbo Chock Malley alles antun könnte. In den Nachrichten wird über so viele entsetzliche Verbrechen berichtet, dass es schwer ist, nicht das Schlimmste anzunehmen. Vielleicht war er ja bloß ein harmloser, gestörter Typ, vielleicht war er aber auch ein übler Krimineller. Die Tatsachen sprachen nicht gerade für ihn: Er hatte ein Auto gestohlen, es in einem Fluss versenkt und war mit meiner Cousine verschwunden.

Wie würde ich mich verhalten, wenn ich ihn dabei erwischte, wie er ihr etwas antat? Alles, was ich mir vorstellte, lief auf Gewalttätigkeit hinaus: Ich würde ihm ebenfalls etwas antun, und zwar nicht zu knapp.

In meinem ganzen Leben hatte ich noch nie jemanden geschlagen, doch jetzt malte ich mir aus, wie ich ausrastete und Malleys Kidnapper zu Brei schlug. Das war nichts als blinde Wut, die jedoch sofort in mir hochkochte, wenn ich mir vorstellte, dass er sich an ihr vergriff. In Wirklichkeit war natürlich nicht ich es, den der Online-Talbo fürchten musste, falls wir ihn vor den Cops erwischten, sondern der Gouverneur.

Nachdem Malley bei ihrem letzten Anruf klargemacht hatte, dass sie nach Hause wollte, überlegte ich ständig, warum sie das nicht konnte. Sie war raffiniert – schlauer als die meisten anderen, die ich kannte. Vielleicht war der Typ in der Lage, sie gefangen zu halten, weil er eine Pistole oder ein Messer hatte. Möglicherweise hatte er sie sogar gefesselt, obwohl es sich während unseres Gesprächs so angehört hatte, als gehe sie hin und her.

Ich stellte mir vor, wie sie irgendwo campten. Malley brauchte nur darauf zu warten, dass er mal einen Augenblick lang nicht aufpasste, und dann davonzurennen. Sie war superschnell und konnte kilometerweit laufen, ohne anzuhalten.

Buchstäblich *kilometerweit.*

Doch während der Gouverneur und ich den Choctawhatchee hinunterpaddelten, wurde mir klar, dass dieses Fluchtszenario einen Haken hatte. Auf beiden Seiten des Flusses wuchs dichter Wald, der Boden war uneben und schlammig. Ab und zu kamen wir an einer Lichtung oder einer Anlegestelle vorbei, doch das übrige Terrain war völlig unzugänglich. Wenn man versuchte, hier durchzurennen, würde man ständig über Ranken und Baumwurzeln stolpern. Selbst wenn sie ihr gewohntes Geländelauftempo drosselte, würde Malley sich bald den Knöchel verstauchen. Die Chancen zu entwischen waren gering. Ein weiterer Nachteil war, dass sie nicht wusste, welcher Weg aus dem Wald herausführte.

Ich kniete im vorderen Teil des Kanus, Skink hinten. Zuerst paddelte ich, so schnell ich konnte, was dazu führte, dass wir ständig im Zickzack fuhren – aber ich konnte nicht anders, weil ich darauf brannte, meine Cousine zu finden. Mit einem Kanu kommt man natürlich nicht so rasch voran wie mit einem Motorboot, und ich befürchtete, dass Malleys Kidnapper uns abhängen würde.

Nach einer Weile stupste Skink mir mit seinem Paddel in den Rücken und sagte, ich solle meine Energie sparen. Er meinte, der Pseudo-Talbo suche wahrscheinlich nach einem stillen Plätzchen am Choctawhatchee, um sich dort zu verstecken. Für einen Kriminellen sei es am Fluss sicherer als auf dem Highway, erklärte er, weil es weniger Leute und vor allem weniger Cops gebe.

Deshalb paddelte ich jetzt langsamer und passte mich dem Rhythmus von Skinks Paddelschlägen an. Als ein großes Boot an uns vorbeiraste, steuerten wir direkt in sein Kielwasser, damit unser Kanu nicht überschwemmt wurde.

Sobald die Sonne höher stieg, legte sich die Brise, die bisher geweht hatte. Obwohl wir uns auf der schattigen Seite des Flusses hielten, wurde die Luft brütend heiß. Wenn wir eine Pause machten, begnügte ich mich mit einem Schluck Wasser, weil wir nur vier kleine Flaschen mitgenommen hatten. Die Moskitos waren so aufdringlich, dass der Gouverneur im Vorbeifahren zwei Handvoll Blätter von einer Wachsmyrte abriss. Nachdem wir die Blätter zerdrückt hatten, schmierten wir uns die Paste auf die Arme, den Hals und das Gesicht. Danach ließen uns die Quälgeister in Ruhe.

Wegen der hohen Luftfeuchtigkeit beschlug Skinks Glasauge wieder, während er mit seinem richtigen Auge die Ufer absuchte, um festzustellen, ob sich dort irgendetwas rührte. Sobald wir uns einer Biegung des Flusses näherten, verhielten wir uns immer ganz still für den Fall, dass der Online-Talbo und meine Cousine sich jenseits der Biegung befanden.

Die Stunden schleppten sich dahin. Schließlich machten

wir an der Mündung eines Baches halt, wo Skink die Angelrute hervorholte und einen Spinner an die Schnur band. Im Handumdrehen hatte er einen prächtigen Barsch gefangen, den er mit einem Seil am Kanu befestigte, um ihn hinter uns herzuziehen.

»Unser Abendessen«, erklärte er, doch ich konnte jetzt nicht ans Essen denken. Ich war darauf eingestellt, zu paddeln, bis mir die Arme taub wurden.

Nachdem er noch zwei Fische gefangen hatte, setzten wir unsere Fahrt fort. Kurz darauf machte er erneut halt, allerdings nicht, um zu angeln.

»Sieh mal, Richard, da ist es.«

»Was denn?« Ich konnte nichts Ungewöhnliches erblicken. »*Wo* soll ich hinsehen?«

»Pst!«

Wir fuhren an einer riesigen abgestorbenen Zypresse vorbei, die wie der Mast eines Piratenschiffs geformt war. Der Baum war leicht zur Seite geneigt und von den knochenfarbigen Ästen hingen Flechten Spanischen Mooses.

»Das ist der Baum, wo ich den Elfenbeinspecht gesehen habe«, flüsterte Skink. »Am 17. April 2009.«

»Toll«, sagte ich höflichkeitshalber.

Weil ich ehrlich gesagt nicht glaubte, dass er wirklich einen Elfenbeinspecht gesehen hatte. Der Stamm dieser alten Zypresse war zwar mit Spechtlöchern übersät, aber die waren vermutlich von anderen Spechtarten in die Rinde gehackt worden. Höchstwahrscheinlich hatte der Gouverneur an jenem Frühlingsmorgen einen gewöhnlichen Helmspecht entdeckt.

Wie so viele Vogelbeobachter war er seinem Wunschdenken erlegen. Der Elfenbeinspecht war ausgestorben, war für immer verschwunden. Traurig, aber wahr.

»Er saß ganz oben, genau da.« Skink zeigte auf die Stelle. »Wir haben einander eine volle Minute beobachtet, dann schrie er drei Mal und flog davon.«

»Konnten Sie die Unterschwingen erkennen?«

»Ganz deutlich.«

»Und die Außenränder waren weiß?«

»Was ist das hier? Ein Quiz?«, fragte er gereizt. »Ich weiß verdammt gut, was ich gesehen habe, und was ich gesehen habe, war ein Elfenbeinspecht.«

Ich wollte mich nicht mit ihm herumstreiten. Das Einzige, was im Moment zählte, war Malley. Alle anderen Themen waren belanglos.

Um die Biegung vor uns kam ein Jon-Boot getuckert. Es hatte einen kleinen Außenbordmotor, und an Bord befand sich ein Mann, der mit einer Ruderpinne steuerte. Er trug einen weichen Schlapphut aus Stroh und hatte sich wie ein Bankräuber im Wilden Westen ein großes rotes Tuch vor die untere Hälfte des Gesichts gebunden.

Als das Boot näher kam, winkte der Fahrer uns zu.

»Schon viele Fische gefangen?«, rief Skink.

Der Fahrer stellte den Motor ab und fragte: »Was?«

»Ich habe gefragt, ob Sie schon viele Fische gefangen haben.«

»Keinen einzigen.« Es war eine Frau, kein Mann. Sie zog sich das Tuch vom Gesicht und zündete sich eine Zigarette an.

Ich schätzte sie auf Ende fünfzig, Anfang sechzig. Offenbar hielt sie nicht viel von Zahnärzten.

Sie zeigte hinter das Kanu, wo die Barsche im Wasser schwammen. »Wie ich sehe, hattet ihr mehr Glück.«

Der Gouverneur zuckte bescheiden die Achseln. »Möchten Sie einen? Wir haben drei Fische, sind aber nur zu zweit.«

»Nein. Aber trotzdem danke.«

»Ich heiße Clint. Das ist mein Enkel Richard.«

»Ich bin Etta. Freut mich, euch kennenzulernen.«

»Wie sind Sie mit Wasser ausgestattet, Etta?«

»Bestens.« Sie wandte sich ab, um den Rauch ihrer Zigarette auszustoßen.

An diesem Punkt wurde ich allmählich ärgerlich. Nicht nur, dass Skink wertvolle Zeit vergeudete, indem er mit dieser Person schwatzte – er bot ihr auch noch was von unserem Essen und Wasser an.

Deshalb sagte ich: »Opa, wir müssen weiter.«

Er ignorierte mich.

»Sind Sie weit flussabwärts gefahren, Etta?«

»Nur ein paar Kilometer.«

»Das frage ich deshalb, weil wir uns mit zwei Leuten treffen wollen – mit Richards Cousine und ihrem neuen Boyfriend. Wir wissen bloß nicht genau, wo sie sind.«

Etta nahm ihren Strohhut ab. Ihr Haar war kurz geschnitten und kupferrot gefärbt. Sie kratzte sich an einer kahlen Stelle an der Kopfhaut.

»Ein Stück weiter unten bin ich einem jungen Paar begegnet«, sagte sie. »Waren nicht besonders freundlich, die beiden.«

»Auf welcher Seite des Flusses?«, fragte der Gouverneur.

»Auf der, auf der wir jetzt sind. Sie haben sich auf einem alten Hausboot niedergelassen.«

»Das müssen sie sein. Ist das weit von hier?«

»Überhaupt nicht«, erwiderte sie.

»Und das Hausboot liegt vor Anker?«

»Genau. Kann sein, dass Sie bis Sonnenuntergang dort hingelangen, aber sicher bin ich mir nicht.«

»Jedenfalls vielen Dank für die Auskunft.«

»Wie gesagt, die zwei sind nicht besonders freundlich. Der junge Mann hat mich ganz böse angesehen, als ich ihnen zugewinkt habe. Das Mädchen hat bloß in meine Richtung gestarrt.«

Skink runzelte die Stirn. »Für schlechte Manieren gibt es keine Entschuldigung, stimmt's, Richard?«

»Stimmt«, erwiderte ich. Dann sagte ich zu Etta: »Das tut mir leid, Madam. Ich werde mal ein ernstes Wörtchen mit meiner Cousine reden.«

Etta musterte die Klapperschlangenrassel, die mir am Hals hing. »Muss ja ein Riesenviech gewesen sein.«

»Ja, Madam. Achtzehn Hornringe.«

Sie pfiff durch eine ihrer zahlreichen Zahnlücken. »Was hast du mit der Haut gemacht?«

Der Gouverneur erklärte, die Klapperschlange sei überfahren worden. »Dabei wurde die Haut zerfetzt.«

»Schade.« Etta zog am Startseil des Motors, der daraufhin zum Leben erwachte. »Sagen Sie mal, wo haben Sie denn diese Fische gefangen?«

Skink beschrieb ihr die Stelle. Sie dankte ihm und fuhr weiter flussaufwärts.

Ich holte mein Handy heraus. »Was hast du vor, mein Junge?«, fragte er.

»Ich werde Trujillo anrufen und ihm sagen, wo Malley ist.«

Bloß dass ich niemanden anrufen konnte. Der Akku war leer, und logischerweise gab es auf dem Kanu keine Möglichkeit, ihn aufzuladen. Ich bat den Gouverneur, mir sein Handy zu leihen. Er holte es aus der Tasche seiner Hose.

Eben die Hose, die er getragen hatte, als er in den Fluss gesprungen war, um den versenkten Toyota zu untersuchen.

»Sie haben ihr Telefon ersäuft!«, sagte ich.

Das schien ihm ziemlich egal zu sein.

»Das ist schlecht«, sagte ich bedrückt. »Ich habe meiner Mutter versprochen, die Polizei zu rufen, wenn wir Malley gefunden haben.»

»Wir haben sie noch nicht gefunden.«

»Aber wenn sie auf diesem Hausboot ist und keiner von uns ein Handy hat, das funktioniert …«

»Tja, wir könnten den ganzen Weg zur Brücke zurückfahren«, entgegnete Skink. »Dann wäre dieser Mistkerl noch länger mit deiner Cousine allein. Oder …«

»Oder wir könnten sie selbst befreien. Ist das Plan B?«

»Du hast immer gewusst, dass das eine Möglichkeit ist, Richard. Das wusstest du in dem Moment, wo du in mein Auto gestiegen bist.«

Er hatte recht. Ehrlich gesagt war ich nicht allzu überrascht, dass die Suche nach Malley auf diese Weise zu Ende ging, dass ihre Rettung einzig und allein von uns beiden abhing – einem einäugigen Einsiedler mit zerquetschtem Fuß und mir.

Ein wahres Dream-Team.

»Okay. Und wie wollen wir das Ganze anstellen?«, fragte ich.

»Mit vollem Magen und wenn wir nicht mehr todmüde sind.« Der Gouverneur nahm sein Paddel auf und steuerte aufs Ufer zu. »In einer Stunde wird es dunkel. Lass uns ein Lager aufschlagen.«

»Jetzt? Wo wir so nah sind?«

»Die beiden werden auch morgen früh noch da sein. Wir müssen was essen und wir müssen uns ausruhen«, sagte er. »Außerdem müssen wir ein paar Regeln aufstellen.«

»Tatsächlich?«

»Na ja, zumindest eine.«

»Und die wäre?«

»Tu, was immer ich dir sage, wann immer ich's dir sage. Ohne Fragen zu stellen.«

»Aber …«

»Ab sofort, Richard.«

11. KAPITEL

Es wäre eine freundliche Untertreibung zu sagen, dass mein Stiefvater kein Outdoortyp ist. Wenn Trent beim Golfen einen Ball verschlägt und dieser im Wald landet, lässt er ihn einfach dort liegen, weil er entsetzliche Angst vor der Natur hat. Ob Schlangen, Spinnen, Ameisen, Eidechsen, Nachtfalter, Fledermäuse, Eichhörnchen oder Opossums – Trent fürchtet sich vor allem, was keine Schuhe trägt. Einmal ist er auf dem sechzehnten Fairway des Golfplatzes doch tatsächlich vor einer Krähe davongerannt. Das habe ich mit eigenen Augen gesehen.

Aber das heißt nicht, dass er ein Waschlappen ist. Ich kann mich noch an den Nachmittag erinnern, als er einen betrunkenen Touristen niederschlug, der meine Mutter angepöbelt hatte. Trent ist ein Stadtmensch, das ist alles. Er wuchs in Chicago auf, wo es außer Tauben nicht viele wilde Tiere gibt. Der Umzug in eine kleine Stadt im ländlichen Florida war eine große Umstellung für ihn, und er ist immer noch dabei, sich zu akklimatisieren. Das ist mir schon klar.

Er fiel mir deswegen ein, weil ich an seine Bigfoot-Macke denken musste, während der Gouverneur und ich Holz für ein Lagerfeuer sammelten. Der dichte Wald am Fluss wäre ein idealer Drehort für eine Folge der Realityshow über Sasquatches gewesen. Sobald sie Skink zu Gesicht bekämen, würden sich die Spinner vom Fernsehen in die Hosen machen. Das Ganze würde auf YouTube sofort zum Klassiker werden.

Als ich Skink fragte, ob man ihn schon mal für einen Bigfoot gehalten hätte, sagte er: »Man hält mich immer nur für einen Verrückten.«

Ich verkniff mir jeden Kommentar.

Kurz nachdem wir ein Feuer entfacht hatten, fiel er plötzlich in tiefen Schlaf. Wie er so zusammengerollt auf dem Boden lag, sah er nicht gerade wie ein Sasquatch aus. Als die Sonne untergegangen war, wurde ich immer hungriger. Trotzdem weckte ich ihn erst, als er wieder einen seiner Albträume hatte. Bei den Lauten, die er ausstieß, richteten sich die Härchen auf meinen Armen auf. Falls der Online-Talbo in der Nähe war und dieses Knurren hörte, würde er annehmen, dass ein wütender Panther durch den Wald streifte. Vermutlich würde er sofort den Anker lichten und sich schnellstens mit Malley davonmachen.

Da ich Skink nicht zu nahe kommen wollte, stupste ich ihn mit dem Golfschläger an. Nach und nach ging das Knurren in leise Schreie über, die sich anhörten wie das Mauzen eines verirrten Kätzchens. Ich kniete mich neben ihn, sagte laut und deutlich seinen Namen und rüttelte ihn an den Schultern. Wie in Zeitlupe öffnete er sein richtiges Auge.

»Alles in Ordnung«, sagte ich. »Sie hatten nur wieder einen schlimmen Traum.«

»Bist du ein Teil des Traums?«

»Nein. Ich bin echt.«

»Bist du sicher?«

»Hundertprozentig. Ich bin's – Richard. Erinnern Sie sich nicht mehr an mich?«

Er setzte sich auf, packte mich am Hemd und zog mich näher zu sich.

»Ja, okay«, sagte er, nachdem er mich eingehend betrachtet hatte, und ließ mich los.

Sein Gesicht und sein Hals trieften von Schweiß. In seinem Bart hatten sich zwei Junikäfer eingenistet, die er mit dem Finger wegschnippte.

»Wir sollten unser Abendessen zubereiten«, schlug ich vor.

»Zuerst müssen wir noch was klären.«

»Was denn?«

»Ich möchte dein schreckliches Geheimnis erfahren«, erwiderte er. »Das grässliche Verbrechen, das du angeblich begangen hast und mit dem deine Cousine dich zu erpressen versucht.«

Das alles Knall, Fall! Gerade eben hat der Mann mich kaum erkannt – und schon im nächsten Moment nimmt er mich ins Verhör.

»So was nennt man *ein volles Geständnis ablegen*«, sagte er.

»Aber *Sie* haben Unmengen von Geheimnissen, die ich nicht kenne.«

»Das wichtigste kennst du«, entgegnete Skink. »Du weißt, wer ich bin.«

»Ich rede hier von schlimmen Dingen.«

»Sobald du mir alles erzählt hast, wirst du dich besser fühlen.«

»Wie ein Stück Scheiße werde ich mich fühlen. Da bin ich mir ziemlich sicher.«

»Hör zu! Bevor wir morgen unsere große Heldentat vollbringen, musst du einen klaren Kopf bekommen.«

»Den hab ich jetzt schon. Ehrlich.« Über Saint Augustine wollte ich unter gar keinen Umständen sprechen. »Ich werde mal die Fische holen«, sagte ich.

Er packte mich beim Fußgelenk. »Das wirst du schön bleiben lassen.«

Sein Griff war unglaublich fest. Ich meine, für einen alten Mann. Wenn er gewollt hätte, hätte er mein Bein wie ein Essstäbchen entzweibrechen können. Ungelogen.

»Erzählen Sie mir das Schlimmste, was Sie je im Leben gemacht haben«, sagte ich, »dann erzähl ich, was ich getan habe.«

»Abgemacht.«

»Sie fangen an.«

»Okay, Richard.« Er ließ mein Fußgelenk los und stemmte sich mithilfe des Golfschlägers hoch.

»Bist du bereit?«, fragte er.

»Klar.«

Aber ich war nicht wirklich bereit. Mit offenem Mund hörte ich zu, während Skink seine Geschichte erzählte. Die verrücktesten Gerüchte, die über ihn kursierten, waren nichts im Vergleich zu dem, was er mir in jener Nacht mitteilte. Ich würde das Ganze ja hier wiedergeben, aber ich habe ihm versprochen, es keinem Menschen zu verraten.

Und ich schulde dem Mann unendlich viel. Daran wird sich nie was ändern.

»Ein Leben wie meines ist voller Gefahren. Das waren üble Typen, mein Junge.« Mehr Erklärungen gab er nicht ab. Mit ruhiger Miene stocherte er mit dem Golfschläger im Lagerfeuer herum, bis Funken stoben.

»Jetzt bist du dran«, sagte er.

»Okay«, antwortete ich, zögerte aber.

»Komm endlich zur Sache und erzähl, was du angestellt hast.«

»Ich hab was gestohlen.«

»Geld?«

»Ach was. Ich bin in einen Laden gegangen und hab etwas mitgenommen, ohne es zu bezahlen.«

»Ladendiebstahl?«, brummte der Gouverneur. »Und das bedrückt dich so?«

»Ich hab ja nicht nur ein Päckchen Kaugummi gestohlen!«

»Was dann? Diamanten? Eine Rolex?«

»Ein Skateboard«, erklärte ich. »Nur das Brett, nicht die Räder und die Achsen.«

Er rieb sich die Stirn. »Also im Grunde ein Stück Sperrholz.«

»Es war aus Ahorn. Und kostete fast zweihundert Dollar.«

»Warum hast du es gestohlen?«, fragte er.

»Weil ich ein Idiot war. Mom wollte es mir nicht kaufen, obwohl sie wusste, dass ich ihr das Geld zurückzahlen würde.«

Damals arbeitete ich an drei Nachmittagen in der Woche für einen Typen, der einen mobilen Autowaschservice betrieb.

Besonders in Strandnähe boomte das Geschäft, weil viele Touristen befürchteten, die salzige Luft könne dem Lack ihrer Autos schaden. Deshalb rückten sie gern fünfundzwanzig Dollar für eine Autowäsche raus. Mein Anteil betrug acht Dollar, neun für SUVs, plus Trinkgeld.

»Warum wolltest du unbedingt dieses Skateboard haben?«

»Weil es genau wie das aussah, das mein Vater hatte.«

»Mit dem er den Unfall hatte?«

»Ja.«

»Was deine Mutter schmerzlich an seinen Tod erinnert haben wird.«

»Anzunehmen.«

Er hatte recht. Deshalb wollte sie mir das Skateboard nicht kaufen – der Anblick machte sie traurig.

»Malley war damals zusammen mit mir im Laden. Sie tat so, als ersticke sie an einem Bonbon, und die Leute vom Geschäft rannten alle zu ihr, um ihr zu helfen. Ich schnappte mir das Skateboard und ging damit hinaus, ohne dass jemand etwas bemerkte.«

Meine Cousine war mit uns nach Saint Augustine gekommen, wo wir uns mit meinen Brüdern treffen wollten. Sie verstaute das gestohlene Brett in ihrem Beachbag, damit Mom es auf der Rückfahrt nicht sah.

Während ich die Geschichte erzählte, zerbiss ich mir die Unterlippe, ohne etwas davon zu spüren. Ich erzählte dem Gouverneur, dass das Skateboard immer noch in meinem Zimmer sei, in einem Versteck, wo meine Mutter nie nachsehen würde.

»Lass mich raten«, sagte er. »Unter der Matratze deines Betts.«

»Woher wissen Sie denn das?«

»Ich war auch mal so alt wie du – damals, als es noch Dinosaurier auf der Erde gab.«

»Nach ein paar Wochen hatte ich genug Geld zusammen, um in den Laden zu gehen und das Skateboard zu bezahlen, aber dazu konnte ich mich nie aufraffen. Vermutlich schämte ich mich zu sehr. Der Besitzer war nämlich mit meinem Dad befreundet – ist sogar zu seiner Beerdigung gekommen und so.«

»Wahrscheinlich hätte er dir das Skateboard geschenkt.«

»Ja.« Ich war eben ein Idiot.

Es ist ein Luxusskateboard von Birdhouse mit tollem Farbdesign. Heute wird dieses Modell nicht mehr hergestellt und ist selbst im Internet schwer zu finden. Das Skatebord, das mein Vater bei seinem Unfall benutzte, zersplitterte in tausend Teile, als der Rettungswagen darüberfuhr. Ich barg die Räder und die Achsen aus dem Trümmerhaufen und brachte sie später an dem gestohlenen Brett an.

»Bist du schon mal damit gefahren?«, fragte Skink.

»Noch nie.«

»Verständlicherweise.«

»So … jetzt wissen Sie alles.« Ich erwartete, dass er die ganze Sache mit einem Achselzucken abtun und sagen würde, dass meine Tat ja nun kein großes Verbrechen gewesen sei, doch das war nicht der Fall.

»Wenn du das nächste Mal in Saint Augustine bist«, sagte er, »dann geh unbedingt in diesen Laden und bezahl das Skateboard. Das ist nicht nur ein großväterlicher Ratschlag, Richard, sondern ein Befehl.«

»Okay. Versprochen.«

»Schuldgefühle sind eine Last. Hinterher wirst du dich erleichtert fühlen«, versicherte er mir. »Und jetzt lass uns essen, solange das Feuer noch brennt. Hol die Barsche.«

Ein feiner Nieselregen hatte eingesetzt, und aus Richtung Süden, vom Golf her, näherte sich ein Gewitter. Ich rannte zum Ufer, wo wir das Kanu an Land gezogen hatten – um feststellen zu müssen, dass das Kanu sich fortbewegt hatte.

Sich immer noch fortbewegte – weg vom Ufer. Ein leeres Boot, das geradewegs flussabwärts schwamm, als würde es von einem Geist gesteuert.

Doch ich glaubte nicht an Geister.

Die wahrscheinlichste Erklärung war, dass es von einer plötzlichen Windbö oder von der Strömung abgetrieben worden war. Nachdem ich meine Sneaker ausgezogen und meine Taschen geleert hatte, wollte ich ins Wasser springen, um dem Kanu hinterherzuschwimmen.

In dem Moment tauchte Skink neben mir auf. »Das ist meine Schuld, mein Junge«, sagte er.

Na ja, und einen Fluch stieß er auch noch aus.

Fazit: Wenn man Fische gefangen und an einem Seil befestigt hat, darf man sie nie zu lange im Wasser lassen, besonders dann nicht, wenn es im Fluss von hungrigen Alligatoren wimmelt. Der Alligator, der mit unserem Abendessen davonschwamm – und unser Kanu hinter sich herzog –, machte sich kurz bemerkbar, indem er das Wasser mit seinem dicken gepanzerten Schwanz aufpeitschte.

Das war ganz entschieden was anderes als die trägen Alligatoren vom Golfplatz. Sofort gab ich meinen Plan, ins Wasser zu springen, auf.

Hilflos und frustriert beobachtete ich, wie das Kanu um die Biegung des Flusses verschwand. Etwas Schlimmeres hätte kaum passieren können. Wenn der Alligator mit den Barschen im Maul abrupt abtauchte, würde entweder das Seil reißen, oder das Kanu würde kentern – möglicherweise auch beides.

»Was machen wir denn jetzt?«, fragte ich bedrückt. »Wie sollen wir bloß zu Malley kommen?«

»Bleib hier und pass auf unser Lager auf«, sagte der Gouverneur, während er trotz seiner Beinschiene in den Choctawhatchee humpelte.

»Sind Sie verrückt geworden? Da draußen schwimmt ein Riesenalligator!«, schrie ich.

»Die Natur betrügt uns nie. Wir betrügen uns immer nur selbst.«

»Wovon in aller Welt reden Sie denn da?«

»Das ist ein Zitat aus einem Roman von Rousseau«, rief Skink, der jetzt bis zum Hals im Wasser stand, zurück. »Er war der Sohn eines Schweizer Uhrmachers. Den solltest du mal auf deinem Computer goggeln!«

»Es heißt *googeln*. Und jetzt kommen Sie aus dem Wasser, bevor Sie gebissen werden!« Ich bezweifelte ernsthaft, dass Rousseau – wer immer das gewesen sein mochte – über fleischfressende Reptilien geschrieben hatte.

»Ich bin bald wieder da«, verkündete der Gouverneur und tauchte platschend ab. Längs der Strömung stiegen ein paar dicke Luftblasen auf.

Ich erwartete, dass sein bärtiges, gefurchtes Gesicht gleich wieder auftauchen würde, um nach Luft zu schnappen, doch nichts dergleichen geschah. Ein gezackter Blitz zerriss die Dunkelheit, und in diesem kurzen Moment sah ich, wie allein ich war.

Wind kam auf, der Regen wurde stärker. Unser kleines Feuer qualmte und zischte.

Ich zog meine Schuhe wieder an und wickelte mir einen Schlafsack um den Körper, um nicht völlig durchnässt zu werden. Auf dem Boden lag die Duschhaube des Gouverneurs, die aussah wie etwas, das meine sechsundachtzigjährige Großtante tragen würde. Ich hob sie auf und zog sie mir über den Kopf.

Der Regen hielt deprimierend lange an. Hunger hatte ich keinen mehr.

Der Donner ließ die Baumwipfel erbeben. Unser Lagerplatz verwandelte sich in eine Fläche aus Pfützen und rotem Schlamm.

Ich wartete und wartete und machte die ganze Nacht kein Auge zu. Bei Tagesanbruch war Skink immer noch nicht zurück. Vom Kanu war ebenfalls nichts zu sehen.

Nur ich war da – ich und der dunkle, anschwellende Fluss.

12. KAPITEL

Ich wollte den Gouverneur zwar nicht ohne Weiteres abschreiben, aber mir war absolut klar, in welch furchtbarer Lage ich mich befand.

Um mich abzulenken, nahm ich mir das Buch von Rachel Carson vor, das er mir geliehen hatte. Zunächst fand ich die Lektüre nicht allzu fesselnd, doch dann kam ich zu einem erschreckenden Bericht, in dem geschildert wurde, was in bestimmten Städten passierte, nachdem man dort Chemikalien versprüht hatte, um Insekten wie Borkenkäfer und Feuerameisen zu vernichten. Unmittelbar darauf begann das große Sterben unter wilden Tieren – Eichhörnchen, Opossums, Kaninchen, selbst Hauskatzen blieben nicht verschont. Wenn die Kinder morgens aufwachten, hörten sie kein Gezwitscher mehr, weil das Gift auch alle Vögel getötet hatte. Habichte, Eulen und Weißkopfseeadler wurden ebenfalls krank – und die, die überlebten, konnten sich nicht mehr fortpflanzen.

All dies geschah wenige Jahre vor der Geburt meiner Mutter und meines Vaters, mitten in Amerika. Schrecklich, aber wahr.

Da ich am Meer aufgewachsen bin, waren Vögel für mich immer etwas Selbstverständliches. Wie schlimm musste es sein, an einem Ort groß zu werden, wo das Leben aus dem Himmel und den Bäumen verschwunden ist! Ich klappte das Buch zu und registrierte, was es im Wald zu sehen gab – Grasmücken, Spatzen, Spottdrosseln, eine einzelne Krähe, Rotschulterstärlinge, zwei Kardinalvögel. Vom Wasser her hörte ich Eisvögel und Fischadler sowie einen Blaureiher. Irgendwo hämmerte ein Goldspecht auf eine Zypresse ein, und ich überlegte, wie es sein konnte, dass es einer Spechtart gelang, die Fehler, die die Menschen in ihrer Dummheit machten, zu überleben, während andere – wie zum Beispiel der arme Elfenbeinspecht – es nicht schafften.

Ich legte das Buch beiseite und dachte über mein eigenes Überleben nach. Wenn Skink Erfolg gehabt hätte, wäre er inzwischen wieder zurückgekehrt. Entweder der Alligator hatte ihn erwischt oder er war bei der Verfolgung des Kanus vor Erschöpfung ertrunken. Mir blieb nichts anderes übrig, als den Fakten ins Gesicht zu sehen – der Mann war alt und körperlich gehandicapt, die Strömung des angeschwollenen Flusses stark. Die Vorstellung, dass er tot war, bedrückte mich derart, dass ich mich innerlich völlig leer fühlte, doch ich konnte es mir nicht erlauben, hierzubleiben und noch länger zu warten.

Er war weg. Ich war allein.

Und Malley war immer noch da draußen und steckte in Schwierigkeiten.

Meine Idee, sie im Alleingang zu retten, war natürlich verrückt, aber mir blieb keine andere Wahl. Ich hatte keine Zeit, nach Hilfe zu suchen – ich wusste nicht, welchen Weg ich einschlagen sollte, und um aus dem Wald zu gelangen, hätte ich wahrscheinlich einen Tag oder noch länger gebraucht.

Die einzige Möglichkeit, die mir blieb, war also gleichzeitig die gefährlichste. Obwohl meine Chancen lächerlich gering waren, zog ich gar nicht erst in Betracht, dass ich scheitern könnte, sondern nahm mir einfach vor, die Sache durchzuziehen.

Als bräuchte ich bloß in die Hände zu klatschen, um mich in einen Navy Seal zu verwandeln.

Zum Frühstück gab es einen Müsliriegel mit Erdnussbutter und einen Schluck Wasser aus der einzigen Flasche, die ich noch hatte. Die anderen waren auf dem Kanu, zusammen mit Skinks Angelrute, einer Pfanne, einem Beil und weiteren Gegenständen, die mir sehr nützlich gewesen wären.

Während ich durch den Wald pirschte, versuchte ich, möglichst nah am Ufer zu bleiben, damit ich das Hausboot, auf dem der Online-Talbo Malley gefangen hielt, nicht übersah. Unglücklicherweise war der Fluss so weit über die Ufer getreten, dass ich an manchen Stellen landeinwärts gehen musste, um auf trockenem Boden zu bleiben.

Und auch der war nach dem nächtlichen Regenguss nicht wirklich trocken. Mehrmals versank ich bis zu den Knöcheln im Schlamm. Ständig rutschten die Sohlen meiner Sneaker auf moosbewachsenen alten Baumwurzeln aus – es war ein Wunder, dass ich nicht hinfiel und mir was brach. Um nicht das Gleichgewicht zu verlieren, stützte ich mich mit Skinks Golfschläger ab, den ich notfalls auch zur Selbstverteidigung einsetzen konnte. Er war schwerer als der Baseballschläger aus Aluminium, den ich auf Anweisung meiner Mutter bei meinen Strandtouren immer dabeihaben musste.

Sosehr ich auch versuchte, lautlos wie ein Ninja zu schleichen – es klappte einfach nicht. Wenn ich nicht gerade durch den Schlamm platschte oder irgendwo stolperte, trat ich unter Garantie auf irgendwelche Zweige, die knackend zerbrachen. Da es keinen Pfad gab, dem ich hätte folgen können, musste ich mir selbst einen Weg bahnen.

Ein kirschrotes Aluminiumboot raste den Choctawhatchee hoch und fegte mit seinem Kielwasser etliche verschlafene Schildkröten von ihren Baumstämmen. Der Motor des Boots war so laut, dass die Angler an Bord meine Rufe nicht hören konnten und sich kein einziges Mal in meine Richtung drehten. Wahrscheinlich hatten sie ein Handy dabei, was mir aber nicht viel nützte, weil ich nicht die Möglichkeit hatte, es mir auszuleihen. Innerhalb von wenigen Sekunden geriet das Boot außer Sicht.

Obwohl die Moskitos mir übel zusetzten, ließ ich das Insektenspray in meinem Rucksack. Nachdem ich in *Der stumme Frühling* all diese schrecklichen Dinge gelesen hatte, wollte ich einfach kein Lebewesen mit Chemikalien besprühen, auch wenn es Moskitos waren, die sich an meinem Blut satt tranken.

Als die Sonne höher stieg, wurde es im Wald immer heißer, die Luft immer schwüler, kein Lüftchen wehte. Ich blieb stehen, um einen Schluck Wasser zu trinken. Okay, zwei Schluck. Durch die Kiefern konnte ich sehen, dass ich hinter die Biegung des Flusses gelangt war. Von einem Hausboot jedoch keine Spur. Vom Kanu ebenfalls nicht.

Was ich auf keinen Fall sehen wollte, war eine im Wasser treibende Leiche – die des Gouverneurs. Trotzdem machte ich mich auf diesen traurigen Anblick gefasst. Gegen Mittag war ich fix und fertig. Meine Füße waren wund, mein Gesicht mit Insektenstichen übersät. Außerdem hatte ich mir in meine Hose ein Loch am Knie gerissen. Schließlich wurde mir so heiß, dass ich meinen Rucksack auf einer Zypressenwurzel abstellte und bis zur Taille ins Wasser watete, was sich toll anfühlte.

Am liebsten hätte ich stundenlang im Wasser gestanden und mir die kühle Strömung um die Beine fließen lassen, doch in dem Moment tauchte ein weiteres Boot auf, das flussaufwärts fuhr.

Ich schrie und winkte, bis der Fahrer mich endlich erblickte und aufs Ufer zusteuerte. Sein Boot war langsam, lag tief im Wasser und war ungefähr sechs Meter lang – ein kleiner Lastkahn also. Er war bis obenhin mit Knochenhechten beladen, was ich komisch fand, weil die nicht essbar sind. Das sind hässliche, röhrenförmige Fische mit zäher Haut und stumpfem Maul voll nadelscharfer Zähne.

»Was'n los?«, fragte der Mann, als er näher kam.

»Haben Sie ein Handy, Sir?«

»Nee.«

Der Mann war unrasiert und hatte kein Hemd an. Ich will ja nicht gemein sein, aber er hätte einen BH gebrauchen können. Sein allmählich kahl werdender Kopf war von der Sonne verbrannt, sein dickliches Gesicht von Hitze und Anstrengung gerötet. Er trug eine schwarze Yoko-Ono-Sonnenbrille.

Die Ladung Knochenfische auf dem Boot stank bestialisch. Obwohl ich keine Fischspeere sah, hatten die Fische zahlreiche Löcher. Die fleischigen Arme des Mannes waren mit eingetrocknetem Blut beschmiert, an seinen Brusthaaren klebten schleimgrüne Fischschuppen. Um seinen melonenförmigen Kopf kreiste ein Schwarm von Schmeißfliegen.

»Sind Sie unterwegs jemandem begegnet?«, fragte ich.

Der Mann zuckte bloß die Achseln. Nicht gerade ein freundlicher Zeitgenosse. Ich erklärte ihm, dass ich nach meiner Cousine suchte.

»Ah ja?«, erwiderte er.

»Doch, wirklich. Sie hält sich zusammen mit einem Freund auf einem Hausboot auf. Mein Kanu ist gestern Abend abgetrieben, sodass ich jetzt nicht mehr zu ihr gelangen kann.«

»Wie zum Teufel kann denn so was passieren?«

»Das war während des Unwetters«, sagte ich, ohne Einzelheiten zu erwähnen. »Mein Name ist Richard. Richard Sloan.«

Als Mom Trent heiratete, nahm sie seinen Nachnamen an, McKenna. Ich behielt den Namen meines Vaters, was Trent völlig okay fand.

Der Mann machte keine Anstalten, mir seinen Namen zu verraten. »Hab kein Kanu gesehn, aber nich' weit von hier liegt ein Hausboot.«

»Könnten Sie mir zeigen, wo?« Ich hatte noch sieben, völlig durchweichte Dollarscheine in der Tasche und hielt sie ihm hin. »Kleiner Beitrag zum Benzingeld«, sagte ich.

»Okay.«

Ich holte meinen Rucksack sowie Skinks Golfschläger und kletterte an Bord. Im Geiste hörte ich meine Mutter mit aufgeregter Stimme sagen: *Richard, hast du den Verstand verloren? Der Typ könnte ein Serienkiller sein!*

Normalerweise hätte ich nie ein Boot mit einem Unbekannten an Bord betreten, doch dies war keine normale Situation. Meiner Ansicht nach ging es um Leben und Tod. Der Mann jagte mir keine Angst ein, obwohl er nicht sonderlich vertrauenswürdig wirkte. Wenn er auch nur eine falsche Bewegung machte, würde ich ihm eins mit Skinks Golfschläger überbraten und über Bord springen.

Auf Deck konnte man sich nirgendwo hinstellen, außer zwischen die toten Fische, die ekelhaft glitschig waren. Der Mann schnappte sich die sieben Dollar, die ich ihm immer noch hinhielt. Ich war entschlossen, bei ihm gut Wetter zu machen, weil ich dem Online-Talbo nicht allein entgegentreten wollte.

»Wie heißen Sie?«, fragte ich.

»Nickel.«

»Schön, Sie kennenzulernen, Mr Nickel.«

»Das is' nich' mein Nachname, sondern mein Vorname.«

Sein Körpergeruch war unglaublich. Ich meine, er müffelte wie ein mobiles Klohäuschen. Da noch die Benzindämpfe und der Fischgestank hinzukamen, konnte man an Bord kaum atmen, ohne dass es einen würgte.

»Festhalten«, sagte er und gab Gas.

»Hey, Sie fahren ja in die falsche Richtung.«

»Für sieben Dollar bring ich dich nur auf die andere Seite vom Fluss. Wenn du dann 'n Stück runterläufst, siehste bald das Hausboot.«

»Sie wollen mich also einfach absetzen und verschwinden?«

»Hältst du das hier für 'n Taxi, oder was?«

»Nein, Sir«, murmelte ich.

»Diese Knochenhechte werden nämlich nich' frischer.«

»Schon gut.« Ich war wie vor den Kopf geschlagen, wollte mich aber nicht mit dem Mann herumstreiten. Ich konnte mir einfach nicht vorstellen, wem er diese Knochenfische verkaufen wollte. So was würde noch nicht mal Skink essen, obwohl er sonst so gut wie alles aß.

Als wir das gegenüberliegende Ufer erreicht hatten, drosselte Nickel den Motor und steuerte in eine kleine Bucht. »Raus mit dir«, sagte er.

»Moment mal. Woher weiß ich denn, dass Sie das Hausboot wirklich gesehen haben? Vielleicht haben Sie das nur gesagt, um an mein Geld zu kommen.«

»Ey, meinst du etwa, ich hab dich angelogen?«

In dem Moment bemerkte ich die Waffe, die hinter dem Steuerpult lehnte, eine Schrotflinte. Der Kolben war mit glitzerndem Fischschleim beschmiert. Nickel hatte die Knochenfische nicht mit dem Speer erlegt, sondern abgeknallt.

»Tut mir leid« sagte ich rasch. »Natürlich glaube ich Ihnen.«

Es ist nie eine gute Idee, einen Fremden zu beleidigen, vor allem wenn der Fremde eine Waffe hat. Glücklicherweise schien der Mann meine Entschuldigung zu akzeptieren.

»Das Hausboot is' ungefähr sieben Meter lang. Weiß mit

blauen Streifen, aber die Farbe is' schon ziemlich verblichen. Am Heck is' ein alter Evinrude-Außenbordmotor. Als ich vorbeigefahren bin, hab ich niemand an Bord gesehn, aber da waren Sachen zum Trocknen aufgehängt.«

»Auch Mädchensachen?«, fragte ich.

»Ja, ein paar.« Es schien Nickel peinlich zu sein, dass er das bemerkt hatte. »Hab 'nen Badeanzug gesehn.«

»War der gelb?«

»Glaub schon.«

Ein paar Tage bevor sie durchgebrannt war, hatte Malley sich in einem Surfladen einen kanariengelben Badeanzug gekauft. Was der Mann sagte, beruhigte mich, weil es hieß, dass das Hausboot momentan vor Anker lag und dass dort ganz normale Dinge passierten, zum Beispiel, dass Wäsche gewaschen wurde.

Nachdem ich mich bei Nickel bedankt hatte, bahnte ich mir vorsichtig einen Weg durch die Fische und sprang vom Bug des Boots ans Ufer.

Während er die Fliegen, die immer noch um seinen Kopf schwirrten, verscheuchte, fragte er: »Hast du 'n Schießeisen dabei, Junge?«

»Nein, Sir.«

»Hm.«

»Wenn ich mal ganz dumm fragen darf – *brauch* ich denn eins?« Ich hatte dem Mann nichts davon erzählt, in welcher Lage sich Malley befand.

»Wenn die Wildschweine hinter dir her sind, wirst du dir wünschen, eins zu haben.«

Na toll, dachte ich. Das hat mir gerade noch gefehlt.

»Am fiesesten sind die Keiler. Die schlitzen dir mit ihren Hauern den Bauch auf«, erklärte Nickel. »Könntest du das Boot mal vom Ufer abstoßen?«

»Hey, ich habe eine Idee.«

»Nee, nee. Stoß es einfach ab.«

»Wenn ich mehr als sieben Dollar hätte, würden Sie mich dann flussabwärts bringen?« Der Gedanke war mir gerade durch den Kopf geschossen. So langsam, wie ich vorhin vorangekommen war, würde das Hausboot vielleicht längst verschwunden sein, wenn ich dort anlangte.

Außerdem war ich nicht gerade erpicht darauf, von einem wütenden Wildschwein aufgespießt zu werden.

»Haste denn noch Geld?«, fragte Nickel.

»Viel mehr. Aber nicht bei mir.«

»Glaubste, ich bin blöd?«

»Oben an der Road-20-Brücke ...«

»Red weiter.«

»... da ist ein Schuhkarton vergraben, an einer geheimen Stelle«, fuhr ich fort.

Das Geld gehörte zwar nicht mir, aber der Gouverneur war verschwunden, und die Zeit drängte. Etwas Besseres fiel mir nicht ein, um Nickels Interesse zu wecken.

»Was für 'ne geheime Stelle?«, fragte er.

»Das verrate ich Ihnen, wenn Sie mich zum Hausboot mitnehmen.«

Skink hatte mir nie gesagt, wie viel Geld noch im Karton war. Doch als er ihn geöffnet hatte, um das Geld für das Kanu herauszunehmen, hatte ich mehrere dicke Bündel gesehen, die von Gummibändern zusammengehalten wurden.

»In dem Karton ist jedenfalls reichlich Geld drin«, teilte ich Nickel mit. »Sie können sich nehmen, was Sie für angemessen halten.«

Ich vermutete, dass er alles einkassieren würde. Wie lautete doch Skinks Motto? Nimm immer das Schlimmste an.

»Hast du 'ne Bank ausgeraubt, oder was?«

»Das Geld gehörte meinem Großvater, der ein ehrlicher Mann war. Sobald ich auf dem Hausboot bin, verrate ich Ihnen, wo Sie graben müssen.«

Der Mann spuckte ins Wasser. »Ich lass mich nich' gern verarschen. Wenn ich da keinen Schuhkarton finde, kriegste mich bald wieder zu sehn. Sehr bald.«

»Ich sage die Wahrheit.«

»Okay«, erwiderte er. »Dann steig ein.«

Da er schwer beladen war, konnte der Kahn nicht sehr schnell fahren, aber das machte mir nichts aus. Das war tausendmal besser, als mich zu Fuß durch den Wald zu kämpfen.

»Also, ich hab sechzehn Cousinen«, sagte Nickel, »für alle zusammen würd ich nich' mal 'nen Dollar fünfzig rausrücken.«

»Ich habe nur eine Cousine. Die ist so was wie meine beste Freundin.«

»Tja, trotzdem.« Er musterte mich über seine Sonnenbrille hinweg. »Du hast mir nich' die ganze Geschichte erzählt.«

»Weil ich die ganze Geschichte nicht kenne. Aber ich bin mir sicher, dass meine Cousine in Schwierigkeiten steckt.«

Nickel machte die Drosselklappe weit auf. Der Motor hörte

sich furchtbar an, so als klapperten Murmeln in einer Waschmaschine. Und als würde er gleich explodieren.

»Diese alte Wanne macht nicht mehr als zehn Knoten!«, teilte mir Nickel mit erhobener Stimme mit.

Das reicht doch, dachte ich.

Er hielt sich in der Mitte des Flusses. Den Gestank wurden wir ebenso wenig los wie die Schmeißfliegen. Vor uns lag eine weitere Biegung.

Und hinter dieser Biegung tauchte ein weißes Hausboot mit blauen Streifen auf.

13. KAPITEL

Ein Radio spielte Country & Western – nicht gerade Malleys Lieblingsmusik.

An Deck war niemand zu sehen. Als wir näher kamen, rief ich ihren Namen. Aus den Augenwinkeln sah ich, dass Nickel seine Flinte an sich nahm.

Das Hausboot war ziemlich ramponiert und total dreckig, die Farbe von der Sonne ausgeblichen. Früher hatte es mal einen Namen gehabt, doch die Buchstaben auf dem Rumpf waren bis zur Unkenntlichkeit verblasst. Am Heck war ein großer Außenbordmotor angebracht, der wahrscheinlich älter war als ich. Ein Teil des Firmennamens »Evinrude« war abgeblättert, sodass nur noch »rude« draufstand.

Über der Reling hing der gelbe Badeanzug meiner Cousine, zusammen mit einigen T-Shirts, vier weißen Socken, einer Männerjeans und dem grauen Kapuzenshirt, das Malley an dem Abend getragen hatte, als sie von ihrer Mutter am Flughafen von Orlando abgesetzt worden war. Ich erinnerte mich, das Kapuzenshirt auf dem Überwachungsvideo gesehen zu haben, das Trujillo mir gezeigt hatte.

Die Fenster des Hausboots waren geöffnet, aber von innen mit Bettlaken verhängt. Vielleicht sollten die Laken Moskitos fernhalten, vielleicht hingen sie aber auch dort, damit niemand in die Kabine sehen konnte.

Nickel brachte sein Boot längsseits und vertäute es mit einem schmierigen Seil. Er stieg auf das Dollbord, schob den Lauf seiner Flinte durch eines der Fenster und riss das Bettlaken herunter. Nachdem er lange in die Kabine gespäht hatte, verkündete er: »Niemand zu Hause.«

In gewisser Weise war ich erleichtert, denn ich hatte befürchtet, Malley gefesselt und geknebelt vorzufinden.

»Was meinste, in was für Schwierigkeiten deine Cousine steckt?«, fragte Nickel.

»Da bin ich mir noch nicht sicher.«

Ich vermutete, dass der Online-Talbo Malley an Land gebracht hatte, um etwas zu essen aufzutreiben. Die Entfernung zum Ufer war so gering, dass man bequem hinüberschwimmen konnte. Wahrscheinlich hatte er die Musik angelassen, damit man annahm, es sei jemand auf dem Boot. Dann würde sich niemand an Bord schleichen, um etwas zu klauen.

»Sind das ihre Sachen, die da zum Trocknen hängen?«, fragte Nickel.

»Ja. Zumindest ein paar davon.«

»Dann isse nich' tot. Die werden schon wiederkommen.«

»Dann warte ich hier«, sagte ich und kletterte an Bord. Ich muss ziemlich erbärmlich ausgesehen haben, wie ich mich da mit meinem Golfschläger hochhievte, denn Nickel sagte: »Willste das wirklich machen, Junge?«

»Ja.« Ohne Malley würde ich auf keinen Fall von hier weggehen. Ich schwenkte die Klapperschlangenrassel hin und her. »Das ist mein Glücksbringer.«

»Hat der Schlange aber nich' viel geholfen.«

Danke für die ermutigenden Worte, dachte ich.

»Hör mal, ich kann nich' hierbleiben und auf dich aufpassen.«

»Kein Problem«, erwiderte ich. »Sie haben Ihren Teil der Abmachung ja eingehalten.«

»In Bonifay gibt's nämlich 'nen Mann, der mir zweihundert Dollar für diese Fische zahlt. Vielleicht sogar zweihundertzehn. Er zerkleinert die, um damit seine Wassermelonen zu düngen. Aber der wartet nich' gern.«

Er warf einen Blick auf seine Flinte, und einen Moment lang dachte ich, er wolle sie mir überlassen, aber das hätte ich abgelehnt. Das Einzige, worauf ich je mit einem Gewehr gezielt habe, war eine Dr-Pepper-Dose, und da schaffte ich es erst beim fünften Versuch, ein Loch reinzuschießen. Damals machte ich in der Nähe der Mülldeponie mit meinem Freund Mitch, der in der zehnten Klasse und ein begeisterter Jäger ist, Schießübungen. Meine Brüder und ich hatten nie irgendwelche Waffen, weil Mom und Dad dagegen waren.

»Was is'n nun mit dem Geld?«, sagte Nickel, der es eilig zu haben schien.

»Kurz vor der Brücke ist eine Bootsrampe.«

»Kenn ich.«

»Zehn Schritt von ihr entfernt steht ein alter Tupelobaum. Dort ist der Schuhkarton meines Großvaters vergraben.«

»Danke. Pass auf dich auf.« Nickel band seinen Kahn los und driftete langsam vom Hausboot weg. Bevor er flussaufwärts tuckerte, nickte er mir noch kurz zu. Die Schmeißfliegen nahm er mit, den Gestank ließ er jedoch zurück.

Schnell entschwand er meinem Blick. In der Kabine war es heiß und muffig. Als Erstes hängte ich das Laken wieder auf, das Nickel heruntergerissen hatte. Die kleinen Löcher am oberen Rand stammten von Nägeln, die jemand in den Fensterrahmen geschlagen hatte.

In einer Ecke der Kabine stand ein tragbarer Campingherd, in einer anderen ein schäbiger grauer Koffer, der höchstwahrscheinlich dem falschen Talbo Chock gehörte. Da der Koffer aber abgeschlossen war, kümmerte ich mich nicht weiter darum. Auf dem Fußboden lag ein Haufen zerknitterter Decken, daneben Malleys roter Rucksack. Auch ihren Laptop entdeckte ich, der kaputt war – mehr als kaputt, um genau zu sein, denn er sah aus, als wäre jemand darauf herumgetrampelt. Kein Wunder, dass meine Cousine mir keine E-Mails geschickt hatte.

Ich hatte vor, mich zu verstecken, sobald ich Malley und den Pseudo-Talbo durch den Wald zurückkommen sah. Im Boden der Kabine befand sich eine Luke, die zu einem kleinen Laderaum führte, in dem ein Ersatzanker, ein verrosteter Feuerlöscher sowie mehrere verschimmelte Rettungswesten lagen. Ich kroch nach unten, um festzustellen, ob dort genug Platz für mich und meinen Rucksack war – kein Problem, wenn ich erst mal die Spinnen verscheucht hatte.

Nachdem ich meine Sachen verstaut hatte, ließ ich die

Luke auf, um schnell verschwinden zu können. Dann setzte ich mich hinter das Steuerpult, an dem die Zeit und das Wetter ihre Spuren hinterlassen hatten. Am Kompass, dessen Glas gesprungen war, lehnte ein Radiowecker, der gerade einen Song über harte Zeiten und verlorene Liebe spielte. Am liebsten hätte ich einen anderen Sender eingestellt, aber wenn dem Online-Talbo vom Boot Rock oder Hiphop entgegengeschallt wären, hätte er sofort gewusst, dass etwas nicht stimmte.

Was ich nicht eingeplant hatte, war meine Erschöpfung. In der Nacht zuvor hatte ich noch nicht mal fünf Minuten geschlafen, weil der Regen zu laut gewesen war und ununterbrochen auf meine Duschhaube getrommelt hatte. Außerdem musste ich ständig daran denken, wie der Gouverneur im dunklen Wasser des Choctawhatchee einen Alligator verfolgt hatte. Von traurigen Gitarrenklängen eingelullt, fielen mir jetzt in der schwülen Kabine allmählich die Augen zu. Ich versuchte, mich wach zu halten, indem ich das Radio lauter stellte, doch das klappte nur ein Weilchen, sodass ich schließlich doch einschlief und einen völlig sinnfreien Traum hatte.

Ich träumte, dass Trent, mein Vater und ich am Strand Golf spielten! Die beiden verstanden sich prächtig. Mom war nicht dabei, also musste sie sich auch nicht für den einen oder den anderen entscheiden. Der Sand war weißer als der von Loggerhead Beach, die Dünen waren höher. Wir mussten aufpassen, wo wir unsere Bälle hinschlugen, weil überall neue Schildkrötennester waren, und aus jedem kleinen Hügel ein gestreifter Trinkstrohhalm ragte. Trent vergeigte einen Schlag, sodass der Ball in der Brandung landete und wir drei ins Wasser wateten, um danach zu suchen. Meine Zehen stießen gegen etwas Hartes und Glattes. Als ich tauchte, sah ich, dass der Gegenstand wesentlich größer als ein Golfball war – es war ein gesunkenes Auto, ein weißer Toyota Camry mit einem Einschussloch in der Heckscheibe. Ich wollte meinen Vater herbeirufen, doch aus meinem Mund kamen nur Luftblasen.

In dem Moment erwachte ich. Mein Kopf lag auf dem Steuerrad des Hausboots. Ich hörte, wie sich jemand unterhielt. Als ich von der Kabinentür aus zum Ufer hinüberspähte, sah ich nur die Vögel und die Schmetterlinge in den Bäumen. Ich schlich zu einem der Fenster und schob das Laken vorsichtig zur Seite, um in Richtung Fluss zu blicken.

Ein kleines Boot näherte sich, in dem zwei Gestalten saßen. Zuerst hielt ich das Boot für ein Kajak, doch dann stellte ich fest, dass es ein Kanu war.

Unser Kanu.

Das der Alligator entführt hatte. Da war ich mir ganz sicher.

Malley kauerte auf für sie typische Weise am Bug. Der Pseudo-Talbo saß hinten und paddelte. Ich erkannte sein blaues Baseballcap und seine verspiegelte Sonnenbrille wieder, die ich auf dem Flughafenvideo gesehen hatte. Besonders groß und kräftig sah er nicht aus, obwohl ich das aus der Ferne nicht genau beurteilen konnte. Malley trug eine Art australischen Buschhut und hatte ein pinkfarbenes Armband um jedes Handgelenk, was gar nicht ihr Stil war. Jedenfalls fiel mir ein Stein vom Herzen, als ich sah, dass sie noch am Leben war.

Aber was war mit dem Kanu? Leider bestätigte sein Anblick meine Vermutung, dass Skink tot war. Wenn er es nicht gewesen wäre, hätte er jetzt mit Malley im Kanu gesessen, und statt ihm hätte sich der Online-Talbo im Fluss befunden.

Worüber auch immer meine Cousine und ihr Kidnapper sich zuvor unterhalten haben mochten – jetzt steuerten sie schweigend auf das Hausboot zu. Ich packte den Golfschläger und zog mich in den Laderaum zurück. Nachdem ich die schwere Klappe geschlossen hatte, war es so eng, dass meine Arme gegen den Körper gequetscht wurden.

Der Laderaum war nicht viel breiter als ein Sarg. Hier unten war es so stickig, dass sich jeder meiner Atemzüge wie das Schnaufen einer Lokomotive anhörte. Das Pochen meines Herzens klang wie Donner. Es roch nach Schimmel und Benzin. Obwohl ich nie unter Klaustrophobie gelitten hatte, wusste ich, dass ich nicht in diesem Laderaum bleiben konnte. Eine Zacke des Ankers hatte sich mir in den Hintern gebohrt, die Düse des Feuerlöschers stach mir in den Nacken. Irgendein Insekt – möglicherweise eine Schabe – kroch mir langsam über die Stirn, doch es gelang mir nicht, nach oben zu greifen, um es fortzuscheuchen.

Ich geriet in Panik. Nachdem ich den Lukendeckel mit den Knien aufgedrückt hatte, kletterte ich nach oben und flüchtete mich in die Minitoilette im vorderen Teil des Boots. Obwohl es dort nicht gerade wie in einem blühenden Garten roch, setzte ich mich und machte die Tür zu, die sich nicht abschließen ließ, weil der Riegel abgebrochen war.

Ein scharfes »Klack« war zu hören, als das Aluminiumkanu gegen das Hausboot stieß. Dann folgte ein dumpfes Poltern, was darauf schließen ließ, dass meine Cousine und der Online-Talbo an Bord kamen. Die Planken des Decks knarrten, als sie in die Kabine gingen. Jemand stellte das Radio ab.

»Mach den Herd an«, sagte eine Männerstimme.

»Ich bin nicht hungrig.«

»Das bist du nie.«

»Und Welse esse ich nicht«, sagte Malley. »Die sind so eklig.«

»Gib deine Hand her.«

»Nein.«

»Los!«

»Nein!«

Es kam zu einem kurzen Handgemenge. Danach hörte ich ein Klicken.

»Du Arsch!«, fauchte Malley.

Der Pseudo-Talbo beschimpfte sie und sagte: »Ich werd mich mal um den Fisch kümmern. Aber erst muss ich pinkeln gehn.«

»Wie interessant.«

»Rühr dich nicht von der Stelle. Ha, ha.«

Ich saß in der Falle und wusste nicht, was ich tun sollte. Der Typ musste pinkeln und dafür gab es auf dem Boot nur einen Ort. Ich griff nach dem Türknauf und hielt die Tür von innen zu. Mit der anderen Hand schüttelte ich die Klapperschlangenrassel, die Skink mir geschenkt hatte.

Eine Klapperschlange ist in der Lage, ihren Schwanz in mehr als fünfzig Schwingungen pro Sekunde zu versetzen, das heißt, in ein schnelleres Tempo, als die Fingermuskeln eines

Menschen sich bewegen können. Ich muss wie verrückt gezittert haben, weil die achtzehn Hornringe der Rassel einen derartigen Lärm machten, dass der Pseudo-Talbo entsetzt zurücksprang und den Türknauf losließ.

»Mensch, hast du das gehört?«, schrie er.

»Was denn?«, fragte Malley.

»Da drin ist 'ne Klapperschlange!«

»Quatsch. Wie soll die denn aufs Boot gekommen sein?«

»Die Viecher können schwimmen, du blöde Kuh. Genau wie Mokassinschlangen.«

»Wo willst du denn hin? Du kannst mich hier doch nicht allein lassen!«

»Ich hol das Beil aus dem Kanu«, erklärte er.

Ich hörte, wie er nach draußen stapfte. Ich erhob mich und machte die Tür einen Spaltbreit auf, damit Malley mich sehen konnte. Sie riss die Augen auf.

Ich ebenfalls. Ihr Haar war pechschwarz gefärbt. Sie sah ausgemergelt aus und ihre Arme waren mit Moskitostichen übersät. Das, was ich für pinkfarbene Armbänder gehalten hatte, waren die Abdrücke von Handschellen.

Im Moment war sie mit den Handschellen ans Steuerrad des Hausboots gefesselt. Sie öffnete den Mund, um etwas zu sagen, doch ich signalisierte ihr, still zu sein. Dann setzte ich mich wieder auf die Minitoilette und schloss die Tür.

Der Online-Talbo kam mit Skinks Beil zurück – und ich hatte nichts, um mich zu verteidigen. Den Golfschläger hatte ich blöderweise im Laderaum zurückgelassen.

»Geh da bloß nicht rein, T. C.!«, hörte ich Malley sagen.

»Hey, mit einer verdammten Klapperschlange kann man nur auf *eine* Weise fertigwerden.«

»Aber was, wenn du gebissen wirst?«

»Halt endlich die Klappe. Ich werd das Vieh in tausend Stücke hacken!«

Mir blieben ungefähr zwei Sekunden, um eine Entscheidung zu treffen, und ich kam zu dem Schluss, dass ich nicht scharf darauf war, ein Beil in den Schädel zu bekommen.

Deshalb schrie ich: »Stopp! Ich bin keine Schlange!«

Auf der anderen Seite der Tür trat Schweigen ein, dem verwirrtes Gemurmel folgte.

Schließlich sagte der Online-Talbo: »Komm sofort da raus! Wer auch immer du bist!«

Ich gehorchte. Er stand mit erhobenem Beil da, bereit, zuzuschlagen.

»Immer mit der Ruhe, Mann!«, sagte ich zu ihm und hob die Hände.

»Das ist doch bloß ein Junge, T. C.«, sagte Malley.

Er senkte das Beil, legte es aber nicht weg. »Wer bist du?«

»Carson ist mein Name«, antwortete ich.

Malley warf mir einen Blick zu, der zu besagen schien: *Wo hast du denn diesen Namen her?*

»Carson? Und wie weiter?«, fragte der Pseudo-Talbo.

»Nur Carson.« Wahrscheinlich war ich wegen Rachel Carson, der Autorin von *Der stumme Frühling*, auf den Namen gekommen.

»Meinen Nachnamen kann ich dir nicht verraten«, fuhr ich fort, »weil du dann meine Eltern anrufen würdest.«

Malley ging sofort auf mich ein. »Bist du etwa von zu Hause fortgelaufen?«

»Eher fortgegangen. Sagen wir mal so: Ich bin auf der Durchreise.«

»Wie bist du denn auf dieses Boot gekommen?«, wollte der Online-Talbo wissen. »Geschwommen bist du jedenfalls nicht, sonst wäre deine Kleidung nass.«

»Hab mich von einem Angler mitnehmen lassen.«

»Erzähl keinen Scheiß!«

Der Pseudo-Talbo war mehrere Zentimeter größer als ich – ungefähr so groß wie mein älterer Bruder Robbie, bloß nicht ganz so muskulös. Er war weder hässlich noch so attraktiv wie ein Filmstar, sondern sah ziemlich normal aus – bis auf die eingeschlagene Nase, die ganz angeschwollen war und die Farbe einer Pflaume hatte. Das erklärte, warum er so näselnd sprach.

Sein mattbraunes Haar war kurz geschnitten und er hatte sich schon seit Tagen nicht mehr rasiert. Sein T-Shirt war jägergrün, die Beine seiner Jeans waren ausgefranst, seine weißen Turnschuhe dreckig. Als er seine Sonnenbrille abnahm, stellte ich fest, dass er kleine dunkle, unruhige Augen hatte, die wie Mäuseaugen in einem Kaninchengesicht wirkten.

»Was hast du da vorhin für Geräusche gemacht?«, fragte er.

Ich zeigte ihm die Klapperschlangenrassel, die er von der Schnur abriss und ins Licht hielt. »Ist das Ding echt?«

»Na klar.«

»Zu schade.« Er grinste höhnisch und warf die Rassel durchs Fenster ins Wasser.

»Mann, was soll denn das? Das war ein Geschenk von meinem Opa.«

»Verschwinde von meinem Boot, du Arschgesicht.«

Als Malley mit dem falschen Talbo ihre Cyberdates gehabt hatte, hatte sie immer behauptet, er sei so »tiefsinnig wie ein Dichter«. Ich kannte zwar keine echten Dichter, war mir aber ziemlich sicher, dass sie, wenn sie mit jemandem sprachen, nicht das Wort »Arschgesicht« benutzen würden.

Ich drehte mich meiner Cousine zu. »Wieso bist du denn ans Steuerrad gefesselt?«

Eine Frage, die dem Pseudo-Talbo überhaupt nicht gefiel.

Malley lächelte verkrampft und klapperte mit den Handschellen. »Oh, das ist nur ein kleines lustiges Spielchen, das wir manchmal spielen, stimmt's, T. C.?«

»Ja«, sagte er mürrisch.

»Dann gib mir mal den Schlüssel, Schätzchen.«

»Was?«

»Nun mach schon. Das Spiel ist vorbei«, sagte sie. »Carson kann dir beim Entladen des Kanus helfen.«

Sie streckte ihm ihre freie Hand entgegen. »Den Schlüssel!«

Der Online-Talbo saß in der Klemme. Er wollte nicht, dass ich mitbekam, dass er Malley gegen ihren Willen festhielt. Dann wäre er gezwungen gewesen, mich ebenfalls zu fesseln, damit ich niemandem etwas verraten konnte.

Trotzdem war er nicht so dumm, Malley den Schlüssel zu geben. Er beugte sich über das Steuerpult und schloss die Handschellen auf.

»Hey, hier kannst du nicht bleiben«, sagte er zu mir. Er hatte immer noch das Beil in der linken Hand. Obwohl er nicht damit herumfuchtelte, war die Botschaft unmissverständlich.

»Ich brauche was zu essen. Dann verschwinde ich.«

»T. C. hat einen großen fetten Wels gefangen«, erklärte meine Cousine.

»Dann werde ich euch beim Enthäuten helfen.«

»Toll«, sagte der Online-Talbo ohne jede Begeisterung.

Wir verließen die Kabine und gingen zum Heck des Boots.

»Wie heißt du?«, fragte ich Malley mit Unschuldsmiene.

»Louise«, erwiderte sie mit ernstem Gesicht.

Ich musste immer wieder auf ihr pechschwarzes Haar starren, das sie älter und bleich wie eine Hexe aussehen ließ.

»Schönes Kanu«, stellte ich fest.

»Ja, das haben wir zufällig ergattert. Heute Morgen ist es einfach angeschwommen.«

»Komisch. Und da saß niemand drin?«

»Nein.«

»Wer's findet, dem gehört's«, sagte der falsche Talbo.

Angesichts seiner eingeschlagenen Nase überlegte ich, ob das Kanu wirklich leer gewesen war. Vielleicht war der Gouverneur bis zum Hausboot gelangt, hatte mit dem Pseudo-Talbo gekämpft und ihm die Nase eingeschlagen. Normalerweise merkte ich es, wenn Malley mit etwas hinter dem Berg hielt, aber das schien nicht der Fall zu sein.

Alles, was ich wollte, war, sie von dem Kidnapper wegzubringen – denn so nennt man jemanden, der ein Mädchen mit Handschellen fesselt: Kidnapper, nicht Boyfriend. Dass ein blöder blinder Passagier wie ich seine Flussfahrt störte, passte ihm gar nicht, und ich nahm mir vor, ihn noch weiter zu ärgern. Kriminelle machen Fehler, wenn sie sich unter Druck gesetzt fühlen, hatte Trujillo mir erzählt.

Vielleicht hätte ich eine andere Strategie anwenden und ihm gegenüber freundlich tun sollen, aber ich brachte es einfach nicht über mich, nett zu dem Mann zu sein, noch nicht mal, wenn die Nettigkeit bloß geheuchelt war.

Ich wartete, bis er das Beil in seinen Hosenbund gesteckt hatte. Dann fragte ich, wofür »T. C.« stand.

»Talbo Chock«, antwortete er.

»Das glaub ich nicht. Das ist völlig unmöglich«, gab ich zurück.

»Waaas?« Er zog ein finsteres Gesicht und gab sich alle Mühe, tough zu klingen, doch man merkte seiner Stimme an, dass er beunruhigt war.

»Der einzige Talbo Chock, von dem ich je gehört habe, ist tot«, sagte ich.

»Vielleicht gibt es ja mehr als einen. Hast du schon mal daran gedacht?«

Ich zuckte die Achseln. »Mehr als einen Typ, der *Talbo* heißt? Tja …«

»Hört auf damit«, fuhr Malley uns an.

»Kein Problem«, sagte ich. »Oder wie man im Süden sagt: *no problemo*.«

»Ich hör mit gar nichts auf«, knurrte der Betrüger. »Dieser kleine Drecksack hat gerade behauptet, ich lüge.«

Alles in allem blieb ich unglaublich ruhig. »Talbo Chock ist in Afghanistan gefallen«, sagte ich. »Er war bei den Marines.

Er ist unten in Fort Walton Beach bestattet worden. Sogar der Bürgermeister war dabei. Nimm's mir nicht übel, Mann, aber wenn du schon jemandem den Namen klaust, dann sollte es nicht gerade ein Kriegsheld sein.«

Das Gesicht des Kidnappers wurde purpurrot. »Ich schlag dir deine verdammten Zähne ein!«

Er holte nach mir aus, doch ich duckte mich weg.

Meine Cousine trat zwischen uns. »Kümmere dich um deine eigenen Angelegenheiten, Carson.«

»Sorry, Mann«, sagte ich zu dem Pseudo-Talbo. »Kein Grund zur Aufregung.«

Aber er war natürlich stinkwütend.

14. KAPITEL

»Sein richtiger Name ist Tommy Chalmers«, sagte Malley.

»Halt die Klappe!«, brüllte er. »Sofort! Sonst passiert was!«

»Und mein Name ist auch nicht Louise, sondern Malley.«

Mir war nicht ganz klar, ob sie wollte, dass auch ich meinen richtigen Namen nannte. Jedenfalls beschloss ich, noch eine Weile bei »Carson« zu bleiben. Es war besser, wenn Tommy nicht wusste, dass Malley und ich verwandt waren beziehungsweise dass ich derjenige war, dem sie am Telefon den Hinweis auf den Elfenbeinspecht gegeben hatte.

»Ich hab gesagt, halt die Klappe!« Sein Unterkiefer schob sich hin und her wie die Schaufel eines Baggers.

»Mein Gott, könntest du dich mal beruhigen?«, erwiderte meine Cousine. »Carson ist schon okay. Erzähl ihm, was du mir erzählt hast. Dann wird er alles verstehen.«

Tommy brauchte eine Minute, um auf die Reihe zu kriegen, was er sagen wollte. »Talbo war ein superenger Freund von mir!« Eine weitere Lüge. Ich wusste, dass Tommy Corporal Chocks Namen erst in den Unterlagen entdeckt hatte, die in dem Toyota lagen, den er dem Pfarrer gestohlen hatte.

»Sein Tod war ein schwerer Schlag für mich«, fuhr Tommy fort. »Als seine Eltern mich anriefen, um mir mitzuteilen, dass er gefallen war, war das so, als sei auch ein Teil von mir gestorben. Verstehst du, was ich meine?«

»Deshalb hat er beschlossen, sich Talbo zu nennen«, sagte Malley. »Stimmt's, T. C.?«

»Ja. Wenn ich hörte, wie die Leute seinen Namen sagten, fühlte ich mich gleich besser. So als ob er noch am Leben wäre.«

Eine der lahmsten Lügengeschichten, die ich je gehört hatte. Trotzdem sagte ich: »Klar. Kann ich verstehen.«

»Das sollte keine Respektlosigkeit sein. Ich habe den Mann schließlich sehr gemocht.«

»Angebetet hast du ihn«, ergänzte Malley. »Das ist T. C.'s Trauerarbeit.«

Ich konnte einfach nicht glauben, dass sie bei dem, was sie sagte, ernst bleiben konnte. In dem Moment begriff ich, was sie vorhatte – sie wollte Tommy beschwichtigen, indem sie so tat, als sei sie auf seiner Seite. Das verriet mir der Ausdruck ihrer Augen. Ich brannte darauf, herauszufinden, was genau er ihr angetan hatte, doch das würde warten müssen, bis wir beide allein waren.

»Na komm, lass uns endlich essen«, sagte sie.

Tommy Chalmers schnaubte verächtlich. »Dachte, du bist nicht hungrig.«

»Also, *ich* hab einen Bärenhunger«, warf ich ein.

Der Wels lag auf dem Boden des Kanus, direkt neben Skinks Angelrute. Von dem Seil, an dem wir unsere Barsche befestigt hatten, war nirgendwo etwas zu sehen. Tommy lud ein Sixpack Bier, eine kleine Kühlbox mit Eis und einen Kanister mit Benzin aus. Wo er das Benzin und das Eis herhatte, war mir ein Rätsel. Jedenfalls musste er die Sachen in der Nähe des Flusses besorgt haben.

Ich bot mich an, den Fisch zu häuten und auszunehmen, doch Tommy sagte: »Halt dich gefälligst da raus.«

Als er Malley den Rücken zudrehte, streckte sie ihm die Zunge raus. Lautlos formte ich mit dem Mund die Worte: »Was ist mit seiner Nase passiert?«

Sie hob die rechte Hand und ballte sie zur Faust. Ich spürte, wie wieder unbändige Wut in mir aufstieg. Vielleicht hatte meine Cousine ihm eins auf die Nase gegeben, weil er ihren Laptop zerstört hatte. Vielleicht hatte er aber auch noch was viel Schlimmeres angestellt.

Ich überlegte, ob ich den Golfschläger aus dem Laderaum holen sollte. Tja, aber was dann? Tatsache ist, dass ich kein Selbstvertrauen und null Erfahrung habe, wenn es ums Kämpfen geht. Dad war gegen Gewalttätigkeit jeder Art, eines der wenigen Dinge, bei denen er absolut strikt war. Wenn meine Brüder sich prügelten, bekamen sie jedes Mal Hausarrest, und sie hüteten sich davor, mir, dem Kleinsten in der Familie, auch nur einen Klaps zu geben. Deshalb hatte ich keine Ahnung, wie viele Schläge ich einstecken konnte. Zumindest wusste ich, dass Tommy Chalmers ungefähr fünfzig Pfund schwerer war als ich. Ihn irgendwie zu überrumpeln, schien mir noch am aussichtsreichsten.

Die nächste Frage war, ob ich es fertigbringen würde, einen Mann – selbst wenn es ein übler Krimineller war – zu schlagen, während er mir den Rücken zukehrte. Die Antwort darauf lautete Nein. Die Wut, die ich empfunden hatte, mein Plan, den Kidnapper meiner Cousine zu Brei zu schlagen – all das löste sich in nichts auf. Ich unternahm nichts und stand bloß wie der letzte Waschlappen da, während der Pseudo-Talbo versuchte, den Fisch im Kanu zu töten.

Außer den *Bigfoot-Tagebüchern* und Cagefighting hat mein Stiefvater noch eine weitere Lieblingsfernsehsendung, in der gezeigt wird, wie übergewichtige Prolls in schlammige Flüsse springen, um mit riesigen Welsen zu ringen. Das ist ziemlich krank, aber immerhin verstehen diese Typen was von ihrer Sache. Wie Tommy gerade herausfand, sind Welse in der Lage, außerhalb des Wassers noch eine Weile am Leben zu bleiben. Außerdem haben sie Stacheln in den Flossen, die mit giftigem Schleim überzogen sind. Ein Angeltourführer in Loggerhead Beach hat mir erzählt, dass es unglaublich wehtut, von diesen Stacheln gestochen zu werden, und dass man sofort eine Infektion bekommt. Als ihm das mal passiert war, war sein Fuß angeschwollen wie ein Luftballon.

Seltsamerweise wird man mit größeren Welsen am leichtesten fertig. Die kleineren sind viel zappeliger und ihre Stacheln spitzer. Tommys Beute wog nicht mehr als ungefähr drei Pfund, doch selbst wenn ich ihm geraten hätte, vorsichtig zu sein, hätte er nicht auf mich gehört, weil er ein viel zu großer Macho war.

»Ich weiß, was ich mache«, teilte er Malley mit.

Irrtum.

Sein gellender Schrei ging einem durch und durch und

hörte gar nicht mehr auf. Auf beiden Seiten des Flusses flogen aufgeschreckte Vögel aus den Bäumen auf.

Meine Cousine hielt sich die Augen zu. Der Rückenstachel des Fischs hatte sich durch Tommys rechte Hand gebohrt und ragte auf der anderen Seite heraus wie eine Stricknadel. Tommy war praktisch aufgespießt.

In dem Moment hätte ich den Dreckskerl aus dem Kanu schubsen und mit Malley davonpaddeln sollen. Genau das hätte der alte Gouverneur gemacht.

Und ich? Ich fiel fast in Ohnmacht. Traurig, aber wahr.

Während der Wels an Tommys Hand hing und sich hin und her wand, strömte diesem das Blut über den rechten Arm. Ein Anblick, den ich gern vergessen würde, aber das werde ich wohl nie schaffen. Mir wurde schwindlig, und die Knie wurden mir so weich, dass ich mich an der Reling des Hausboots festhalten musste.

Als Malley, die durch die Finger linste, bemerkte, in welcher Verfassung ich mich befand, zischte sie: »Wag ja nicht, in Ohnmacht zu fallen!«

Inzwischen war Tommys gellender Schrei in einen Laut übergegangen, der sich anhörte wie das Jaulen eines Pudels. Das nervte mich nicht so sehr wie das Blut, das aus seiner Hand spritzte. Die Wunde sah hundertmal schlimmer aus als die, die der Schildkröteneierdieb Skink am Kopf zugefügt hatte.

»Ich kann die Hand nicht rausziehen!«, brüllte Tommy. »Sie sitzt fest!«

»Hack den Stachel doch ab!«, schlug ich vor.

Mit seiner anderen Hand tastete Tommy nach dem Beil in

seinem Hosenbund. Dann begann er, wie wild auf den Wels einzuschlagen. Ich rechnete jeden Augenblick damit, dass er sich die Finger abhackte, doch Tommy war erstaunlich geschickt. Nach einer Weile schaffte er es, den Stachel vom Rücken des Fischs abzutrennen. Brüllend vor Schmerz riss er ihn aus seiner Hand. Der verletzte Wels schnellte über Bord und schwamm davon.

Zum Lunch gab es pappige Kartoffelchips.

Mom sagt immer, im Leben gehe es darum, das Beste aus seinen Möglichkeiten zu machen. Eine solche – sehr günstige – Möglichkeit hatte ich gerade verschenkt. Tommy Chalmers wäre leicht zu überwältigen gewesen – er hatte sich vor Schmerzen gekrümmt und gar nicht auf mich geachtet. Ein kräftiger Schubs und er wäre im Fluss gelandet.

Aber nein, ich war so benommen, dass ich mich nicht rühren konnte. Unglaublich.

Jetzt saßen wir alle wieder in der Kabine des Hausboots, weil es auf Deck knallheiß war und ganze Schwärme von Fliegen um das blutbeschmierte Kanu schwirrten. Tommy hatte ein schmutziges T-Shirt um seine verletzte Hand gewickelt.

Er trank ein Bier, während Malley und ich uns eine Flasche mit lauwarmem Wasser teilten. Als ein Boot mit Anglern an uns vorbeiraste, befahl Tommy uns, uns ruhig zu verhalten. Es war deprimierend, dass er sich offenbar besser fühlte.

»Wo kommst du eigentlich her, Carson?«, fragte er.

»Aus Pensacola.« Ein Ort wie jeder andere, dachte ich.

»Und warum bist du von zu Hause fortgelaufen?«

»Hatte Probleme«, sagte ich.

»Ah ja? Warum?«

»Weil ich eine Jacht gestohlen habe.« Das klang eindrucksvoller, als ein Auto zu stehlen. Wenn ich schon eine neue Lebensgeschichte erfand, warum sollte ich mich dann nicht zum schweren Jungen machen?

Tommy kicherte höhnisch. »Du hast doch nie im Leben eine Jacht gestohlen.«

»Ein über dreißig Meter langes Ding war das. Ich war schon auf dem Weg nach Havanna, da haben sie mich erwischt. In der Zeitung von Tampa stand sogar ein Artikel darüber drin, falls du mir nicht glaubst.«

Ich bluffte gewaltig.

»Dann bist du also ein Pirat«, sagte Tommy in sarkastischem Ton. »Wie Blackbeard – bloß dass dir noch nicht mal ein Bart wächst.«

»Haben sie dich ins Gefängnis gesteckt?«, fragte Malley mit funkelnden Augen.

»In den Jugendknast«, erwiderte ich. »Meine Eltern haben eine Kaution gezahlt und mich rausgeholt. Aber ich wollte nicht bis zum Prozess dableiben. Der Richter kannte mich von anderen Gelegenheiten und war nicht gerade ein Fan von mir.«

Tommy kaufte mir nichts von alldem ab. Und falls doch, dann wollte er nicht, dass Malley es mitbekam.

»Wie hieß denn die Jacht, die du angeblich gestohlen hast?«, erkundigte er sich.

»*Lolas Schlachtschiff.*« Wo ich den Namen herhatte, ist mir schleierhaft. Ich kenne überhaupt niemanden namens Lola.

»Das werd ich mal googeln«, verkündete Tommy, »sobald ich meinen Laptop irgendwo aufladen kann.«

Malley sagte, er solle aufhören, bei den Chips so reinzuhauen. »Ich möchte noch mehr über Carson erfahren«, fügte sie hinzu.

»Also ich nicht.« Tommy zeigte mit dem Daumen seiner unverletzten Hand in Richtung Kabinentür. »Höchste Zeit, dass du verschwindest, Käpt'n Ohnebart.«

»Ich mach dir einen Vorschlag«, sagte ich. »Ich fang uns ein paar schöne Barsche, wenn ich bis zum Abendessen hierbleiben darf.«

»Ha! Ich kann mir jederzeit fangen, was ich möchte.« Er wollte mir einreden, dass er ein Ass darin sei, in der Wildnis zu überleben, doch die Selbstsicherheit in seiner Stimme war nicht echt. Nach dem Fiasko mit dem Wels hatte er offensichtlich keine Lust, es noch einmal darauf ankommen zu lassen.

»Na gut. Du darfst die Angel auswerfen«, sagte er, »aber ich komm im Kanu mit.«

Darauf hatte ich gehofft. Ich hatte vor, flussaufwärts zu fahren und ihn irgendwie dazu zu bringen, dass er an Land ging. Dort würde ich ihn zurücklassen, wie ein Irrer zum Hausboot paddeln und Malley holen.

»Hey, ich will auch mit«, sagte sie.

Tommy erklärte ihr, dass das Kanu für uns alle nicht groß genug sei.

»Da hat er recht«, bestätigte ich.

Malley durchbohrte mich mit einem ihrer berühmten Eisprinzessinnenblicke. Sie wollte nicht zurückgelassen werden – vielleicht wollte sie aber auch nicht, dass ich mit Tommy Chalmers allein auf dem Wasser war. Dass sie so tat, als hätte sie keine Angst vor ihm, hieß noch lange nicht, dass sie keine hatte. Meine Cousine erweckt gern den Eindruck, dass sie immer alles unter Kontrolle hat und sich von nichts und niemandem aus der Fassung bringen lässt.

»Warte draußen«, sagte Tommy und machte die Kabinentür hinter mir zu.

Ich suchte im Kanu nach dem Beil, das aber nicht zu finden war. Unter der hinteren Sitzbank entdeckte ich den silbernen Spinner, mit dem Skink die drei Barsche gefangen hatte. Ich machte den Köder mit einem Clinchknoten an der Angelschnur fest. Diesen Knoten hatten meine Brüder mir als Kind beigebracht.

Malley und Tommy sprachen immer noch miteinander. Ich konnte zwar nichts verstehen, aber das Gespräch hörte sich nicht gerade ruhig und freundlich an.

Ich warf die Angel aus, ließ sie in weitem Bogen über dem Wasser hinter dem Hausboot kreisen und holte sie wieder ein. Um auszuprobieren, wie zielsicher ich war, ließ ich den Köder auf halb unter Wasser liegende Gestrüpphaufen und Baumstämme zuschnellen, Stellen, wo sich Fische gern verstecken. Ich wollte Tommy beweisen, dass ich gut mit einer Angelrute umgehen konnte.

Als er schließlich aus der Kabine kam, hatte er sich das Beil wieder in den Hosenbund gesteckt – was ganz entschieden nicht zu meinem klugen Plan gehörte. Allmählich dämmerte mir, dass es ihm möglicherweise egal war, ob ich fürs Abendessen Fische fing. Die Fahrt mit dem Kanu bot ihm die Möglichkeit, einen lästigen Eindringling bequem loszuwerden.

»Also los, fahren wir«, sagte er.

»Moment mal. Gerade hat sich was getan.«

»So? Erzähl keinen Scheiß.«

»Doch, ehrlich.«

Ich spielte gewaltig auf Zeit. Das mit der Angeltour war eine schlechte Idee gewesen, möglicherweise eine meiner schlechtesten. Tommy Chalmers war nicht so dumm, dass er sich von mir überlisten lassen würde. Er hatte entweder vor, mich irgendwo am Fluss auszusetzen oder mich in kleine Stücke zu hacken, wie er es der imaginären Klapperschlange in der Toilette angedroht hatte.

Schnell holte ich die Angelschnur ein und warf sie erneut nach dem angeblichen Fisch aus.

»Bist du taub? Ich hab gesagt, wir wollen los!« Als Tommy ins Kanu stieg, schaukelte es hin und her.

»Da ist er!«, schrie ich und riss an der Leine.

»Setz dich endlich und halt die Klappe.«

»Sieh doch mal!«

Ich bete nicht oft (und zu dem Zeitpunkt ganz gewiss nicht), aber was da geschah, konnte einfach nichts anderes sein als ein ausgemachtes Wunder! Denn aus dem Wasser schoss ein großer Barsch, der mit dem Maul an meinem silbernen Spinner hing. Verblüfft sah Tommy zu, wie der Barsch an der Angel zappelte. Mit einem Fisch fertigzuwerden ist etwas, das ich gut kann, und diesen Burschen hatte ich im Nu überwältigt. Ein Fünfpfünder. Ungelogen.

»Das reicht für uns alle«, sagte ich ganz lässig, während ich den Barsch bei der Unterlippe packte und in die Höhe hob.

Zunächst sagte Tommy keinen Ton. Seiner gerunzelten Stirn konnte man entnehmen, dass sein Gehirn fieberhaft arbeitete und ihn unter anderem offenbar daran erinnerte, wie hungrig er war.

»Lass das Vieh nicht ins Wasser fallen!«, schnauzte er.

»Hey, Malley, komm mal her und sieh dir das an!«, rief ich.

»Lass sie zufrieden. Die ist beschäftigt.« Tommy sprang aus dem Kanu auf das Deck des Hausboots.

Ich machte den Barsch vom Haken los. Gern hätte ich ihm die Freiheit geschenkt und ihn wieder ins Wasser geworfen, doch ich brauchte unbedingt etwas zu essen. Wenn mir ein Kampf mit Tommy bevorstand, hätte ich mit leerem Magen keine Chance gegen ihn.

»Komm her, Malley!«, rief ich abermals, während ich den Fisch an Bord brachte.

»Äh … das kann ich nicht«, erwiderte sie aus der Kabine.

»Warum nicht?«

»Ich hab gesagt, du sollst sie in Ruhe lassen«, brüllte Tommy. »Ich hol mal ein Messer.«

Als er die Kabinentür öffnete, sah ich, warum Malley nicht herauskommen konnte. Tommy hatte sie wieder ans Steuerrad gefesselt.

»Wie sie dir schon gesagt hat, ist das nur ein Spiel«, erklärte er.

»Und was für ein dämliches Spiel soll …«

»Schöner Fisch, Carson!« Malley brachte es fertig, zu lächeln. Wie sie das schaffte, weiß ich nicht, denn es war deutlich zu sehen, dass sie todunglücklich war.

Tommy bestand darauf, den Fisch selbst auszunehmen und in Stücke zu schneiden, wobei er ihn mit seiner bandagierten Hand aufs Deck drückte. Ich hätte das besser und schneller gekonnt, aber vermutlich wollte er mir das Messer nicht in die Hand geben.

Was wahrscheinlich klug von ihm war.

15. KAPITEL

Da Tommy meinte, zum Kochen sei es zu warm, saßen wir ein paar Stunden in der Kabine herum, ohne irgendetwas zu machen. Eine ziemlich ungemütliche Situation. Tommy sagte kaum etwas. Offenbar wollte er mich und meine Cousine nicht allein lassen. Selbst wenn er zum Klo ging, ließ er die Tür einen Spalt auf, um uns im Auge zu behalten.

Als es dunkel wurde, stellte er endlich den tragbaren Herd an und verließ die Kabine, um draußen eine zu rauchen.

»Bist du okay?«, flüsterte ich Malley zu.

»Der ist völlig verdreht, Richard. Absolut durchgeknallt. Er lässt mich einfach nicht gehen!«

»Hat er … hat er dir irgendwie wehgetan?«

»Nicht so sehr wie ich ihm.« Sie ballte erneut die Faust und tat so, als ob sie sie Tommy ins Gesicht rammte. »Erst hat er mein Handy ins Wasser geworfen, dann hat er meinen Laptop demoliert, weil er nicht wollte, dass ich E-Mails verschicke. Und sieh dir mal meine Haare an!«

»Pst!«, sagte ich.

»Die musste ich mir schwarz färben, nachdem wir eines

dieser grässlichen Plakate mit der Suchmeldung gesehen hatten. Hat Mom denen dieses ätzende Foto mit der Zahnspange gegeben? Sie weiß doch, wie sehr ich es hasse! Jetzt denkt man überall in Florida, dass ich wie ein Hamster aussehe.«

Typisch Malley.

»Nicht so laut«, warnte ich sie.

Durch eines der Fenster beobachtete ich, wie Tommy auf Deck hin und her ging und an seiner Zigarette zog. Immer wieder schüttelte er seine verletzte Hand, als würde dadurch der Schmerz weggehen. Auch wenn sich das gemein anhört, aber ich hoffte, dass er sich eine üble Infektion einfangen und sein ganzer Arm sich grün färben und abfallen würde. So wütend war ich auf den Typ.

»Das Kanu«, sagte ich zu Malley. »Sag mir die Wahrheit! War da jemand drin? Zum Beispiel ein großer einäugiger Typ mit Bart?«

»Ist das dein Ernst?«

»Das ist ein Freund von mir. Er hat mich hierhergebracht, um nach dir zu suchen.«

Meine Cousine schwor, dass das Kanu leer gewesen war, als sie es entdeckt hatten.

»Dann muss er tot sein«, murmelte ich vor mich hin.

»Was? Sag doch nicht so was, Richard.«

Die Kabinentür öffnete sich, und Tommy, der wie ein voller Aschenbecher stank, kam hereinstolziert. »Essenszeit«, verkündete er, während er meine Cousine vom Steuerrad losmachte.

Wir panierten die Barschfilets mit Maismehl und brieten sie in einer Pfanne – möglicherweise die beste Mahlzeit, die ich je gegessen habe, aber andererseits war ich auch hungrig wie nie zuvor. Tommy benutzte eine richtige Gabel, während er uns Plastikgabeln gab, die als Waffe nichts taugten. Wir saßen draußen auf dem hinteren Deck des Hausboots. Tommy behielt den Fluss im Auge, für den Fall, dass ein Boot auftauchte und sich zu nahe an uns heranwagte. Obwohl er bereits bei seinem dritten Bier war, wirkte er noch nicht so schläfrig, dass ich etwas hätte unternehmen können.

Ich beobachtete ihn genau. Mehrere Szenarios mit mir als Superhelden fielen mir ein, doch keines davon würde sich verwirklichen lassen, solange der Mann noch hellwach war.

Während des Essens sagte Malley nicht viel. Sie hatte sich ihren Buschhut tief ins Gesicht gezogen und blickte nicht ein einziges Mal von ihrem Teller auf. Sie tat mir entsetzlich leid. Es musste demütigend sein, wie ein Gefangener angekettet zu werden.

Nach der Mahlzeit wurde Tommy etwas gesprächiger. Da ich wissen wollte, was für eine Lüge er mir auftischen würde, fragte ich ihn, was mit seiner Nase passiert sei.

»Ha! Du solltest mal den anderen Typen sehen.« Er lachte gekünstelt. »Wenn er aus dem Krankenhaus entlassen wird, meine ich.«

»Worum ging es denn bei dem Kampf?«

»Gott, daran kann ich mich gar nicht mehr erinnern.«

»Ich schon«, sagte Malley.

»Nein, du auch nicht«, fuhr Tommy sie an, womit er meiner Cousine zu verstehen gab, dass sie sich hüten sollte, zu erzählen, was wirklich passiert war.

Sie seufzte sarkastisch und schüttelte den Kopf. Tommy zog ein finsteres Gesicht. Ich lenkte das Gespräch in eine andere Richtung.

»Was machst du denn so?«, fragte ich ihn.

»Du meinst beruflich?«

Nein, du Idiot, dachte ich. *In deiner Freizeit.*

»Ich bin DJ«, fuhr er fort. »Bei privaten Events und so. Manchmal auch in Clubs.«

»Hier in der Gegend?« Ich war ziemlich sicher, dass Walton County nicht gerade für seine Club-Szene berühmt war.

»Ich habe große Gigs in Orlando, Tampa und South Beach gehabt«, erklärte Tommy. »Im Sommer ist ziemliche Flaute, deshalb mache ich jetzt Urlaub.«

»Was für Musik legst du auf?«, fragte ich.

Tommy zuckte die Achseln. »Hiphop, Dubstep, House. Was immer die Leute wollen.«

»Und wie steht's mit Country? Als ich hier ankam, war im Radio ein Country & Western-Sender eingestellt.«

»In der Country-Szene gibt's keine freiberuflichen DJs. Die Musik ist okay, aber diese Leute feiern keine Partys.«

»Ist das dein Hausboot?«

»Hat mir ein Bekannter geliehen.«

Ich tat so, als glaubte ich ihm. Das Hausboot hatte er wahrscheinlich genauso gestohlen wie das Auto.

»T. C. schreibt auch Gedichte«, warf Malley ein.

»Echt?«

»Klar«, sagte Tommy. »Ich find auf alles 'nen Reim. Ich habe Talent dafür.«

»Tatsächlich? Dann sag mir mal ein Wort, das sich auf Orange reimt.«

Tommy dachte angestrengt nach und bewegte ab und zu die Lippen, um ein neues Wort auszuprobieren. Malley kicherte in sich hinein.

»Wie wär's mit *mange*?«, sagte er schließlich. »Das ist Französisch und heißt *essen*.«

»*Essen* heißt *manger*«, entgegnete ich.

»Trotzdem.«

»Unglaublich«, schnaubte Malley.

»Hey, wieso denn unglaublich?«

Tommy wurde allmählich sauer, sodass ich schnell das Thema wechselte.

»Wie steht's eigentlich mit euch beiden?«, fragte ich. »Seid ihr ein Paar oder so?«

»Wir sind nur Freunde«, antwortete meine Cousine.

»Wir werden heiraten«, stellte Tommy fest, als sei das Ganze schon abgemacht.

»Oh, wow. Ist ja irre.« Ich warf einen verstohlenen Blick zu Malley, deren Gesicht ich aber immer noch nicht sehen konnte.

Heiraten?

»Und wann ist der große Tag?«, erkundigte ich mich.

»Am Sonntag«, erwiderte Tommy. »Bei Sonnenaufgang am Strand von Destin.«

»Cool«, sagte ich. »Wird die Braut dabei Handschellen tragen?«

»Ha! Guter Witz.«

»Find ich nicht komisch«, meinte Malley.

Tommy sagte, sie solle ein bisschen fröhlicher sein.

»Hab den Eindruck, dass sie nicht sehr begeistert davon ist«, bemerkte ich.

»Du verstehst doch einen Scheißdreck davon«, sagte der Dichter.

Immerhin wusste ich, dass meine Cousine gar nicht heiraten konnte, weil sie noch minderjährig war. Und einen Loser wie Tommy hätte sie sowieso nicht geheiratet, selbst wenn sie älter gewesen wäre.

Sie sammelte unsere Teller ein und spülte sie mit Flusswasser ab.

»Habt ihr euch für die Hochzeit denn schon einen Pfarrer besorgt?«, fragte ich.

»Nein. Das mach ich selbst«, erklärte Tommy.

»Ist das legal?«

»Ich habe auch schon das feierliche Ehegelöbnis geschrieben. Stimmt's, Liebling?«

Bei dem Wort *Liebling* schien Malley zusammenzuzucken. Ich selbst bekam auch eine Gänsehaut.

»Reimt es sich?«, fragte ich. »Das Ehegelöbnis, meine ich.«

»Na, was hast du denn gedacht?

Ob's regnet oder die Sonne scheint,
unsre Herzen sind für immer vereint.
Unsre Lebensreise wird monumental
und unsre Liebe niemals schal.«

»Wow.« Was hätte ich sonst zu diesem Kitsch sagen sollen?

Meine Cousine senkte den Kopf und presste die Finger gegen die Schläfen, wie sie es immer machte, wenn sie Kopfschmerzen bekam.

»Weißt du, was sich noch auf monumental reimt?«, sagte sie. »Qual.«

Tommy Chalmers drehte sich mir zu. »So, das Abendessen ist vorbei. Jetzt kannst du verschwinden.«

»Aber es ist doch schon dunkel«, wandte Malley ein.

Tommy grinste fies. »Piraten haben keine Angst vor der Dunkelheit, stimmt's? Na los, Käpt'n Ohnebart, mach dich vom Acker.«

Ein entscheidender Moment, könnte man sagen. »Aber mir gefällt's hier«, erwiderte ich. »Ihr zwei seid so cool.«

Tommy kratzte sich am Hals, wo ihn ein Moskito gestochen hatte. »Du hast genau dreißig Sekunden Zeit.«

Malley nahm ihren Hut ab. »Dreißig Sekunden, um was zu tun, T. C.?«, fragte sie in scharfem Ton.

»Um ins Wasser zu springen und zum Ufer zu schwimmen«, sagte der Kidnapper. »Es sei denn, unser kleiner Pirat kann nicht schwimmen.«

»Ich schlaf hier draußen an Deck und komm euch nicht in die Quere. Ehrlich.«

»Bist du taub?«, entgegnete Tommy. »Oder bist du einfach blöd?«

»Ich bin müde, das ist alles. Wenn ich eine Nacht lang richtig ausschlafen kann, bin ich morgen wieder fit und ziehe weiter.«

»Mann, du ziehst *jetzt* weiter.« Er stand auf und machte einen Schritt auf mich zu. »Verschwinde von diesem Boot!«

»Was, wenn ich Nein sage?«

»Dann passiert das hier.«

Plötzlich hatte Tommy eine Waffe in der Hand – einen versilberten Revolver. Keine Ahnung, wo der herkam. Vielleicht war er hinten in seiner Jeans versteckt gewesen.

»Leg dieses Ding weg«, sagte meine Cousine.

Das bedeutete, dass sie die Waffe kannte, was einiges erklärte.

»Nun mach mal halblang«, sagte ich mit belegter Stimme zu ihm.

»Hau ab«, knurrte er, »sonst bist du als Nächster dran.«

Er drehte sich zur Seite und feuerte auf einen großen Blaureiher, der nichts ahnend am Ufer stand. Die Kugel prallte von einer Zypresse ab, während der Reiher empört krächzte und mit den Flügeln schlug.

Tommy visierte den Reiher von Neuem an. Der Schuss ging in dem Moment los, als ich ihm den Kopf in die Rippen rammte. Er stürzte zu Boden, ohne den Revolver loszulassen, und ich warf mich auf ihn. Malley schrie auf.

Ächzend und keuchend rangen wir miteinander. Eigentlich war es ein Witz, dass ich versuchte, einen Typen zu überwältigen, der viel größer und schwerer war als ich.

Was hatte ich mir dabei gedacht, als ich auf ihn losging? Gar nichts. Es war eine reine Reflexhandlung, bei der das Gehirn ausgeschaltet war. Ich meine, der Dreckskerl hatte eine geladene Waffe! Es war schon schlimm genug, dass er auf den Reiher geschossen hatte, aber jetzt war er kurz davor, auf *mich* zu schießen.

Man liest oft, dass Leute in brenzligen Situationen »um ihr Leben kämpfen«. Dazu kann ich nur sagen, dass das keine Übertreibung ist. Mein Kampf mit Tommy Chalmers war verzweifelt und unbeholfen und hatte nichts mit dem zu tun, was man so in Filmen sieht. Ich dachte ständig an meine Mutter – wie schwer es sie treffen würde, wenn ich nie mehr nach Hause käme.

Irgendwie schaffte ich es, die Hand, in der Tommy den Revolver hielt, zu Boden zu drücken, worauf er anfing, mit seiner anderen Hand – derjenigen, die der Wels durchbohrt hatte – auf mich einzuschlagen. Die mit dem blutgetränkten T-Shirt umwickelte Hand war inzwischen angeschwollen wie eine Melone. Obwohl die Schläge für Tommy wahrscheinlich schmerzhafter waren als für mich, ließ er erst von mir ab, nachdem er mir einen Tiefschlag versetzt hatte. Die Luft entwich meiner Lunge, als hätte man bei einem Schlauchboot das Ventil geöffnet.

Mühelos befreite Tommy sich aus meinem Griff. In dem Moment nahm ich an, dass ich nur noch Sekunden zu leben hatte – und mir keine Zeit mehr blieb, um meiner Cousine zu sagen, wie leid es mir tat, dass ich die ganze Rettungsaktion vermasselt hatte. Doch plötzlich packte mich jemand von hinten bei den Schultern und hob mich hoch, bis ich mit strampelnden Beinen in der Luft hing. Ich kann mich noch erinnern, wie beeindruckt ich war, denn das hätte ich Malley wirklich nicht zugetraut …

Bloß dass Malley zwei Meter weit weg stand und mich mit offenem Mund anstarrte.

Tommy hatte sich mit dem Revolver in der Hand aufgesetzt und machte ebenfalls große Augen.

»Das ist also die Jugend von Amerika«, sagte jemand mit leiser Stimme.

Ich stieß einen Schrei aus und drehte den Kopf.

»Hola, amigo!«, sagte Skink.

Als ich ihn erblickte, kam ich zu dem Schluss, dass ich entweder träumte oder tot war.

16. KAPITEL

Manche Bilder brennen sich für immer ins Gedächtnis ein, ob man will oder nicht. Der Alligator hatte dem alten Gouverneur gewaltig zugesetzt.

Da er weder Schuhe, Hemd noch seine Duschhaube trug, war deutlich zu sehen, wie viel er abbekommen hatte – tiefe Bisswunden am Hals und an der Schulter, kreuz und quer verlaufende rote Striemen auf der Brust, die offensichtlich vom Schwanz des Reptils stammten. Skink war klatschnass aus dem Wasser aufgetaucht, mit einem Kranz aus schleimigen Wasserpeststängeln auf dem Kopf, der ihn wie einen leicht irren Flussgott aussehen ließ. In seinem Bart hingen rötliche Blutegel, mehrere dieser Viecher hatten sich sogar an seinen Wangen festgesogen.

Trotz all seiner Blessuren stand er kerzengerade wie ein Soldat da – und genau das war er vor einem halben Jahrhundert ja auch gewesen. Während des Kampfs mit dem Alligator musste sein Glasauge herausgefallen sein, weil jetzt ein glänzendes braunes Schneckenhaus in der Augenhöhle steckte. Seine Camouflagehose war voller Blutflecken. Sein zerquetschter Fuß schaute allerdings nicht mehr so schlimm aus, wie ich ihn in Erinnerung hatte. Was möglicherweise daran lag, dass der Rest von ihm so katastrophal aussah.

Aus dem Mundwinkel des Gouverneurs ragte etwas, das ich zunächst für eine Zigarette hielt, bloß dass es keine Zigaretten mit roten Streifen gibt. Wie sich herausstellte, war es ein Trinkstrohhalm, wie er ihn am Strand benutzt hatte, um unter dem Sand atmen zu können. Diesen hier hatte er verwendet, um unter Wasser atmen zu können, als er sich heimlich, still und leise dem Hausboot genähert hatte.

Nachdem er mich auf Deck abgesetzt hatte, sagte er: »Dieser Reiher ist übrigens davongeflogen, falls das hier jemanden interessiert.«

»Wer sind Sie?«, stieß ich aus, weil ich es für besser hielt, Tommy Chalmers zu verheimlichen, dass Skink und ich ein Team waren.

»Er ist verletzt. Er braucht Hilfe«, sagte Malley.

»Niemand rührt sich von der Stelle. Niemand!« Tommy wusste nicht so recht, auf wen er zielen sollte – auf den mickrigen Ausreißer, der ihn angegriffen hatte, oder auf den einäugigen Eindringling. Deshalb richtete er den Revolver abwechselnd auf mich und auf Skink, der nicht besonders beeindruckt zu sein schien.

»Warum haben Sie denn auf diesen wunderschönen Vogel geschossen, junger Mann?«, fragte er Tommy. »Der einzige akzeptable Entschuldigungsgrund wäre ein Hirnschaden. Haben Sie so was in der Art?«

»Halten Sie die Klappe!«, knurrte Tommy. »Sie haben doch

selbst einen Knall. Oder warum haben Sie sich das Ding da ins Auge gesteckt?«

»Das ist das Gehäuse einer Apfelschnecke, die ihre Unterkunft nicht mehr braucht.«

»Völlig durchgeknallt«, stellte meine Cousine fest und verschwand in die Kabine.

Skink drehte sich in aller Ruhe zur Seite und pinkelte über die Reling des Hausboots.

»Hey, lassen Sie das!«, protestierte Tommy.

»Hab eine hyperaktive Blase«, erklärte der Gouverneur. »Wenn man erst mal in meinem Alter ist, wird die Leitung langsam undicht.«

Tommy stand auf. »Sind Sie aus einem Obdachlosenasyl geflohen oder aus der Klapsmühle?«

Skink machte seinen Hosenschlitz wieder zu. »Falls Sie irgendwelche positiven Eigenschaften haben, junger Mann, dann würde ich Ihnen raten, mal ein paar davon an den Tag zu legen.«

»Mein Name ist Carson«, warf ich ein. »Das ist Tommy.«

»Freut mich, dich kennenzulernen, Carson.« Skinks richtiges Auge funkelte schelmisch. Als Tommy kurz wegblickte, zwinkerte der Gouverneur mir beruhigend zu. »Du musst Vögel sehr lieben«, sagte er zu mir, »da du es vorhin riskiert hast, wegen eines Reihers eine Kugel abzubekommen.«

»Der ist genauso verrückt wie Sie«, sagte Tommy wütend.

Malley kam mit einem Erste-Hilfe-Kasten aus der Kabine. »Hier sind Verbandszeug und Antibiotika drin. Ich würde Sie ja selbst verarzten, aber Tatsache ist, dass Sie stinken.«

Meine Cousine konnte manchmal knallhart sein.

»Ich rieche wirklich nicht sehr gut«, stimmte Skink ihr zu. »Das liegt daran, dass ich fern von der Zivilisation lebe. Hast du einen Namen, junge Dame?« Als ob er den nicht gewusst hätte!

»Malley Spence«, antwortete sie. »Was ist Ihnen denn passiert? Ich meine, nehmen Sie's mir nicht übel, aber Sie sehen furchtbar aus.«

»Ich habe einen Alligator verfolgt und mit ihm gekämpft. Der Kampf ist unentschieden ausgegangen.«

Plötzlich donnerte es krachend und ein Blitz tauchte die Umgebung in grelles Licht. Bei all dem Durcheinander an Bord hatte keiner von uns bemerkt, dass ein Unwetter aufzog. Der Wind fing an zu heulen und heftiger, kalter Regen setzte ein.

Wütend befahl uns Tommy, in die Kabine zu gehen, wo der Gouverneur seine Bisswunden verband, während er eine Melodie vor sich hin summte, die ich nicht kannte. Malley saß im Schneidersitz auf dem Boden und musterte den alten Mann mit einer Mischung aus Neugier und Misstrauen. Als ich mich neben sie kniete, spürte ich dort, wohin Tommy vorhin geschlagen hatte, einen stechenden Schmerz in den Rippen.

Tommy blieb stehen und lehnte sich gegen die Kabinentür. »Wer sind Sie? Was haben Sie hier draußen zu suchen?«, fuhr er Skink mit heiserer Stimme an.

»Ich glaube, Sie haben mein Kanu gefunden.«

»Ist das Ihr Boot?«, fragte meine Cousine, obwohl ihr inzwischen natürlich klar geworden war, dass diese ungewöhnliche Erscheinung der bärtige Komplize war, von dem ich ihr erzählt hatte.

»Es ist mir davongeschwommen«, erklärte Skink.

»Pech gehabt«, erwiderte Tommy. »Auf dem Meer gilt die Regel: Wer's findet, dem gehört's.«

»Aber wir sind nicht auf dem Meer, sondern auf einem Fluss«, stichelte Malley.

»Trotzdem.«

Der Gouverneur spuckte den Strohhalm aus. »Jedenfalls wäre ich Ihnen sehr dankbar, wenn Sie mir mein Boot zurückgeben würden. Bitte!«

Offenbar war ich der Einzige, der sich Gedanken darüber machte, dass Tommy mit einer geladenen Waffe herumfuchtelte. Skink und Malley sprachen mit ihm, als hätte er eine Gurke in der Hand.

»Kommt gar nicht infrage«, sagte Tommy. »Jetzt gehört das Kanu mir.«

Der Regen prasselte so laut aufs Boot, dass Tommy seinen Satz wiederholen musste, um sich verständlich zu machen. Daraufhin pflückte Skink sich die Blutegel aus dem Bart und stopfte sie sich wie Weingummischlangen in den Mund.

»Ist das eklig«, stöhnte Malley.

Skink zuckte die Achseln. »Nahrung ist Nahrung, mein Kind.«

Er verstand es wirklich gut, sich in Szene zu setzen.

»Hören Sie sofort auf damit!«, brüllte Tommy, während es erneut krachend donnerte.

Der Gouverneur wischte sich seine blutbefleckten Lippen mit dem Ärmel ab. »Da Sie sich weigern, mir mein Kanu zurückzugeben, werde ich mich mal wieder auf den Weg machen.«

»Ich auch«, fügte ich hinzu, denn ich wusste, dass er in der Nähe bleiben und einen neuen Plan zur Rettung Malleys aushecken würde. »Danke, dass ich bis zum Abendessen hierbleiben durfte«, sagte ich zu Tommy, als hätten wir vor wenigen Minuten nicht verbissen miteinander gekämpft.

Er stampfte mit dem Fuß auf und erklärte, dass hier ohne seine Erlaubnis niemand irgendwo hingehen würde.

»Rührt euch nicht von der Stelle.« Seine kleinen Rattenaugen huschten hin und her. Er sah nervös und gestresst aus und wirkte total überfordert.

»Was soll denn das, T. C.?«, fragte Malley. »Wenn die zwei so dumm sind, bei Gewitter durch den Fluss zu schwimmen, dann lass sie doch.«

»Nein, nein, ich muss erst mal nachdenken.«

Der Gouverneur meinte, Nachdenken sei etwas extrem Überbewertetes, was mich und meine Cousine trotz der angespannten Situation zum Lachen brachte. Tommy fehlte jedoch jeglicher Sinn für Humor. Nach unserem Kampf auf Deck glaubte er sicherlich, dass nur sein Revolver ihn vor einer Meuterei schützte.

Er befahl Skink und mir, uns mit ausgestreckten Beinen nebeneinanderzusetzen. Dann versuchte er, uns mit Handschellen aneinanderzufesseln. Die Handschellen passten jedoch nicht um die dicken Handgelenke des Gouverneurs, was

Tommy maßlos ärgerte. Er sagte zu Malley, sie solle das Seil von dem Ersatzanker holen, und zeigte auf den Laderaum, wo ich meinen Rucksack und den Golfschläger verstaut hatte. Sie öffnete die Luke und machte sich daran, im Laderaum herumzukramen, wobei sie die ganze Zeit vor sich hin meckerte.

Tommys Gesicht bedeckte sich mit Schweiß, und er knirschte mit den Zähnen, weil die Schmerzen in seiner Hand zunahmen. Ich hatte den Eindruck, dass ihm übel wurde, was schlecht für ihn, aber gut für uns war.

Nachdem Malley das Seil gefunden hatte, wies Tommy sie an, wie sie uns fesseln sollte, da er selbst nicht dazu in der Lage war. Während er ihr über die Schulter spähte, band sie mir und Skink die Hände hinter dem Rücken zusammen. Der Gouverneur hatte die ganze Zeit über die Augen geschlossen und gab ständig ein schnalzendes Geräusch von sich wie ein Filmcowboy, der seinem Pferd auf diese Weise einen Befehl erteilte.

Draußen wurde es jetzt richtig Nacht, während das Unwetter weitertobte. Tommy schüttelte die Batterien aus dem Radiowecker und setzte sie in eine Taschenlampe ein, die er sich unter den Arm klemmte. Als ich ihn fragte, warum er nicht einfach das Licht in der Kabine anmachte, sagte Malley, dass sie die Batterie des Hausboots schonen wollten, die fast leer war.

»Du siehst nicht besonders gut aus, T. C.«, fügte sie hinzu.

»Was redest du denn da?«

»Ich hab ein paar Aspirin in meinem Beutel. Die helfen bei Fieber.«

Wieder einmal konnte ich einfach nicht glauben, was sie da sagte. Sie hätte sich doch freuen müssen, dass er Fieber hatte.

»Mir geht's bestens«, erwiderte er mürrisch.

»Quatsch. Lass mich mal deine Stirn anfassen.« Als sie einen Schritt auf ihn zumachte, brüllte er, sie solle ihn in Ruhe lassen.

»Ich hab gesagt, mir geht's bestens!«

»Na prima!«

»Hör auf, mich zu nerven!«, sagte Tommy. Dann hob er den Arm und schoss aus einem der Kabinenfenster.

Malley setzte sich hin und fing an zu schluchzen. Man sah das Einschlussloch im Bettlaken, das im Wind hin und her flatterte, und hörte, wie der Regen gegen den Stoff klatschte. Mir dröhnten die Ohren und der scharfe Geruch von Schießpulver stieg mir in die Nase.

»Wie dramatisch«, meinte Skink.

Tommy war völlig fix und fertig. Er versuchte mit allen Mitteln, einem Mann Angst einzujagen, der gar nicht wusste, was Angst war.

»Wissen Sie, was? Vielleicht sollte ich Sie und Käpt'n Ohnebart einfach umbringen und über Bord schmeißen.«

»Tja, das wäre sehr arbeitsintensiv«, erwiderte der Gouverneur, »ganz abgesehen davon, dass es eine ziemliche Schweinerei gäbe. Klüger wäre es, wenn Sie sich zusammenreißen würden.«

Tommy beugte sich nach unten und presste Skink seinen Revolver gegen den Kopf. »Was war das eben, alter Mann?«

»Nicht!«, schrie Malley.

»Sehen Sie, die kennt mich. Die weiß, wozu ich imstande bin«, prahlte Tommy, der jedoch so zitterte, dass der Strahl der Taschenlampe unter seinem Arm wild über die Wand tanzte.

Der Revolver hingegen bewegte sich kaum, weil Tommy ihn fest gegen Skinks Schläfe drückte.

Ich hab meinen Vater mal gefragt, ob er an das Böse glaube. Wir hatten gerade die Nachrichten im Fernsehen gesehen und eine furchtbare Geschichte gehört: Irgendein Typ war in ein volles Kino gegangen und hatte angefangen, alle zu erschießen – Leute, die er überhaupt nicht kannte, selbst Kinder. Hinterher sah das Kino aus wie ein Schlachtfeld. Der Rechtsanwalt des Täters sagte, dieser habe gravierende emotionale Probleme (das konnte man laut sagen), doch ich fand, dass das nicht erklärte, wie und warum er ein so furchtbares, kaltblütiges Verbrechen geplant hatte.

Und ich weiß noch, dass Dad eine Weile über meine Frage nachdachte, bevor er sagte, das wahre Böse sei zwar selten, aber trotzdem existiere es. Er fügte hinzu, dass es außer bei Menschen bei keiner anderen Spezies auftrete, und ich glaube, da hatte er recht. Gewalttätigkeit und brutale Unterwerfung dienen in der Tierwelt zum Überleben, werden aber nie zum Spaß oder aus perverser Lust am Töten ausgeübt.

Ganz egal, welche persönlichen Probleme und Schwierigkeiten Tommy Chalmers in seinem Leben gehabt haben mochte – dass er meine Cousine entführt hatte, zeugte davon, dass er etwas durch und durch Böses an sich hatte. Dieser Ansicht war ich schon damals und dieser Ansicht bin ich noch immer.

Tommy stupste Skink mit dem Revolverlauf an und fragte: »Na, alter Mann? Was sagen Sie jetzt?«

»Dass Sie mich an jemanden erinnern.«

»Und an wen?«

»An den Idioten, der mir zuletzt mit einer Waffe gedroht hat.«

Tommy war kurz davor, zu explodieren.

»Nun beruhig dich doch, T. C.«, sagte meine Cousine.

»Was! Hast du nicht gehört, wie der mit mir redet?«

»Na und? Der ist doch völlig plemplem.«

»Aua«, meinte der Gouverneur.

Ein weiterer Donnerschlag brachte die zerschossene Fensterscheibe zum Klirren, aus der ein Stück Glas herausfiel. Malley nutzte die Gelegenheit, um zu mir zu huschen, und ich spürte, wie sie hinter mich griff. Zuerst dachte ich, sie versuche, die Knoten zu lockern, doch dann merkte ich, wie sie mir etwas in die Hand drückte. Es war das Taschenmesser aus meinem Rucksack. Offenbar hatte sie es heimlich herausgenommen, als sie das Seil aus dem Laderaum geholt hatte.

Tommy wirkte immer angeschlagener. Er trat von Skink weg und lehnte sich gegen den Türrahmen.

»Mann, lass uns doch einfach gehen«, sagte ich. »Dann kannst du deine Flussfahrt fortsetzen.«

Er schüttelte den Kopf. »Das geht nicht«, murmelte er. »Dafür ist es zu spät.« Die Taschenlampe flackerte, wie es bei billigen Taschenlampen üblich ist.

Der Gouverneur drehte sich in Richtung Malley. »Wie habt ihr zwei euch eigentlich kennengelernt?«

Als säßen wir alle in einer Essnische bei Applebee's und warteten auf unseren Salat.

»Er hat mich in einem Chatroom aufgespürt«, sagte meine Cousine.

Die Andeutung, dass er eine Art Stalker war, gefiel Tommy überhaupt nicht. »Hey, Babe«, sagte er. »Das stimmt ja wohl nicht ganz. Das war ja wohl eher umgekehrt.«

»Sie wollen in ein paar Tagen heiraten«, mischte ich mich ein. »Tommy ist Dichter. Er hat das Ehegelöbnis selbst geschrieben.«

»Entzückend«, meinte Skink.

»Er sucht noch nach einem Wort, das sich auf Orange reimt.«

»Erzähl nicht solchen Scheiß«, knurrte Tommy.

»Er hat so getan, als hätten wir eine Menge gemeinsam«, fuhr Malley fort. »Von wegen Yolo und so weiter.«

»Yolo?«, hakte Skink nach.

»Das ist die Abkürzung von *You only live once*«, erklärte ich dem Gouverneur.

»Aha.«

»Meine Eltern wollten mich auf ein Internat schicken«, sagte Malley, »oben im ätzenden New Hampshire. Je mehr ich darüber nachdachte, desto mehr hörte es sich wie eine Gefängnisstrafe an. Ich hab für Kälte nichts übrig, okay? Na ja, und dann hat Tommy – online nannte er sich Talbo – mir diesen irren Vorschlag gemacht. Er sagte, hey, Mädchen, warum hauen wir nicht einfach zusammen ab? Irgendwohin. Und ich sagte, dann mal los.«

Das war das erste Mal, dass ich die ganze Geschichte hörte, und sie klang ziemlich überzeugend.

»Jedenfalls habt ihr euch eine schöne Gegend ausgesucht«, sagte Skink. »Hier am Fluss lebt ein ganz spezieller Vogel, den es sonst nirgendwo im Land gibt. Nirgendwo auf der ganzen Welt, um genau zu sein.«

Malley lächelte. »Sie sprechen vom Elfenbeinspecht. Ich hab einen gesehen.« Sie warf mir einen Blick zu. »Das war toll.«

Ich nahm an, dass sie das sagte, weil Tommy mitbekommen hatte, wie sie mir am Telefon von den Spechten erzählt hatte, um mir einen Hinweis auf ihren Aufenthaltsort zu geben – damals, als wir beide noch funktionierende Handys und Laptops gehabt hatten und noch nicht von der Zivilisation abgeschnitten waren. Das schien schon sehr lange her zu sein.

»Was ist denn mit Ihrer Nase passiert, junger Mann?«, erkundigte sich Skink.

»Da hat mir irgendein Dreckskerl eins draufgegeben, dem ich dann gewaltig in den Arsch getreten habe. Aber das geht Sie einen Scheiß an.«

»Sind Sie aus Nordflorida? Ich auch.«

»Bring mir mal Wasser«, sagte Tommy zu Malley.

»Sie hat gesagt, in diesem Chatroom hätten Sie sich Talbo genannt. Ist das Ihr Spitzname?«, fragte der Gouverneur mit scheinheiliger Miene.

»Talbo Chock. Das war ein Freund von mir, der im Irak gefallen ist.«

»In Afghanistan«, stellte ich richtig.

Skink nickte. »So etwas ist immer traurig.«

»Er war bei den Marines«, ergänzte Tommy.

»Habt ihr zusammen gedient?«

»Nein.«

Da Tommy die Flasche mit seiner verletzten Hand nicht halten konnte, goss Malley ihm etwas Wasser in den Mund. Ich an ihrer Stelle hätte wahrscheinlich versucht, ihm dabei die Waffe zu entreißen, obwohl ich verstand, warum sie es unterließ. Wenn es ihr nicht gelungen wäre, hätte er sicher wieder angefangen herumzuballern.

Inzwischen hatte ich mein Taschenmesser aufgeklappt und war dabei, das Seil zu bearbeiten. Skink hielt das Gespräch in Gang. »Kommen Ihre Eltern zur Hochzeit?«

»Gott, nein. Wozu denn?«, erwiderte Tommy.

»Weil es ein großer Tag ist, deshalb. Ich selbst war nie verheiratet.«

»Na und?«

»Nie verheiratet?«, sagte Malley. »Warum nicht?«

Der Gouverneur lachte schallend. »Es gibt ein tolles Lied mit dem Titel *Heart of Gold*, und genau das bräuchte man, um mit mir verheiratet zu sein – ein Herz aus reinem Gold. Sicher kennen deine Eltern das Lied.«

»Ich hab's schon mal gehört«, sagte ich.

»Ich auch«, sagte meine Cousine.

»Haltet endlich die Klappe!«, krächzte Tommy, der versuchte, gegen das Zittern, das ihn befallen hatte, anzukämpfen.

Als Skink Tommy fragte, wie alt er sei, bekam er keine Antwort.

»Er ist vierundzwanzig«, teilte Malley mit.

»Also alt genug, um zu wissen, dass ein Blaureiher kein Federwild ist. Was bedeutet, dass es gegen das Gesetz verstößt, einen zu töten. Eine Ente oder eine Virginische Wachtel – das ist was anderes. Aber bei Reihern gibt es keine Jagdsaison.«

Der Gouverneur kam von dem Vogel, den Tommy beinahe erschossen hatte, gar nicht mehr los. Offenbar gehörte Tommy für ihn in dieselbe Kategorie wie Dodge Olney, der miese Schildkröteneierdieb.

»Schon mal im Gefängnis gewesen?«, erkundigte sich Skink.

»Kann schon sein«, erwiderte Tommy, der versuchte, so zu klingen, als sei er stolz darauf.

»Und wie steht's mit Ihrem Vater? Möglicherweise gibt es ja eine genetische Erklärung.«

»Mein Alter ist ein Heiliger. Behauptet er jedenfalls.«

Ich sägte mittlerweile mit aller Kraft an dem Seil, wobei ich hoffte, dass ich mir nicht aus Versehen in die Handgelenke schnitt. Ich konnte ja nicht sehen, was ich mit dem Messer anstellte.

Meine Cousine brachte Tommys angebliche Karriere als Party-DJ zur Sprache, was Skink nicht im Geringsten beeindruckte.

»DJs kenne ich nur aus dem Radio«, sagte er.

»Sie meinen, damals in der Steinzeit, ja?«, spottete Tommy.

Die Situation in der Kabine wurde immer unbehaglicher. Das Unwetter draußen machte keinerlei Anstalten, nachzulassen. Skink fing an, das *Heart of Gold*-Lied zu singen. Seine

Stimme war okay, doch Tommy stand nicht der Sinn nach einer Gesangseinlage.

Ein weiterer kräftiger Windstoß fegte den Fluss hoch und brachte das Boot zum Schaukeln, bloß dass diesmal das Schaukeln nicht wieder aufhörte, sondern andauerte.

»Der Anker hat sich losgerissen«, verkündete Skink.

Was stimmte. Das Boot trudelte wie ein vollgesogener Korken den Choctawhatchee hinunter. Tommy fluchte laut und befahl Malley, sofort den Motor anzuwerfen.

Genau in dem Moment schaffte ich es, meine Fesseln endgültig durchzuschneiden. Ich ließ meine Arme hinter dem Rücken, damit Tommy nicht mitbekam, dass ich mich befreit hatte. Er stand am Steuerpult und war damit beschäftigt, meine Cousine zu instruieren, die so tat, als komme sie mit dem Zündschloss nicht zurecht.

Vorsichtig steckte ich Skink das Taschenmesser zu. Für Malleys Kidnapper war die Zeit abgelaufen.

Dachte ich zumindest.

17. KAPITEL

Der Motor sprang nicht an.

Tommy Chalmers wusste nicht, dass das Hausboot mit einer Lenzpumpe ausgerüstet war, die sich automatisch einschaltete, wenn Wasser ins Schiff drang.

Die Pumpe war seit Beginn des Unwetters ununterbrochen in Betrieb und hatte dabei so viel Saft verbraucht, dass die Batterie des Boots es nicht mehr schaffte, den großen Außenbordmotor zu starten.

»Unglaublich!«, schäumte Tommy. »Das darf doch wohl nicht wahr sein.« Einen Moment lang dachte ich, er würde eine Kugel ins Steuerpult jagen.

Malley seufzte und trat vom Steuerpult zurück. »Hey, das war's dann. Mehr kann ich nicht tun.«

»Jetzt sind wir alle Teil von etwas Größerem«, sagte der Gouverneur. »Lasst uns die Fahrt genießen.«

Ich wartete jeden Moment darauf, dass er seine Fesseln abschütteln und sich auf Tommy stürzen würde. Ob er wohl mein Messer benutzen oder mit bloßen Händen auf ihn losgehen würde? Meine Cousine schien auch zu ahnen, dass etwas in der Luft lag. Sie zog sich in eine Ecke der Kabine zurück, nahm ihren Buschhut ab und setzte sich auf ihren Rucksack.

»Das ist eine Katastrophe, Malley, verdammt noch mal!« Wütend trat Tommy gegen das Steuerpult.

Skink wartete, bis Tommy sich wieder beruhigt hatte. Dann fragte er ihn, warum seine rechte Hand mit einem blutigen T-Shirt umwickelt sei. Da Tommy keine Antwort gab, erstattete Malley kurz Bericht über die Wels-Episode.

»Ist mir auch schon passiert«, sagte Skink, der mitfühlend das Gesicht verzog.

»Na und?«, knurrte Tommy.

»Er lässt sich kein Medikament von mir geben«, sagte Malley.

»Warum denn nicht?«, fragte der Gouverneur. »Sind Sie ein Fan von Schmerzen, Tommy?«

»Nein, er ist bloß stur.«

Tommy platzierte die Taschenlampe so auf dem Steuerpult, dass der schwache Strahl auf uns gerichtet war. Ich linste hinter Skinks Rücken und stellte fest, dass die Messerklinge sich hin und her bewegte.

Das wird einfach monumental, wenn er zum Angriff übergeht, dachte ich bei mir. Ich malte mir aus, wie ich meine Mutter anrief und verkündete: Wir haben Malley gerettet! Sie ist okay! Ich stellte mir vor, wie Onkel Dan und Tante Sandy aus dem Haus gestürmt kamen, wenn wir vorfuhren. Sie würden weinen und meine Cousine so fest umarmen, dass ihr die Augen aus dem Kopf treten würden. Ich sah mich schon auf dem Polizeirevier, wo ich Trujillo erzählte, wie die Rettungsaktion abgelaufen war – das würde ihn total umhauen.

Doch in der realen Welt war es leider so, dass Tommy immer noch eine geladene Waffe in der Hand hielt und Skink immer noch mit Wasserpeststängeln auf dem Kopf und einem Schneckengehäuse im Auge auf dem Boden saß. Um uns herum leuchteten die Blitze, während das Hausboot von der Strömung mitgerissen und vom Sturm vorwärtsgetrieben wurde.

Und meine Cousine beschloss aus unerfindlichen Gründen, die Situation noch weiter aufzuheizen. »T. C., wir müssen dir was sagen.«

»Wer ist wir?«, entgegnete Tommy.

Ich hatte keine Ahnung, was Malley sagen wollte. Aber vermutlich hätte ich damit rechnen müssen. Sie wollte, dass Tommy erfuhr, dass er ausgetrickst worden war.

»Carsons richtiger Name ist Richard«, verkündete sie. »Er ist der Cousin, von dem ich dir erzählt habe.«

Tommy brauchte ein paar Sekunden, um diese Information zu verarbeiten. »Was zum Teufel macht er hier?«, blaffte er.

»Na, was meinst du? Er ist hergekommen, um mich vor dir zu retten.«

»Blödsinn. Niemand wusste, wo wir sind! Dafür hab ich gesorgt!«

»Tja, aber er hat uns gefunden, nicht wahr?«, erwiderte Malley. »Es gibt nämlich Leute, die wirklich Interesse an anderen Menschen haben, T. C., und nicht bloß so tun als ob. So was nennt man Gewissen.«

Tommy blinzelte sich die Schweißtropfen von den Wimpern. »Und es gibt Mädchen, die ihrem Boyfriend nicht die Nase einschlagen.«

»Du bist nicht mein Boyfriend. Du warst nie mein Boyfriend.«

»Ha! Na klar.« Er starrte mich mit blutunterlaufenen Augen an. »Ich hab dir deine blöde Geschichte nie abgekauft. Ich wusste genau, dass du nie eine Jacht gestohlen hast. Und was ist mit ihm, dem alten Mann?«

»Das ist nur ein Freund, der mir Hilfe angeboten hat«, sagte ich.

»Du lügst. Sieh ihn dir doch an! Das ist ein Penner von der Straße!«

»Und du bist echt vornehm, T. C.«, sagte Malley. »Bist du vielleicht einer der Kennedys? Oder bist du ein Angehöriger der königlichen Familie und hast vergessen, es mir zu erzählen? Prinz Thomas Chalmers aus dem Kensington Palast, ja?«

Das sagte sie mit ihrem pseudobritischen Akzent, in einem ausgesprochen gehässigen Ton.

»Ich nehme dem Mann seine Bemerkungen nicht übel«, versicherte Skink. »Wegen meines Äußeren werde ich oft falsch beurteilt.«

Genug geredet, dachte ich bei mir. Skink hatte seine Fesseln durchgeschnitten. Ich sah die Teile des Seils hinter ihm liegen. Das Taschenmesser hatte er noch in der Hand.

»Er sieht aus wie ein Vagabund, der von einem Zug überfahren worden ist!«, höhnte Tommy.

»Es war ein Sattelschlepper«, stellte ich richtig.

»Der mir über den Fuß gefahren ist«, fügte Skink hinzu, »obwohl das natürlich keine Entschuldigung ist.«

Meine Cousine erinnerte Tommy daran, dass er selbst

ebenfalls ganz schön mitgenommen aussah. »Du hast es gerade nötig, so was zu sagen! Du mit deiner geschwollenen Nase und deiner verbundenen Hand!«

Es war, als gieße man Benzin ins Feuer, aber wenn Malley wütend war, wurde sie immer sarkastisch.

»Hören Sie nicht auf ihn. Der ist bloß neidisch«, sagte Malley zum Gouverneur. »Sie haben tolle Zähne. Bleichen Sie die?«

»Wie bitte?«

»Mit Crest Whitestrips, stimmt's?«

»Ich nehme statt Zahnseide immer Stacheldraht«, erwiderte Skink mit todernstem Gesicht.

»Okay, jetzt reicht's. Lasst uns von was anderem reden«, sagte ich.

Ich wünschte, die Nacht wäre endlich vorbei. Selbst in seinem fiebrigen Zustand war Tommy in der Lage, zu begreifen, dass er mir und Skink nicht erlauben konnte, zu gehen. Man kann zwei Fremde nicht einfach fesseln und mit einem Revolver bedrohen und hinterher dann sagen, nichts für ungut, bis später. Denn diese zwei würden die Cops rufen, sobald sie dazu die Gelegenheit hätten.

Skink und ich, wir waren Augenzeugen eines Verbrechens, was hieß, Tommy musste uns gefangen halten oder töten.

»Wie hast du herausgefunden, wo wir sind?«, fragte mich Tommy. »Hat sie es dir verraten?«

»Nein. Ich habe die Signale deines Handys zurückverfolgt. Es gibt eine App für das, was man trianguläre Telemetrie nennt.«

Was sich total überzeugend anhörte, obwohl ich es eben erst erfunden hatte. Tommy schien mir halbwegs zu glauben, bis Malley sich wieder einmischte.

»Der erzählt Stuss, T. C. Ich hab ihm verraten, wo wir sind«, sagte sie. »Wir hatten am Telefon ein Codewort. Stimmt's, Richard?«

Ich starrte sie sprachlos an. Am liebsten hätte ich gesagt: Hast du den Verstand verloren? Willst du, dass wir alle erschossen werden?

»Würde ein echtes Girlfriend so was abziehn, T. C.?«, fuhr meine Cousine fort. »Dich verpfeifen? Natürlich nicht! Weil ich nie dein Girlfriend war, also hör auf, es zu behaupten. Trianguläre Telemetrie! Ich lach mich kaputt!«

»Was für ein Codewort?«, fragte Tommy heiser.

Skink stand auf. »Bei diesem ganzen Gequatsche von euch jungen Leuten bekomme ich Migräne«, brummelte er. Seine Hände ließ er hinter dem Rücken. Tommy, der die Seilteile auf dem Boden nicht bemerkte, befahl ihm, sich wieder hinzusetzen.

»Nur ruhig Blut, junger Mann. Was haben Sie denn von einem lädierten alten Penner wie mir zu befürchten?« Der Gouverneur war so groß, dass er in der Kabine nicht ganz aufrecht stehen konnte. »Muss nur mal meine Beine ein bisschen ausstrecken«, fügte er hinzu.

»Setzen Sie sich sofort wieder hin. Das ist meine letzte Warnung!« Tommy richtete seinen Revolver auf Skinks Herz und für einen kranken Mann schien er seinen Arm sehr ruhig zu halten. Erschreckend ruhig.

Malley biss sich auf die Unterlippe. »Mach nicht alles noch schlimmer, T. C.«

Er lachte dumpf. »Noch schlimmer ist gar nicht mehr möglich, Babe.«

In dem Moment stand ich ebenfalls auf – nicht um den Helden zu spielen, ganz bestimmt nicht. Doch sobald der Gouverneur sich auf Tommy stürzte (worauf ich jede Sekunde hoffte), wollte ich mir meine Cousine schnappen und mit ihr von hier verschwinden.

»Lassen Sie uns doch mal zusammenfassen, warum Zweifel an Ihrer Integrität bestehen, Thomas«, sagte Skink.

»Halten Sie die Fresse«, fuhr Tommy ihn an.

»Sie haben die Situation dieser jungen Dame, ihre Probleme zu Hause, ausgenutzt und sie dazu verleitet, Sie auf diesem Trip zu begleiten. Um Kontakt aufzunehmen, haben Sie sich hinter einem falschen Namen versteckt, dem eines jungen Marines, der im Kampf gefallen ist – ein Täuschungsmanöver, das ich persönlich unverzeihlich finde.«

»Noch ein Wort und Sie sind ein toter Mann! Talbo Chock war der beste Freund, den ich je hatte!«

»Dann nennen Sie den Namen des Friedhofs, auf dem er bestattet wurde. Sie waren doch sicher beim Begräbnis dabei.«

»Daran kann ich mich nicht erinnern. Es war so was wie Unsere Liebe Frau vom …«

»Falsch.«

Tommy war klar, dass man ihn kalt erwischt hatte. Obwohl er jämmerlich zitterte, dachte er nicht daran, den Revolver zu senken.

»Ich bin kein besonders religiöser Mensch«, fuhr Skink fort, »aber wer einem Pfarrer das Auto stiehlt, muss schon ein mieses Schwein sein. Ich nehme an, dieses Hausboot wurde ebenfalls nicht ehrlich erworben, sondern gestohlen.«

»Das hab ich mir ausgeliehen«, sagte Tommy mürrisch.

»Nein, gestohlen hat er's«, warf Malley ein, »mitten in der Nacht. Nachdem er das Auto versenkt hatte, sind wir getrampt, bis wir zu einem Jachthafen gekommen sind. Dort sind wir über den Zaun geklettert.«

Skink streckte seine Arme nach vorn. Das Taschenmesser hatte er nicht mehr in der Hand.

Das darf doch nicht wahr sein, dachte ich.

»Junger Mann«, sagte er zu Tommy. »Sie sind in die sprichwörtliche Sackgasse geraten. Jemand, der auf einen wunderschönen Stelzvogel schießt, ist meiner Ansicht nach hoffnungslos geistesgestört, eine Fehlkonstruktion der Evolution. Was Ihnen bevorsteht, liegt in der Natur der Dinge, denn all diese Gemeinheiten können nur eins zur Folge haben.«

Eine eindrucksvolle Darbietung. Dodge Olney hatte sich wahrscheinlich eine ähnliche Standpauke anhören müssen, bevor er mit dem Rettungswagen abtransportiert worden war.

Tommy grinste schief. »Ah ja? Das seh ich aber anders. Ich werd euch nämlich alle drei umbringen und eure Leichen in den Fluss schmeißen.«

»Nein, wirst du NICHT!«, schrie Malley mit krebsrotem Gesicht und drohte ihm mit der Faust. »Du hast schon genug angerichtet, T. C.!«

Skink wischte die beschlagene Scheibe hinter dem Steuerpult mit einem der Bettlaken ab. Während er nach draußen spähte, sagte er: »Übrigens gibt es ein Wort, das sich auf Orange reimt, Thomas. Melange. M-e-l-a-n-g-e. Die Bedeutung können Sie im *Oxford Dictionary* nachschlagen. Bloß dass Sie dazu keine Gelegenheit mehr haben werden.«

Tommy spannte den Hahn des Revolvers, doch unmittelbar darauf prallte das Hausboot gegen den halb unter Wasser liegenden Baumstamm, den Skink offenbar bei seinem Blick durchs Fenster entdeckt hatte. Das Boot erbebte und schwankte hin und her – und der Revolver ging los. Aus der Mündung schoss ein blauer Feuerstrahl, der Knall war ohrenbetäubend.

Der Gouverneur fiel jedoch nicht zu Boden, sondern warf sich auf Tommy. Gleichzeitig schrie er, dass ich und Malley von dem verdammten Boot verschwinden sollten. Ich zerrte sie durch die Kabinentür. Als wir draußen im peitschenden Regen standen, zog ich sie an mich und sagte, dass alles in Ordnung sei. Sie zitterte am ganzen Körper und weinte. So hatte ich sie noch nie erlebt. Das machte mich ziemlich fertig. Ungelogen.

Skink kam aus der Kabine und zog Tommy an den Haaren hinter sich her, der ab und zu vom flackernden Strahl der auf dem Fußboden hin und her rollenden Taschenlampe beleuchtet wurde. Wieder einmal hatte der alte Mann Glück gehabt, denn die Kugel hatte ihn nur am Ohrläppchen gestreift. Er warf etwas über Bord. Dem lauten Klatschen nach zu schließen, mit dem es ins Wasser fiel, war es der Revolver.

»Okay. Lasst uns verschwinden!«, rief ich.

»Und zwar unverzüglich«, sagte er mit seiner tiefen, dröhnenden Stimme. Dann schubste er mich und meine Cousine über Bord, in den schlammigen, aufgewühlten Choctawhatchee.

Malley und ich können beide gut schwimmen, doch wenn man es zum Spaß macht, ist das etwas völlig anderes, als wenn man um sein Leben schwimmt. Mit viel Gestrampel erreichten wir das Ufer und krochen wie zwei müde Frösche die glitschige Böschung hoch. Bei jedem Donnerschlag zuckten wir zusammen.

Ich drehte den Kopf in Richtung Hausboot, das sich zur Seite geneigt hatte und davondriftete, das Kanu wie einen Hund an der Leine hinter sich herziehend. Auf dem Hinterdeck war die vertraute Silhouette einer breitschultrigen Gestalt auszumachen. Er hatte sich vergewissern wollen, dass Malley und ich es ans Ufer schafften. Ich rief seinen Namen, aber natürlich kam er nicht zu uns.

Ein linienförmiger Blitz zerriss die Wolken und tauchte Skink in grelles silbergelbes Licht, das wie das Blitzlicht einer altertümlichen Kamera wirkte. Er hatte einen seiner Arme gehoben, um uns zum Abschied zuzuwinken. Am Ende seines anderen Arms hing die wütend zappelnde Gestalt von Tommy Chalmers.

Das Lächeln des Gouverneurs schien ein eigenes Licht auszustrahlen.

Das beknackte Lächeln eines Filmstars.

Ich schwöre, dass ich es noch sehen konnte, nachdem sich der Himmel wieder verfinstert hatte.

18. KAPITEL

Trotz des Unwetters schlief ich fest ein. Unglaublich, aber wahr.

Die klatschnasse Malley kauerte verängstigt neben mir, während es über uns donnerte …

Nicht nur, dass ich schlief – ich hatte auch noch einen Traum, den ich darauf zurückführe, dass ich mit meinem Stiefvater zu viel fernsehe. Ich träumte, dass ich auf dem Parkplatz von Applebee's von einem Bigfoot verfolgt wurde. Es war kein gewöhnlicher Bigfoot, kein über und über behaartes, affenartiges Wesen. Der Bigfoot in meinem Traum hatte Schuppen, war ganz rosig, stank wie ein Knochenhecht und trug die gleiche Sonnenbrille wie Tommy Chalmers. Trent wäre hin und weg gewesen. Allerdings sah der Bigfoot nicht wie Tommy Chalmers aus, sondern glich aufs Haar Mrs Curbside, meiner Sprach- und Literaturlehrerin in der siebten Klasse. Dazu muss man allerdings wissen, dass die echte Mrs Curbside bloß fünfzig Kilo wog.

Obwohl der Traum-Bigfoot mich nicht erwischte, fühlte ich mich beim Aufwachen wie gerädert. Von der Zypresse, an der ich lehnte, kamen rasch aufeinanderfolgende Klopfgeräusche, die sich anhörten wie ein Trommelwirbel. Ich spürte das Vibrieren bis in die Fingerspitzen. Malley saß am Ufer und versuchte, ihre Sneaker trocken zu bekommen. Neben ihr lag ein zusammengeknülltes, nasses Kapuzenshirt.

»Siehst du?«, sagte sie. »Ich hab wirklich einen gesehen.«

»Einen was?«

»Pst! Verscheuch ihn nicht.«

Ich folgte ihrem Blick nach oben, bis ich einen großen Specht mit roter Haube entdeckte, der Löcher in die Borke hackte. Da keine Wolken am Himmel standen, hob sich das dunkle Gefieder des Vogels deutlich gegen den blassblauen Himmel ab.

»Das ist kein Elfenbeinspecht, Mal«, flüsterte ich.

»Doch!«

»Der hat ja hinten gar keine weiße Färbung. Und sieh dir mal den Schnabel an«, sagte ich. »Der ist viel zu dunkel und zu spitz. Das ist ein Helmspecht.«

»Irrtum, Richard.«

Der Specht hörte auf zu klopfen und legte den Kopf schief, um uns zu beäugen. Ich wünschte, es wäre ein Elfenbeinspecht gewesen, aber es war keiner.

»Trotzdem sehr cool«, sagte ich zu meiner Cousine.

Sie schnaubte verächtlich. »Du glaubst immer, du weißt alles.«

Der Vogel stieß mehrere schrille Laute aus und flog davon. Ich setzte mich neben Malley und zog ebenfalls meine durchnässten Sneaker aus. Die Äste der Bäume über uns waren völlig kahl, nur hier und da hingen von ihnen dünne Girlanden Spanischen Mooses herab, die mich an den Bart des Gouverneurs erinnerten. Vor uns strömte der angeschwollene Choctawhatchee vorüber, dem der aufgewirbelte Schlamm eine gelbliche Farbe verliehen hatte. Im Laufe der Nacht hatte der Fluss das ramponierte Hausboot flussabwärts getragen und möglicherweise verschlungen.

»Wir müssen eine Entscheidung treffen, Richard. Bleiben wir hier oder hauen wir ab?«

Es gab zwar noch eine dritte Möglichkeit, aber ich sagte: »Lass uns hier warten, bis irgendwelche Angler vorbeikommen. Irgendeiner von denen wird schon ein Handy haben, das wir uns kurz ausleihen können.«

»Aber was ist mit deinem einäugigen, Blutegel essenden Freund?«

»Tja ...« Skink würde nicht wollen, dass wir nach ihm suchten, obwohl wir beide mit dem Gedanken spielten.

»Er hat uns nicht ohne Grund von Bord geschubst«, sagte ich.

»Aber dein Freund ist in großer Gefahr. Tommy ist völlig durchgeknallt.«

»Dem ist Tommy nicht gewachsen.«

Ich teilte ihr einiges von dem mit, was ich über Skink wusste, wobei ich mit Vietnam anfing. Dann erzählte ich, dass er später zum Gouverneur gewählt worden war, Depressionen bekam und spurlos verschwand. Dass er sich von überfahrenen Tieren ernährte. Dass er sein linkes Auge im Kampf mit Rowdys verloren hatte. Dass im Internet die verrücktesten Gerüchte über ihn kursierten, für die es aber keine Beweise gab. Ich berichtete von seiner Auseinandersetzung mit dem Schildkröteneierdieb und von dem grauen Fluchtauto, das auf geheimnisvolle Weise für ihn bereitgestellt worden war. Dass es seine Idee gewesen war, sie zu befreien. Dass ihm ein Sattelschlepper über den Fuß gefahren war, als er ein kleines Stinktier rettete.

Abschließend schilderte ich ihr, wie ein riesiger Alligator das Kanu davongeschleppt hatte und Skink ihm nachgeschwommen war.

»Gott, aber er ist doch so *alt*«, sagte meine Cousine. »Älter als Opa Ed und der könnte noch nicht mal mit einem Gecko fertigwerden.«

»Der Gouverneur ist eine echte Laune der Natur.«

»Glaubst du, er wird Tommy was antun?«

»Das hängt ganz davon ab, wie Tommy sich verhält.«

»Hoffentlich tut er ihm was an«, sagte sie. »Hört sich das jetzt schrecklich an? Ist mir egal.«

»Hat Tommy *dir* was angetan?«

Die Sonne stahl sich über die Baumwipfel und wärmte uns mit ihren Strahlen. Malley flocht ihre Haare zu zwei langen Zöpfen, wobei sie immer wieder einen finsteren Blick auf die schwarz gefärbten Strähnen warf.

»Er hat mich ein paarmal geküsst«, erwiderte sie, »und ich hab gesagt, er soll das gefälligst lassen. Als er es trotzdem noch mal gemacht hat, hab ich ihm die Nase eingeschlagen. Die Schweinerei hättest du mal sehen sollen. Als wäre ihm eine verfaulte Tomate im Gesicht explodiert. Danach hat er dann die Handschellen rausgeholt.«

»Und sonst?«, fragte ich.

»Online ist er ganz anders rübergekommen, ganz … normal. Und überhaupt nicht fies. Einmal hat er mir ein Gedicht gemailt – *eine Tochter der Götter, himmlisch schlank und himmlisch schön*. Angeblich hatte er das spät in der Nacht nur für mich geschrieben, und ich habe darauf in meiner ganzen Dussligkeit geantwortet: *Oh, Talbo, wie süß von dir!*

Dann hat er mich am Flughafen von Orlando abgeholt und nach ein oder zwei Tagen hörte er sich gar nicht mehr so an wie ein großer Dichter. Deshalb hab ich ein paar Verse von seinem Meisterwerk gegoogelt, und weißt du was? Das Gedicht hatte er bei Alfred Lord Tennyson oder auch Lord Alfred Tennyson geklaut. Das ist ein englischer Schriftsteller, der vor hundert Jahren oder so gestorben ist. Als ich Tommy deswegen zur Rede gestellt habe, hat er meinen Laptop zertrümmert. Mann, war ich sauer.«

»Wann hast du herausgefunden, dass er gar nicht Talbo Chock heißt?«

Meine Cousine lächelte reumütig. »Gleich zu Anfang. Viele Leute haben seltsame Nicknames, deshalb fand ich das nicht weiter schlimm. Aber ich hatte absolut keine Ahnung, dass der echte Talbo Soldat war. Offenbar gibt's ja eine Menge Sachen, die ich über T. C. nicht wusste.«

»Zum Beispiel, dass der Dichter ein gestohlenes Auto fuhr?«

»Ja. Das wurde mir erst klar, als er es im Fluss versenkte.«

»Was ist denn sonst noch passiert? Was hat er sonst noch gemacht?«, fragte ich.

»Mir geht's wirklich gut. Hör auf, dir Sorgen zu machen. Du hörst dich schon an wie Dad.«

»Lass mich mal deine Handgelenke ansehen.«

»Er hat die Handschellen immer zu eng eingestellt. Angeblich hatte er die auf einem Markt für Waffen und so einen Kram gekauft.«

Hinter Malley stand ein Strauch wilder Azaleen mit gelben und blassorangen Blättern – eine friedvolle Farbenpracht.

»Weißt du, was mir echt auf der Seele liegt?«, sagte sie. »Das Bier und das Benzin, das wir im Kanu mitgebracht haben – das hat Tommy alles aus einem Wohnwagen geklaut, der auf einem Parkplatz in der Nähe des Flusses stand. Die Eiswürfel auch. Als ich vorgeschlagen habe, den Leuten etwas Geld dazulassen, hat er nur gelacht.«

»Und mir liegt immer noch Saint Augustine auf der Seele.«

»Das ist nicht zu vergleichen, Richard. Du warst völlig durcheinander, weil du deinen Dad verloren hattest. Ich meine, du fährst doch noch nicht mal gern Skateboard.«

»Diebstahl ist Diebstahl.«

»Hey, tut mir wirklich leid, dass ich das je erwähnt habe«, sagte sie. »Ich würde deiner Mutter nie im Leben was davon erzählen, okay? Aber ich musste doch was sagen, damit du mich nicht verpfeifst, bevor ich weit weg bin, obwohl du es dann trotzdem gemacht hast. Die Situation zu Hause war einfach … ich weiß auch nicht … ultrastressig, und ich musste da weg. Verstehst du? Talbo – ich meine, Tommy – war mein Ticket, um dort rauszukommen. Großer Fehler von mir. Ein riesengroßer Fehler. Aber mein Gott, Mom hat ständig an mir herumgenörgelt und Dad war immer auf ihrer Seite – jedenfalls werde ich niemals auf dieses Internat gehen! Sorry, Leute. Ein Winter in New Hampshire steht *nicht* auf meiner Wunschliste!«

Ein Blaureiher glitt langsam über den Fluss und zog dabei auf die bei diesen Vögeln typische Weise seine dünnen Beine hinter sich her. Ich wusste, dass es nicht der Reiher war, auf den Tommy Chalmers geschossen hatte. Diese arme Kreatur war nach dem Schock, den sie erlitten hatte, wahrscheinlich schon auf dem Weg nach Mexiko.

»Er sagte, er verstünde, was ich durchmachte«, fuhr Malley fort. »Er sagte, wir würden nichts als gute Freunde sein und ich bräuchte mir keine Sorgen zu machen – wenn ich es mir anders überlegte, würde er sofort umkehren und mich nach Hause bringen. Das hat er mir wortwörtlich versprochen. Und ich war so unglaublich dämlich, ihm zu glauben.«

»So was können Lügner sehr gut – anderen was einreden.«

»Ich weiß, ich weiß. Tommy hat sehr überzeugend den netten Typ gespielt.«

»Trotzdem war es nicht gerade klug von dir, mit einem Fremden, den du in einem Chatroom kennengelernt hattest, durchzubrennen«, sagte ich.

»Ich dachte, ich würde schon mit ihm fertigwerden, aber da hatte ich mich getäuscht. Denk doch mal an diese Sache mit der Hochzeit am Strand. Ist doch pervers!«

Ringsum erwachte die Natur allmählich zum Leben. Wir sahen einen fetten Stör aus dem Wasser springen, der ungefähr so anmutig wirkte wie ein fliegender Klotz. Fischadler zogen ihre Bahnen und riefen einander etwas zu. Unser Blick und unsere Gedanken wanderten flussabwärts.

»Wenn diesem alten Mann was passiert oder wenn er getötet wird, ist das meine Schuld«, sagte Malley. »Das könnte ich mir nie verzeihen.«

»Mach dir keine Sorgen. Er hat doch die Waffe über Bord geworfen.«

»Tommy hat aber noch eine«, erwiderte sie bedrückt.

»Was?«

»Er hat sie irgendwo auf dem Boot versteckt. Wo, hat er mir nicht verraten, weil er meinte, ich würde ihn abknallen, wenn ich die Möglichkeit dazu hätte, was aber Blödsinn ist. Ich habe eine Heidenangst vor Waffen, Richard. Übrigens kann ich immer noch nicht glauben, dass du dich auf T. C. gestürzt hast, nachdem er auf diesen Vogel geschossen hat!«

»Was auch nicht gerade klug von mir war«, sagte ich.

Dass Tommy Chalmers noch eine Waffe an Bord hatte, war schlimm. Ich versuchte mir einzureden, dass schon alles glattgehen würde. Tommy war von der Infektion so geschwächt und so benommen, dass er wahrscheinlich gar nicht mehr wusste, wo er die Waffe versteckt hatte.

Ob das Hausboot wohl schon gesunken war? Wenn nicht, würde es vermutlich nicht mehr lange dauern.

Skink würde wissen, wann es an der Zeit war, das Boot zu verlassen. Ob er Tommy mitnehmen würde? Ich konnte mir durchaus vorstellen, wie der Gouverneur allein aus dem Fluss kam und die Leiche des Kidnappers Tage später in dem gesunkenen Wrack gefunden wurde.

Oder auch nie entdeckt wurde.

Nach dem, was Skink mir über sein Leben erzählt hatte, war mir klar, dass er zu solchen Dingen fähig war. Und ich hatte den Verdacht, dass er nicht zu Übertreibungen neigte.

Malley wurde allmählich unruhig. »Was sollen wir denn machen, damit jemand anhält und uns mitnimmt?«

»Äh, wie wär's, wenn wir *Hilfe* rufen?«

»Sehr witzig, Richard.«

»Das meine ich ernst. Das macht man so, wenn man irgendwo gestrandet ist.«

Sie verzog das Gesicht. »Das ist völlig uncool.«

Meine Cousine in vollem Diva-Modus – zu eitel, um *Hilfe* zu rufen. Unglaublich.

»Wenn du willst, kannst du ja *Spargel!* rufen«, sagte ich. »Ich werde jedenfalls *Hilfe!* rufen.«

Wie sich jedoch herausstellte, ergab sich keine Gelegenheit, irgendetwas zu rufen. Zwei Stunden vergingen, ohne dass auch nur ein einziges Boot auftauchte. Die Angler blieben zu Hause, weil der Fluss zu aufgewühlt war. Bisher hatte ich auch noch keinen Fischadler tauchen sehen, was hieß, dass selbst die Vögel, die sich von Fischen ernährten, nicht fündig werden würden. Nur Störe sah man gelegentlich aus dem Wasser schnellen.

Ich sagte zu Malley, dass es besser wäre, aufzubrechen.

»Und wohin?«

»Zurück zur Brücke, wo Skink sein Auto geparkt hat. Wir bleiben dicht am Ufer, falls doch noch ein Boot vorbeikommt.«

»Richard, siehst du denn nicht, dass der Boden nach diesem irren Regen total matschig ist?«

»Das war er auch schon vorher«, erwiderte ich.

»Und wenn ich in die andere Richtung will?«

»Nur zu! Vielleicht entdeckst du ja einen gepflasterten Fahrradweg mit Trinkbrunnen.«

»Manchmal bist du einfach richtig blöd«, entgegnete Malley.

»Nun mach schon. Zieh dir deine Schuhe an.«

Mit langen, demonstrativen Schritten ging sie vor mir her. Wir waren ganz gewiss nicht im Ninja-Modus, sondern glichen eher zwei Büffeln, die durch ein Reisfeld stapften. Aber wir wollten ja auch nicht durch die Gegend schleichen, ganz im Gegenteil. Wir *wollten* gehört und gesehen werden, vorzugsweise von einem freundlichen Menschen, der uns in Sicherheit bringen würde.

Natürlich wären wir schneller vorangekommen, wenn der Boden trockener gewesen wäre, doch die dichten Wälder vor uns lagen ziemlich tief und waren total versumpft. Mücken, Moskitos und kleine Stechfliegen schwirrten durch die stickige Luft. Leider fand ich keine Wachsmyrten, um die Blätter zu zerdrücken und die Paste auf unsere Haut zu schmieren.

Wenn sie die Kopfhörer ihres iPods in den Ohren hatte, war Malley zu jeder Strapaze bereit. Ohne ihre Musik langweilte sie sich jedoch schnell und bekam schlechte Laune. Nach einer Weile achtete ich einfach nicht mehr auf ihr Gejammer, obwohl ich nahe dran war, zu sagen: *Würdest du denn lieber wieder bei deinem durchgedrehten Kidnapper auf dem Boot sein?*

So durstig wir auch waren – keiner von uns wollte das trübe Flusswasser trinken, denn Durchfall konnten wir jetzt am allerwenigsten gebrauchen. Die Hitze ermüdete uns und unser Tempo wurde immer langsamer, immer öfter legten wir eine Pause ein. Wir entwickelten Übung darin, einander Insekten von den Armen zu schlagen, ohne dass es einen blauen Fleck gab.

Da die Sonne fast ihren Zenit erreicht hatte, wurde es immer schwieriger, kühle, schattige Stellen zu finden. Wegen der schwülen Luft hechelten meine Cousine und ich wie alte Jagdhunde.

»Wie lange brauchen wir denn noch?«, fragte sie.

»Keine Ahnung. Noch ein Weilchen.«

»Mann, ist das nervig, Richard.«

Als wir das nächste Mal haltmachten, sagten wir mehr oder weniger dasselbe. Bei der darauffolgenden Pause behauptete Malley ganz aufgeregt, sie höre die Sirene eines Rettungswagens, was bedeutete, dass wir uns dem Highway näherten. Doch so angestrengt ich auch lauschte – außer dem Zirpen der Zikaden in den Büschen konnte ich nichts hören. Natürlich wurde Malley daraufhin stinksauer. Sie meinte, dass wir uns sofort nach Westen wenden sollten, weil die Sirene aus dieser Richtung zu hören gewesen war. Ich sagte Nein.

»Wer hat dich eigentlich zum Navigator ernannt?«, murrte sie.

»Ich bin älter als du.«

»Bloß neun blöde Tage!«

»Ist gut, Malley. War nur ein Scherz. Lass uns weitergehen.«

Meine Cousine ist kein geduldiger Mensch, doch in dieser Situation war höchste Geduld erforderlich. Es war ja nicht so, dass wir uns verirrt hätten. Die Road-20-Brücke würde bleiben, wo sie war, und um sie zu finden, brauchten wir noch nicht mal ein GPS-System. Wir mussten lediglich dem Ufer des Choctawhatchee folgen. Nach allem, was Malley durchgemacht hatte, wollte ich nicht zu hart mit ihr umspringen, aber es kam auch nicht infrage, dass sie die Führung übernahm.

Als wir wieder eine Pause einlegten, war ich derjenige, der ein Geräusch hörte.

»Jemand folgt uns.«

»Okay, Richard, jetzt hast du endgültig den Verstand verloren.«

»Bitte sei still und lausche.«

»Wahrscheinlich ist das ein Reh. Von denen gibt es hier jede Menge.«

»Das ist kein Reh«, erwiderte ich. »Ein Reh würde in die andere Richtung rennen.«

Etwas oder jemand näherte sich uns von hinten, daran gab es keinen Zweifel – etwas, das sich mit null Vorsicht vorwärtsbewegte. Im ersten Moment war ich erleichtert, weil ich dachte, das könne nur der Gouverneur sein – das Hausboot war gesunken, er hatte sich ans Ufer gerettet und versuchte jetzt, uns zu finden.

»Hey, Skink!«, schrie ich. »Hier entlang!«

Keine Reaktion.

»Ich bin's! Richard! Wir sind hier drüben!«

Immer noch keine Antwort. Malley und ich standen auf.

»Jetzt höre ich ihn auch«, flüsterte sie.

Platschende Schritte, das Knacken von Zweigen und ein gedämpftes Schnauben, als unterdrücke jemand sein Lachen.

Ich dachte an Tommy Chalmers und mein Magen krampfte sich zusammen. Was, wenn er die zweite Waffe hervorgeholt und Skink erschossen hatte? Was, wenn nur er es geschafft hatte, das sinkende Boot zu verlassen? Was, wenn er mich und meine Cousine jetzt verfolgte?

Malley sah mich ängstlich an. »Und was nun?«

»Ich würde sagen, wir warten erst mal ab.«

»Ich würde sagen, wir laufen davon.«

Für weitere Diskussionen blieb keine Zeit, weil unser Verfolger wie ein Gespenst am Rande der Lichtung in Erscheinung trat. Er hatte das Maul, aus dem ihm der Geifer tropfte, aufgerissen, seine schwarzen Augen funkelten wütend.

»Das darf doch wohl nicht wahr sein«, krächzte Malley.

»Nur keine Panik«, sagte ich, was idiotisch war. Panik war nämlich die einzige logische Reaktion.

»Richard?«

»Ja?«

»Darf ich jetzt davonlaufen?«

»Ja.«

Und ich folgte ihrem Beispiel.

19. KAPITEL

Für unsere gegenwärtige Lage war nicht Tommy Chalmers verantwortlich, sondern jemand anders.

Nämlich ein spanischer Eroberer namens Hernando de Soto. Hauptsächlich ist er deswegen berühmt, weil er den Mississippi entdeckt hat, doch während seiner Expedition hat er auch noch etwas anderes gemacht, etwas, das dazu führte, dass Malley und ich fast fünf Jahrhunderte später um unser Leben rannten.

Am 25. Mai 1539 segelte de Sotos Flotte in die Bucht von Tampa und schlug an Land ihr Lager auf. Die Schiffe des Eroberers hatten Waffen geladen, Munition, allerlei Vorräte sowie dreizehn Schweine, die als Proviant dienen sollten. Das waren die allerersten Schweine, die je den Fuß (oder eher Huf) auf den nordamerikanischen Kontinent setzten, und die robusten Tiere machten von Anfang an klar, dass sie Europa nicht im Geringsten vermissten.

Wenn de Soto Kühe oder Ziegen in die Neue Welt mitgebracht hätte, wären meine Cousine und ich nicht derart in der Bredouille gewesen. Ziegen und Kühe sind Gras fressende Tiere, die damit zufrieden sind, auf einer Weide rumzustehen und sich um nichts weiter zu kümmern. Schweine hingegen brauchen Aufsicht, weil sie neugierig und durchtrieben sind und sich an fast jede Art von Umgebung anpassen können. Florida gefiel ihnen jedenfalls sehr gut, und da glückliche Schweine eifrig für Nachwuchs sorgen, vermehrten sich de Sotos Tiere schneller, als er und seine Männer sie grillen konnten.

Drei Jahre lang zogen die spanischen Soldaten durch die südöstliche Wildnis, um die eingeborenen Indianer zu terrorisieren, zu foltern und zu versklaven. Das war damals so üblich, obwohl das de Sotos Brutalität und Grausamkeit in keiner Weise rechtfertigt. Wer weiß, wie viel Elend er noch über die Einheimischen gebracht hätte, wenn er nicht Fieber bekommen hätte und abgekratzt wäre. Das geschah, kurz nachdem er den Mississippi erreicht hatte. Inzwischen war die importierte Schweineherde auf siebenhundert Stück angewachsen.

Sprung nach vorn ins einundzwanzigste Jahrhundert und in ein riesiges Land, das von Küste zu Küste besiedelt ist – ein Land, dessen Bewohner fette, saftige Schweinekoteletts lieben. Deshalb ist die Schweinezucht in Amerika ein Riesengeschäft und diese Tiere werden millionenfach geschlachtet. Im Laufe der Jahrzehnte sind jedoch viele Schweine von den Farmen entkommen und haben sich in die Wälder geflüchtet, wo sie verwildert sind.

Das alles habe ich später recherchiert, wenn auch nicht für eine neue Arbeit in Bio. Ich wollte einfach alles über das Mistvieh wissen, das mich beinahe umgebracht hätte.

Diese sogenannten Wildschweine streifen mittlerweile in

fünfundvierzig Staaten umher und richten beträchtlichen Schaden an, indem sie Ernten vernichten und in Sumpfgebieten den Boden aufwühlen. In manchen Gegenden hat man diesen Schweinen offiziell den Krieg erklärt und Belohnungen für ihren Abschuss ausgesetzt. Bisher hat das aber noch nicht viel gebracht.

Der Keiler, der Malley und mich verfolgte, muss mindestens hundert Kilo gewogen haben. Ungelogen. Seine lange schwarze Schnauze war voller Borsten und sein krauses, dickes Fell hatte die Farbe rostigen Eisens. Links und rechts der Schnauze saßen zwei schmutzige, gelbe Hauer, wobei die unteren länger und gebogener waren. Mein ganzer Ehrgeiz bestand darin, nicht herauszufinden, wie spitz sie waren.

Malley war weit vor mir, schlängelte sich zwischen den Bäumen hindurch, schoss an den Büschen vorbei und sprang über Pfützen. Es war lächerlich, wie viel schneller sie rennen konnte als ich. Ab und zu blickte sie zurück, um festzustellen, ob ich ihr noch folgte, worauf ich ihr jedes Mal zubrüllte: »Lauf weiter! Schneller! Schneller!«

Das Wildschwein, das mir dicht auf den Fersen war, schnaufte wie eine Lokomotive. Sein Kopf war gesenkt und ständig stieß es mit den Hauern nach mir. Wenn ich gestolpert wäre, hätte es mir die Sehnen in meinen Beinen zerfetzt. Erst später habe ich erfahren, dass ein Keiler von dieser Größe eine Geschwindigkeit von fünfzig Stundenkilometern erreichen kann, also viel schneller als ein Mensch rennt, was erklärte, warum er ganz entspannt zu traben schien.

Optimistischerweise nahm ich an, dass er nicht daran interessiert war, mich zum Frühstück zu verspeisen (obwohl Schweine Allesfresser sind), sondern uns nur aus seinem Territorium verjagen wollte. Obwohl Malley und ich diesem Wunsch gern auch ohne jede weitere Aufforderung nachgekommen wären, ließ das Tier nicht davon ab, uns zu verfolgen. Wenn das Ganze ein Film gewesen wäre, wäre jetzt Nickel, der Knochenhecht-Mann, aus dem Gebüsch aufgetaucht und hätte dem Schwein mit seiner Schrotflinte eins auf den Pelz gebrannt. Dann hätte er mich angegrinst und gesagt: »Siehste, Junge? Hab ich dich nich' vor den Viechern gewarnt?«

Doch leider passierte nichts dergleichen. Von Nickel war nirgendwo etwas zu sehen, genauso wie von meiner superschnellen Cousine. Sie hatte mich abgehängt, was ganz in meinem Sinne war. Wenigstens würden wir dann nicht beide zerfleischt werden.

Meine Lunge brannten, die Knie taten mir weh, und mir wurde bewusst, dass ich es nie schaffen würde, dem aufgebrachten Keiler, der zweifellos der Urururururururururenkel von einem der Schiffsschweine de Sotos war, davonzulaufen.

Ich beschloss, auf einen Baum zu klettern. Eigentlich keine große Sache, oder?

Irrtum. Nicht alle Bäume sind so beschaffen, dass man rasch hinaufklettern kann, und wenn man unbedingt eine bestimmte Höhe erreichen muss, sind die dafür geeigneten Bäume eher selten. Man versuche doch mal, eine alte Zypresse zu erklimmen, wenn der Stamm vom Regen glitschig ist oder die Äste, an denen man sich hochhangeln könnte, zu weit oben sind. Ein solcher Versuch würde unweigerlich damit enden, dass man auf dem Rücken landet und das Vergnügen hat, in die riesigen, haarigen Nasenlöcher eines Schweins zu starren.

Ich rannte also weiter, bis ich einen jungen Ahornbaum entdeckte, dessen Stamm sich in einer Höhe von ungefähr ein Meter fünfzig teilte. Schnell kletterte ich am Stamm hoch, setzte einen Fuß in die Gabelung und klammerte mich mit beiden Händen an einen dicken Ast. Dann zog ich mich ächzend weiter hoch, bis ich schnaufend und keuchend die Balance gefunden hatte. Unter mir schärfte sich der Keiler unterdessen am Stamm die Hauer.

Halte durch, redete ich mir gut zu. *Sicher wird ihm bald langweilig und er verschwindet.*

Dann machte das verfluchte Schwein jedoch etwas, womit ich überhaupt nicht gerechnet hatte. Es legte sich hin und schloss die Augen.

»Willst du mich verarschen?«, sagte ich laut.

Meine Stimmung war auf dem Nullpunkt. Ich hatte gewaltigen Durst, war völlig erschöpft und machte mir Sorgen um Malley, die ganz allein im Wald war …

Und jetzt machte dieses Schwein unter meinem Baum ein Nickerchen.

»Das gibt's doch nicht«, sagte ich.

Das Vieh fing an zu schnarchen, wobei seine Oberlippe leicht hin und her flatterte. Das erinnerte mich an Trent, der auf dem Sofa vor dem Fernseher schlummerte.

Ich spielte mit dem Gedanken, vom Baum zu springen,

befürchtete aber, den Keiler zu wecken, wenn ich auf dem Boden aufkam. Die Alternative war, geduldig zu warten und zu hoffen, dass der stinkende Grunzer bald aufwachen und sich davonmachen würde, weil er vergessen hatte, was ihn eigentlich zu dieser Stelle geführt hatte. Unglücklicherweise konnte ein Schwein von dieser Größe den ganzen Tag schlafen und so viel Zeit hatte ich nicht. Ich hatte noch nicht mal eine Stunde Zeit.

Meine Cousine war nicht gerade mit einem guten Orientierungssinn gesegnet, und wenn sie die falsche Richtung einschlug, würde ihr all ihre Schnelligkeit nicht viel nutzen. Sie hatte weder Wasser noch Essen und die Mittagshitze war höllisch. Ein weiteres Problem waren die Schlangen. Malley war daran gewöhnt, auf dem reptilienfreien Sportplatz unserer Schule ihre Runden zu drehen. Doch das Flusstal des Choctawhatchee war praktisch ein Schlangenparadies, wo es leicht passieren konnte, dass man versehentlich auf eine schlammfarbene Mokassinschlange trat.

Ich wollte lieber gar nicht darüber nachdenken, was wäre, wenn Malley, allein in der Wildnis und meilenweit von einem Krankenhaus entfernt, von einer Schlange gebissen wurde. Stattdessen konzentrierte ich mich auf mein Problemschwein, das süß und selig schlummerte. Mein neuer Plan bestand darin, es so sehr zu erschrecken, dass es aufspringen und davongaloppieren würde, sodass ich vom Baum steigen und nach Malley suchen konnte. Immerhin hatte ich dabei das Moment der Überraschung auf meiner Seite (dachte ich jedenfalls).

Meine Familie hatte mal einen Beagle-Setter-Mischling namens Slater, der jedes Mal ausrastete, wenn jemand ihn streichelte, während er schlief. Dann fuhr dieser Hund auf und biss wie wild um sich. Doch wenn er wach war, war er der gutmütigste, freundlichste kleine Kerl, den man sich nur vorstellen konnte. Dad erzählte, er hätte auf dem College einen Zimmergenossen gehabt, der genauso war – das reinste Nervenbündel, sobald er eingeschlafen war. Man durfte keinerlei Geräusche im Zimmer machen, weil man nicht wusste, wie er reagieren würde. Eines Nachts spielten mein Vater und ein anderer Student ihm einen Streich und setzten ihm eine lebendige Wüstenspringmaus ins Bett, worauf er brüllend aus dem Fenster sprang. Glücklicherweise lag das Zimmer im Erdgeschoss.

Ich hoffte, der schlummernde Keiler würde ähnlich reagieren. Vorsichtig zog ich mir meinen nassen rechten Turnschuh aus und zielte.

Damals in der Little League war ich Shortstop, eine Position, die einen kräftigen, zielsicheren Arm erfordert. Obwohl ich als Hitter nicht viel taugte, konnte ich echt gut werfen. Der Turnschuh klatschte dem Schwein voll auf die widerlich triefende Nase.

Bedauerlicherweise hatte das nicht zur Folge, dass das Biest erschrocken aufsprang und davonraste.

Stattdessen stand es verschlafen auf, grunzte zweimal und machte sich daran, den merkwürdigen Gegenstand, der es gerade an der Nase getroffen hatte, zu inspizieren. Es war ein Turnschuh von Nike mit gelben Gummisohlen und silbernem Logo an der Seite, was allerdings den Keiler nicht weiter interessierte.

Für ihn war der Schuh nichts als ein Snack, den er schmatzend zerkaute und mit lautem Grunzen schluckte.

»Toll!«, schrie ich nach unten. »Einfach toll!«

Der Keiler hob seinen massigen Kopf und spähte zu mir hoch.

»Verschwinde! Hau ab!«

Nichts dergleichen passierte. Stattdessen gähnte er herzhaft, bis ihm die lange rosafarbene Zunge aus dem Maul hing.

Ich schrie weiter auf ihn ein und rüttelte wie ein Bigfoot an den Ästen. Daraufhin zuckte er lediglich die Schultern, so unglaublich sich das auch anhört. Ich wurde so wütend, das ich meinen anderen Turnschuh nach ihm warf, den er mit dem Maul auffing und innerhalb von zwei Sekunden verputzte. Dann fing diese widerwärtige Kreatur tatsächlich an, mit dem Schwanz zu wackeln.

Der Keiler hielt das Ganze für ein Spiel!

»Jetzt gibt's nichts mehr«, blaffte ich ihn an.

Freudig erregt umkreiste der Keiler den Baum und wartete auf einen weiteren leckeren Happen. Ich zweifelte nicht daran, dass das stundenlang so weitergehen würde.

»ICH BIN EIN GROSSER IDIOT!«, schrie ich in den Wald.

Und zu meiner Überraschung schrie der Wald zurück: »Das hab ich dir schon im Kindergarten gesagt!«

Natürlich war das meine Cousine, die zurückgekommen war, um mich zu holen. Als ich nach ihr Ausschau hielt, entdeckte ich sie hinter einer Fichte.

»Mal, mach keinen Blödsinn!«

»Du meinst, ich soll das Schwein nicht mit meinen Turnschuhen füttern?«

»Bleib, wo du bist, sonst zerfleischt es dich!«

Langsam kam sie hinter dem Baum hervor. Der Keiler blieb stehen und spähte in ihre Richtung.

»Hallo, Mister Schwein«, sagte Malley.

Das Tier hob die Schnauze und schnüffelte. Schweine können nur mittelmäßig gut sehen, haben aber einen erstaunlichen Geruchssinn.

»Na toll«, sagte ich. »Er hat deine Schuhe gerochen.«

»Meine sind von Reebok und nicht von Nike.«

»Das ist ihm egal.«

»Das ist alles deine Schuld, Richard.«

»Tatsächlich? Der würde einen Autoreifen fressen, wenn man ihm einen hinrollen würde.«

Zaghaft trat Malley einen Schritt vor und sagte: »Du bist ein nettes Schweinchen.«

»Das ist *kein* nettes Schweinchen.«

»Halt die Klappe, Richard.«

»Und er ist schneller, als du denkst.«

»Gutes Schwein«, sagte sie leise.

»Spar dir deine Worte.«

Der Keiler schnaubte und scharrte mit dem Vorderhuf die Erde auf.

»Hast du einen Plan?«, fragte ich meine Cousine.

»Wart's ab.«

»Du machst ihn nur wütend.«

»Natürlich hab ich einen Plan«, sagte Malley.

Dann fing sie an zu tanzen, was äußerst seltsam war, weil meine Cousine nie tanzt. Weder mit ihren Freundinnen noch mit Jungen. Noch nicht mal, wenn sie allein ist. Behauptet sie jedenfalls. Auf Partys weigert sie sich regelmäßig, mit den anderen herumzuhampeln. Die einzige rhythmische Bewegung, die ich je bei ihr gesehen habe, ist ein Kopfnicken im Takt der Musik.

Aber da gab es wenigstens Musik. Hier im Wald war es so still wie auf einem Friedhof. Bloß das Schnaufen und Schnauben des Keilers war zu hören. Von oben konnte ich nicht feststellen, ob das Tier wütend oder bloß verwirrt war.

Es ist fast unmöglich, die wilden, ruckartigen Bewegungen zu schildern, die Malley machte. Ihre schwarzen Zöpfe wirbelten um ihren Kopf wie die Rotoren eines Hubschraubers, und sie verdrehte ständig die Augen, sodass ich zunächst dachte, sie habe irgendwelche Krämpfe. Dann fing sie an zu singen.

Wenn man es Singen nennen konnte …

Hey, Schwein!
Verschwinde, Schwein!
Die Hufe schwing,
du borstiges Ding!
Mach dich vom Acker,
du stinkender Kacker!
Hopp, hopp,
im Galopp!
Geh von hier weg,
sonst wirst du zu Speck!

Es war weniger der Text von Malleys Lied, der dem Keiler Angst einjagte. Was ihn verstörte, waren ihre wilden Verrenkungen und ihre schrille Stimme. So etwas hatte der arme Kerl wahrscheinlich in seinem ganzen Schweineleben noch nicht erlebt. Deshalb überraschte es mich eigentlich nicht, als er sich umdrehte und davonrannte. Wenn Malley nicht meine Cousine gewesen wäre, hätte ich es genauso gemacht.

»Du kannst aufhören!«, rief ich.

»Gern geschehn«, erwiderte Malley.

Nachdem ich vom Baum geklettert war, setzten wir unseren Weg zur Brücke fort.

20. KAPITEL

»Steig ein«, sagte ich.

»Was soll das? Was hast du vor?«

»Steig einfach ein.«

Der graue Malibu stand immer noch am Ende der Brücke, wo Skink und ich ihn geparkt hatten. Ich hob die Bodenmatte auf der Fahrerseite an und holte die Schlüssel hervor.

»Lass das lieber«, meinte Malley.

»Hey, ich kann aber jetzt fahren.«

Ich machte den Kofferraum auf und stellte den Schuhkarton hinein. Ich war angenehm überrascht gewesen, ihn genau an der Stelle, wo wir ihn vergraben hatten, vorzufinden. Und noch mehr hatte es mich überrascht, dass die Geldbündel sich gar nicht oder kaum verringert zu haben schienen. Wenn Nickel, der Knochenhecht-Mann, den Karton tatsächlich ausgegraben hatte, konnte er ihm als Gebühr für sein Wassertaxi nicht viel Geld entnommen haben.

»Richard, du hast doch überhaupt keine Ahnung vom Autofahren.«

»Oh doch, hab ich.« Ich zeigte ihr den Führerschein.

Sie kicherte. »Wen hast du denn bestochen, um den zu bekommen?«

»Der ist echt, Mal.«

»Quatsch. Du bist doch gar nicht alt genug.«

»Möchtest du stattdessen lieber trampen? Eben – ich auch nicht.« Ich pflanzte mich auf den dicken Roman von John Steinbeck, um das Lenkrad besser erreichen zu können.

»Jedenfalls siehst du total beknackt aus«, stellte meine Cousine fest. Trotzdem stieg sie ein.

Nachdem ich den Zündschlüssel ins Schloss gesteckt und herumgedreht hatte, erwachte der Malibu zum Leben. Malley warf mir einen nervösen Blick zu und schnallte sich in aller Eile an.

»Wir brauchen ein Telefon«, sagte sie. Meins war im Rucksack auf dem Hausboot. Ihr Handy hatte Tommy Chalmers in den Fluss geworfen.

Mein Ladegerät hing nutzlos am Armaturenbrett.

»Okay, dann zeig mal, was du kannst«, sagte Malley.

Ich legte den ersten Gang ein, nahm den Fuß von der Bremse und fuhr ganz sachte los.

»Mann, bin ich beeindruckt«, sagte Malley.

»Würdest du bitte die Klappe halten?« Ich war auch ohne ihre sarkastischen Kommentare schon kribbelig genug.

Auf der Road 20 war glücklicherweise nur wenig Verkehr. Ich wartete, bis aus beiden Richtungen keine Fahrzeuge mehr kamen. Dann wendete ich sehr vorsichtig und sehr langsam. Anschließend trat ich so, wie Skink es mir gezeigt hatte, aufs Gaspedal – als läge ein rohes Ei darunter.

»Wer hat dir das denn beigebracht?«, fragte Malley.

»Der Gouverneur. Nachdem sein Fuß zerquetscht worden war.«

»Und wie ist es so?«

»Macht Spaß«, erwiderte ich. »Zuerst ist es ein bisschen unheimlich.«

Sie beobachtete mich genau. Ich spürte, dass sie ziemlich neidisch war. »Du machst das ganz gut«, gab sie zu.

»Warten wir's ab.«

»Ich müsste mich nicht auf ein Buch setzen. Ich bin groß genug.«

»Du bist nur sieben Zentimeter größer als ich.«

»Siebeneinhalb. Ist es überhaupt erlaubt, barfuß zu fahren?«

»Wir sind in Walton County, Florida. Würde vermuten, dass die Bekleidungsvorschriften hier ziemlich locker sind.«

»Aber was, wenn …«

»Was, wenn du keine Fragen mehr stellen und nach einem Münztelefon Ausschau halten würdest?«, unterbrach ich sie.

»Nach einem was?«

Nach einer Weile entdeckte sie eins vor einem Tom Thumb Store. Ein Lastwagen, der Fichtenstämme geladen hatte, nahm praktisch den gesamten Parkplatz ein, und als ich versuchte, mich mit dem Malibu an ihm vorbeizuquetschen, bekam ich fast einen Herzinfarkt. Malley sagte ausnahmsweise mal nichts.

Keiner von uns hatte schon mal ein öffentliches Telefon benutzt. Das Ding sah aus wie etwas aus einem Museum. Ich nahm den Hörer ab, der nach Zigarettenrauch stank, und drückte auf die schmierigen Tasten, um die Nummer meiner Mom einzugeben. Eine Telefonistin meldete sich und fragte, wie ich den Anruf bezahlen wollte. Malley und ich hatten keine Münzen dabei.

»Meine Mutter wird ihn bezahlen«, erklärte ich.

»Dann möchten Sie also ein R-Gespräch, ja? Bitte bleiben Sie am Apparat.«

Nachdem es zweimal geklingelt hatte, hängte ich den Hörer wieder ein.

Malley sah mich fragend an.

»Was, wenn wir noch einen Tag hierbleiben würden?«, fragte ich.

»Weshalb? Oh, verstehe.«

»Er hat uns beide nicht im Stich gelassen. Jetzt dürfen wir ihn auch nicht im Stich lassen.«

»Wenn wir der Polizei von dem Hausboot erzählen, werden die sich um alles kümmern«, meinte Malley.

»Du verstehst nicht, worum es geht. Alle denken, er sei tot, und er möchte, dass das so bleibt. Im Laufe der Jahre war er in bestimmte Dinge verwickelt gewesen – ich meine, angeblich verwickelt gewesen. Deshalb werden die Cops jede Menge Fragen an ihn haben. Sobald sie seine Fingerabdrücke überprüft und herausgefunden haben, wer er ist …«

»Wäre das schlimm?«

»Unangenehm«, erwiderte ich.

Skink hätte mein Vorhaben nicht gebilligt. Er hätte gesagt, es sei meine Aufgabe, meine Cousine so schnell wie möglich nach Hause zu bringen. Aber was, wenn er Hilfe brauchte?

Was, wenn er so schwer verletzt worden war, dass er es nicht allein schaffte, sich ins Krankenhaus zu begeben?

Ich schuldete dem Mann unendlich viel. Für Malley und mich hatte er alles riskiert.

»Ich hätte vollstes Verständnis dafür, wenn du nicht mitkommen willst«, sagte ich zu ihr. »Ich könnte dich ja an einem Polizeirevier absetzen.«

»Wenn du das auch nur versuchst, tret ich dir in den Arsch, Richard Sloan. Dieses T. C.-Desaster ist einzig und allein meine Schuld.« Malley griff nach dem Telefonhörer und drückte ihn mir in die Hand. »Also denk dir eine Geschichte aus, damit wir Zeit gewinnen, um nach deinem seltsamen alten Senator zu suchen.«

»Gouverneur.«

»Ist doch egal. Streng mal deine berühmte Fantasie ein bisschen an.«

Doch meine Fantasie versagte. Das Einzige, was mir einfiel, war, dass es Probleme mit dem Auto gab, was Malley unglaublich lahm fand. Als die Telefonistin den Anruf zu unserem Haus durchstellte, hatte ich Glück und bekam den Anrufbeantworter an den Apparat.

»Hey, Mom, ich bin's! Wir haben Malley gefunden. Ihr geht's gut und wir kommen nach Hause. Ist eine lange Geschichte. Ich kann's gar nicht erwarten, dir alles zu erzählen, aber ich hab mein Handy verloren, und jetzt ist der Motor vom Auto heiß gelaufen. Mach dir aber keine Sorgen. Skink sagt, er kriegt es hin, dass wir morgen Abend wieder zu Hause sind. Und bitte …«

»Sir? Entschuldigen Sie, Sir«, unterbrach mich die Telefonistin.

»Ja?«

»Sie müssen es später noch einmal versuchen. Es war niemand da, um die Gebühren zu übernehmen.«

»Aber was ist mit meiner Nachricht?«

»Ich musste die Verbindung leider trennen, als sich der Anrufbeantworter einschaltete. Der Anruf muss persönlich von jemandem entgegengenommen werden.«

»Moment mal«, sagte ich und reichte meiner Cousine das Telefon. Sie gab der Telefonistin ihre Telefonnummer.

Onkel Dan nahm beim ersten Klingeln ab und schrie förmlich ins Telefon: »Mein Gott, natürlich übernehm ich die Gebühren!« Obwohl ich ein oder zwei Meter weit weg stand, konnte ich das Schluchzen am anderen Ende der Leitung hören – so aufgeregt war er, die Stimme seiner Tochter zu hören. Tante Sandy nahm den Hörer eines anderen Apparats ab, was weiteres Geschluchze zur Folge hatte.

Und auch Malley – die zynische, egoistische, knallharte Malley – fing an zu weinen.

Ich ging noch weiter weg, damit sie ungestört war, und setzte mich in der Nähe des Müllcontainers auf den Bordstein.

»Wir können noch bleiben«, verkündete sie, als sie zu mir kam.

»Was für eine Geschichte hast du ihnen aufgetischt?«

»Ist doch egal, Richard.«

»Sicher hast du ihnen erzählt, dass es Probleme mit dem Auto gibt.«

»Ja. Na und?«

»Ha! Und wer fährt uns? Was hast du da gesagt?«

»Ich hab gesagt, wir hätten in Panama City einen Taxifahrer gefunden, der bereit ist, uns für fünfhundert Dollar plus Benzinkosten nach Hause zu bringen. Ich hab gesagt, wenn wir ankommen, können sie ihm einen Scheck ausschreiben.«

»Nicht schlecht«, gab ich zu.

»Ich hab gesagt, der Kühler seines Taxis ist kaputt, wird aber bis morgen repariert sein. Autos haben doch noch Kühler, oder?«

»Na klar.«

»Prima«, sagte Malley. »Meine Mom will sofort deine Mom anrufen.«

»Aber nicht die Polizei, ja?«

»Ganz bestimmt nicht. Ich hab gesagt, ich will jetzt erst mal nach Hause und in meinem eigenen Bett schlafen.«

»Was ja auch stimmt, nicht wahr? Du kannst es ruhig zugeben, Mal.«

»Gib mir mal ein bisschen Geld.«

Im Tom Thumb Store kauften wir eine Straßenkarte, eine Kühlbox aus Styropor, fünf Pfund Eis, zwölf Flaschen Wasser, ein Sixpack Cola, Schokoladenkekse, eine Tüte Tortillachips, zwei abgepackte, mit undefinierbarem grauem Fleisch belegte Jumbo-Sandwiches, einen Karton Müsliriegel und vier Schokoriegel (allerdings keine Butterfingers, weil mein Vater bei seinem blöden Unfall einen gegessen hatte).

Ich gab dem tätowierten Kassierer zwei feuchte Fünfzigdollarscheine, die ich dem Schuhkarton entnommen hatte. Falls er misstrauisch war, ließ er sich zumindest nichts anmerken. Während er mir zweiundzwanzig Dollar und etwas Kleingeld herausgab, sagte er, hinten sei ein Waschraum, falls wir uns ein bisschen säubern wollten. Ein Wink mit dem Zaunpfahl.

Malley und ich packten die Kühlbox bis zum Rand voll, hievten sie auf den Rücksitz des Malibu und fuhren los. Ich weiß, dass man mit beiden Händen lenken soll, aber eine meiner Hände brauchte ich, um mich mit Snacks vollzustopfen und kaltes Wasser in mich hineinzuschütten. Sonst wäre ich vor Hunger ohnmächtig geworden.

Die Straßenkarte lag aufgeklappt auf Malleys Schoß, übersät mit Krümeln von dem Müsliriegel, an dem sie wie ein ausgehungertes Backenhörnchen nagte.

»Immer geradeaus«, wies sie mich an.

»Geradeaus ist gut.«

»Bis wir zu einem Ort namens Freeport kommen, wo du links abbiegen musst. Von dort sind es ungefähr noch fünf Kilometer bis zur Bucht.«

Zur Choctawhatchee-Bucht, wo der Fluss ins Meer mündet.

Als ich einen Blick auf den Tacho warf, zuckte ich vor Schreck zusammen. Hundert Stundenkilometer! Genau das passiert, wenn man es supereilig hat – ohne dass man es merkt, fährt man mit Bleifuß. Ich bremste ab, bis die Nadel siebzig zeigte, was nach Skinks Aussage das ideale Tempo war, um nicht aufzufallen. Wenn man zu langsam oder zu schnell fährt, erregt das nur Aufmerksamkeit, hatte er gesagt.

»Beth mag dich wirklich«, sagte meine Cousine ganz unvermittelt. Offenbar machte es sie nach wie vor nervös, dass ich hinter dem Steuer saß. Um sich abzulenken, versuchte sie es mit Small Talk.

»Quatsch«, erwiderte ich. »Beth geht doch mit Taylor.«

»Der ist ein Loser. Du solltest sie mal anrufen. Die ist doch klasse, oder?«

»Vermutlich.«

»Vermutlich?« Malley boxte mich gegen den Arm. »Sei nicht so ein Geek.«

»Sag mal, willst ausgerechnet du mir Ratschläge erteilen, mit wem ich ein Date haben soll?«

»Gutes Argument«, räumte sie ein.

»Ich muss dich noch mal fragen, ob Tommy dir sonst noch was angetan hat. Ich meine, außer dem Küssen und den Handschellen.«

»Mein Gott, Richard, es geht mir wirklich bestens. Warum glaubst du mir das denn nicht?«

»Die Polizei wird dir auch diese Frage stellen.«

»Dann werden sie dieselbe verdammte Antwort bekommen«, fauchte Malley und drehte das Gesicht zum Fenster.

»Möglicherweise bringt Skink Tommy um, falls er es nicht schon getan hat. Das weißt du doch, oder? Auch wenn Skink bei dem Kampf vielleicht selbst umkommt, würde Tommy auf keinen Fall mit ihm fertigwerden.«

»T. C. ist aber sehr stark.«

»Nicht so stark wie der alte Mann. Du kannst dir gar nicht vorstellen, wie kräftig der ist.«

»Na, umso besser«, erwiderte Malley mit funkelnden Augen. »Tommy ist ein Monster. Ich will nicht, dass er noch jemandem was antut. Andere Mädchen wären vielleicht nicht so tough wie ich.«

Und das war alles, was sie dazu zu sagen hatte.

Während wir auf der U.S. 331 nach Süden fuhren, überholte ich einen klapprigen Pick-up, der Wassermelonen geladen hatte. Obwohl die alte Karre nur mit vierzig dahintuckerte und die Straße auf beiden Seiten frei war, flatterten Malley bei dem Überholmanöver die Nerven. Als ich sah, wie sie sich die Augen zuhielt, konnte ich mir ein Grinsen nicht verkneifen.

»Du hältst dich wohl für ganz schön cool, was?«, sagte sie.

»Pass gut auf, dann kannst du was lernen.«

»Ich kann's gar nicht erwarten, bis du deinen ersten Strafzettel bekommst!«

Der Gedanke war mir auch schon durch den Kopf geschossen. Ich wollte auf keinen Fall die Aufmerksamkeit der Polizei erregen, weil Malley und ich ganz bestimmt nicht so aussahen, als wären wir auf dem Weg zu einem Picknick der Kirchengemeinde – zwei schmuddelige Teenager, die in einem Wagen, der ihnen nicht gehörte, durch die Gegend fuhren und in einem Schuhkarton Tausende von Dollars bei sich hatten.

Das Autoradio spielte Skinks Liedermix, die Musik, die ihn, wie er gesagt hatte, Vietnam hatte überstehen lassen. Als ein Song mit dem Titel *Born to Be Wild* erklang, streckte Malley die Hand aus, um das Gerät abzuschalten. Dann überlegte sie es sich anders und stellte den Ton lauter. Wir kamen an einem Hinweisschild vorbei, auf dem Eden Gardens State Park stand, was Malley urkomisch fand, weil ich auf einem Buch mit dem Titel *Jenseits von Eden* saß.

Als das sich kräuselnde, schimmernde Wasser der Choctawhatchee Bucht in Sicht kam, bog ich von der Straße ab und fuhr auf einen Picknickplatz. Nachdem ich etwas Geld aus dem Schuhkarton genommen hatte, ging ich zum Kai hinüber, wo ein korpulenter Mann gerade dabei war, sein sechs Meter langes Boot, das einen großen Zweitaktmotor von Yamaha hatte, mit einem Schlauch abzuspritzen.

»Wissen Sie, wo ich so was mieten könnte?«, fragte ich.

Der Mann schüttelte den Kopf. »Dazu muss man mindestens einundzwanzig sein.«

»Echt?«

»Wegen der Versicherung«, erklärte er.

»Oh.«

»Es sei denn, man handelt privat was aus.«

»Geld hab ich genug«, sagte ich.

Der Mann wurde nachdenklich. Obwohl ich ihn noch nie gesehen hatte, kamen mir sein dunkles, von der Sonne verbranntes Gesicht und der überdimensionale, allmählich kahl werdende Kopf irgendwie vertraut vor.

»Biste schon mal mit 'nem Außenbordmotor von dieser Größe gefahren?«, fragte er.

»Na klar«, log ich. Sein Motor war fünf Mal leistungsfähiger als der von meinem kleinen Skiff. Trotzdem war ich mir ziemlich sicher, dass ich damit zurechtkommen würde.

»Versuch ja nich', mich zu verarschen, Jungchen.«

»Soll ich's Ihnen zeigen?«

Der Mann leckte sich über die ungepflegten Zähne und dachte nach. »Haste 'nen Ausweis oder so was?«

Ich reichte ihm den Führerschein, den Mr Tile mir gegeben hatte. Der Mann warf einen Blick auf mein Foto, nickte und gab mir den Führerschein zurück.

»Ich zahl Ihnen zweihundert Dollar, wenn ich mir das Boot vier Stunden ausleihen kann«, schlug ich vor. »Das ist kein schlechter Preis.«

Der Mann kratzte sich die rötlichen Bartstoppeln an seinem Stachelkinn. »Sagen wir zweihundertfünfzig. Aber erst musste mir beweisen, dass du weißt, wo bei einem Boot vorn und hinten ist.«

Meine Cousine stieg aus dem Auto, um festzustellen, was los war.

»Hallo, ich bin Malley«, sagte sie zu dem Mann.

»Ich heiße Dime.«

In dem Moment drehte sich der Wind und mir stieg ein penetranter Körpergeruch in die Nase. Da wurde mir schlagartig alles klar. »Haben Sie vielleicht einen Bruder namens Nickel?«

»Hab ich«, erwiderte Dime. »Und 'ne Schwester namens Penny.«

»Rufen Sie Nickel an, okay? Er wird für mich bürgen.«

»Der ist auf dem Rückweg von Bonifay. Außerdem hat er kein Handy. Und das ist auch nicht sein Boot, sondern meins. Also schwing dich an Bord und zeig, was du kannst.«

Malley sah von einem Picknicktisch aus zu, wie ich Dime

vorsichtig über einen Wasserarm schipperte, der in die Bucht mündete. Der Motor des Boots brauchte neue Zündkerzen und das Steuerrad klemmte ein bisschen. Trotzdem gelang es mir, das Boot so zu manövrieren, dass Dime zufrieden war.

Der Hauptunterschied zwischen einem Boot und einem Auto besteht darin, dass ein Boot keine Bremsen hat. Das heißt, dass man den Motor drosseln muss, wenn man anhalten will, oder dass man sofort den Rückwärtsgang einlegen sollte, wenn es zu einer kritischen Situation kommt. Insgesamt schien der Motor einwandfrei zu funktionieren. Als wir schneller wurden, vertrieb der scharfe Luftzug Dimes Körpergeruch, sodass ich wieder frei atmen konnte.

Ich erhöhte das Tempo, bis das Boot über das Wasser schoss, und beendete die Probefahrt, indem ich einmal im Kreis fuhr. Dann übernahm Dime das Steuer und brachte uns zum Kai zurück.

»Okay«, sagte er. »Aber höchstens vier Stunden. Außerdem brauch ich 'ne Kaution, falls ihr vorhabt, nach Alabama abzuhauen.«

»Und wie hoch soll die sein?«, erkundigte sich Malley.

»Ich würd sagen, siebenhundert Dollar.«

»Und ich würd sagen, Sie wollen uns übers Ohr hauen.«

»Okay. Ganz, wie ihr wollt«, erwiderte Dime. »Dann müsst ihr euch eben 'n anderes Boot suchen.«

Wir hatten mehr als genug Geld, um die Kaution von siebenhundert Dollar zu zahlen, aber ich war mir nicht ganz sicher, ob Dime uns das Geld nach unserer Rückkehr wiedergeben würde. Malley und ich hatten gezählt, wie viel noch im

Schuhkarton war: 9970 Dollar. Eine riesige Summe, sicher, aber ich dachte, dass Skink vielleicht jeden Dollar brauchen würde, um Arztrechnungen zu bezahlen.

Ich drückte Dime fünf Fünfziger für die Bootsmiete in die ausgestreckte Hand. »Wenn wir bis Sonnenuntergang nicht zurück sind, können Sie das Auto behalten. Das ist unsere Kaution, okay?«

Er schnaubte lauter als der wilde Keiler. »Meinste, ich bin blöd?«, knurrte er. Trotzdem warf er einen Blick über die Schulter und sah sich den Malibu genau an.

Ich warf ihm die Schlüssel zu. »Ich mache keine leeren Versprechungen. Fragen Sie Nickel.«

»Der is' mein Bruder, nich' mein Boss.«

»Hat er Ihnen nichts von dem Schuhkarton erzählt?«

Dime runzelte misstrauisch die Stirn. »Das war dein Hunderter?«

Jetzt wusste ich es also – als Gebühr für seine Fährmannsdienste hatte Nickel nur hundert Dollar aus dem Karton genommen.

»Den hat er verdient«, sagte ich zu Dime.

»Tja, ich find, er hätte mehr nehmen sollen.«

Malley zeigte auf das Boot. »Wie viel Benzin ist noch im Tank?«

»Genug. Ihr wollt doch nich' etwa flussaufwärts fahren, wie?«

Sie musterte ihn von oben bis unten. »Was spielt denn das für eine Rolle, wo wir hinfahren?«

»Das spielt 'ne große Rolle. Der Fluss is' nämlich voller

Baumstämme und Baumstümpfe, die unter Wasser liegen«, erklärte Dime. »Wenn ihr mit einem von diesen Dingern zusammenstoßt, muss ich euer Auto verhökern, um mir ein neues Boot zu kaufen.«

»Machen Sie sich keine Sorgen«, sagte ich. »Wir bleiben in der Bucht, wo keine Gefahr besteht.«

Eine weitere Lüge aus dem Munde von Richard Sloan, aber das war mittlerweile auch egal.

21. KAPITEL

Malley wollte keine Schwimmweste anlegen, weil sie damit angeblich fett aussah.

»Und guck mal, wie verschimmelt die sind. Eklig!«

»Hauptsache, sie hält dich über Wasser, Mal.«

Doch die Schwimmwesten auf Dimes Boot waren so alt und verrottet, dass sie zerrissen, als wir versuchten, sie anzulegen. Das geschah ungefähr drei Kilometer flussaufwärts, als peitschender Regen das Wasser aufwühlte.

Das Steuerpult des Boots befand sich in der Mitte und hatte eine niedrige Windschutzscheibe. Damit mein Kopf trocken blieb, setzte ich mir die Duschhaube des Gouverneurs auf, die ich die ganze Zeit in meiner Hosentasche aufbewahrt hatte.

»Mann, siehst du verboten aus«, sagte Malley.

»Glaubst du nicht an Glücksbringer?«

»Nein, aber ich glaube an Schwachköpfe, und du siehst genau wie einer aus. Bitte nimm dieses grässliche Ding ab.«

»Nein.«

Die Kühlbox mit unseren Snacks und unseren Getränken hatten wir an Bord verstaut. Den Schuhkarton hatte ich ebenfalls mitgenommen, damit Dime nicht in Versuchung geführt wurde.

Malley plädierte dafür, langsamer zu fahren – aus gutem Grund. Es regnete so heftig, dass wir kaum zehn Meter weit sehen konnten. Ich drosselte das Tempo und suchte das Wasser nach Hindernissen ab. Meine Cousine wickelte eines der Riesensandwiches aus dem Tom Thumb Store aus und gab mir die Hälfte. Schon nach dem ersten Bissen verzogen wir das Gesicht.

»Was meinst du, Richard? Ist dieses Zeug Schinken oder Putenfleisch?«

»Vinyl«, sagte ich.

Doch da wir hungrig waren, zwangen wir uns, weiterzuessen. Das Wetter war nicht so schlecht wie in der Nacht zuvor, als das Gewitter getobt hatte. Die Sonne verbarg sich hinter einer dichten Wolkendecke, sodass um uns herum ein trübes Zwielicht herrschte. Der Regen wurde immer mehr zu einer Art Nebelbrühe. Ab und zu hörten wir, wie eine Schildkröte platschend von einem Baumstamm ins Wasser fiel. Die Ufer konnten wir nur noch verschwommen erkennen. Einmal schrie meine Cousine auf, als sie einen großen Ast direkt auf uns zutreiben sah, doch ich hatte das Hindernis bereits entdeckt und umfuhr es.

Nach einer Weile kamen wir an einem anderen Boot vorbei, einem flachkieligen Skiff, das flussabwärts driftete. Im Boot saß ein junges Pärchen, das versuchte, mit einem Schwimmer Brassen und Barsche zu fangen. Obwohl sie Regenkleidung trugen, sahen der Mann und die Frau so erbärmlich aus wie nasse Ratten. Aber Malley und ich schauten sicherlich noch schlimmer aus. Malley fragte die beiden, ob sie ein weißes Hausboot, das möglicherweise ein Loch im Rumpf hatte, gesehen hätten, was die zwei verneinten. Der Mann schöpfte mit einem Eimer Wasser aus dem Boot, was mich daran erinnerte, unsere Lenzpumpe zu kontrollieren. Die Drähte waren wie fast alles auf Dimes Boot verrostet. Trotzdem arbeitete die Pumpe einwandfrei.

»Darf ich dich mal was fragen?«, sagte Malley, als wir weiterfuhren. »Haben meine Eltern tatsächlich eine Belohnung von zehntausend Dollar ausgesetzt? Oder stand das bloß auf den Plakaten, um Trara zu machen?«

»Das war völlig ernst gemeint – zehn Riesen für sachdienliche Hinweise, die es ermöglicht hätten, dich zu finden. Warum überrascht dich das?«

»Weiß auch nicht. Das ist eine Menge Geld«, erwiderte sie.

»Na, und wie viel bist du deiner Ansicht nach wert?«

Sie verdrehte die Augen. »Ihnen oder mir?«

»Jedem, der dich mag«, sagte ich. »Hör auf, solch eine Nervensäge zu sein.«

»*Was* hast du da gerade gesagt?«, empörte sie sich.

»Das hast du doch gehört, Mal.«

Ich erhöhte das Tempo wieder und hielt mich in der Mitte des Flusses. Zumindest vermutete ich, dass es die Mitte des Flusses war. Als wir um eine Biegung fuhren, schrie Malley auf. Auch ich sah den sperrigen Gegenstand, der auf der Steuerbordseite auf den Wellen tanzte. Das Boot fuhr so schnell, dass ich nicht rechtzeitig anhalten konnte und wenden musste.

Das Ding im Wasser war ein grauer Koffer aus festem Material, wie ich ihn in der Kabine des Hausboots gesehen hatte.

»Das ist T. C.s Koffer. Ganz bestimmt«, sagte meine Cousine. »Siehst du den Mega-Moonwalker-Aufkleber?«

Der Mega-Moonwalker's Ball war ein Festival für elektronische Musik in Dänemark, auf dem Tommy Chalmers angeblich einen großen Auftritt als DJ gehabt hatte. Malley erklärte, die Sticker könne man für vier Dollar im Internet kaufen.

Ich schaltete den Motor in den Leerlauf, langte über das Dollbord und zog den Koffer ins Boot. »Ist aber nicht sehr schwer«, stellte ich fest.

»Keine Ahnung, was da drin ist. Der war ständig verschlossen.«

Glücklicherweise befand sich auch ein Werkzeugkasten an Bord. Ich nahm den (selbstverständlich verrosteten) Schraubenzieher heraus und stocherte an den Verschlüssen des Koffers herum, bis sie aufsprangen. Im Koffer lagen Sachen, die nicht einem aufstrebenden Musiker, sondern einem professionellen Kriminellen gehörten: drei Nummernschilder aus drei verschiedenen Countys.

Ein halbes Dutzend Kredit- und Bankkarten, keine davon auf den Namen Thomas Chalmers.

Zwei Einweghandys.

Die blonde Perücke, die er getragen hatte, als er Malley am Flughafen von Orlando abgeholt hatte.

Ein falscher Schnurrbart, der aussah wie eine kranke Raupe.

Das Uniformhemd einer Schädlingsbekämpfungsfirma, auf dessen Brusttasche der Name »Bradley« gestickt war; das

Hemd eines Kabelfernsehsenders mit der Aufschrift »Chico«; und das Hemd einer Klärgrubenfirma, auf dem lediglich »Vorarbeiter« stand.

Und eine blaue Plastikmappe, in der ein großer brauner Umschlag mit dem Namen »Malley Spence« steckte. Die Tinte war verlaufen, weil Wasser in den Koffer eingedrungen war. Meine Cousine schnappte sich den Umschlag und machte ihn hastig auf.

Zuoberst lag der Ausdruck eines Fotos, das sie dem Mann, den sie damals unter dem Namen Talbo Chock kannte, gemailt hatte. Das Bild war völlig okay – Malley hatte ihren smaragdgrünen Trainingsanzug an und strahlte in die Kamera. Die knochigen Arme hatte sie verschränkt, das Haar zu einem Pferdeschwanz gebunden, wie sie es immer machte, wenn sie trainierte.

Ohne ein Wort zu sagen, zerriss meine Cousine das Foto, zerknüllte die Schnipsel und warf sie ins Wasser. Der Rest der »Akte« bestand aus Informationen, die Tommy Chalmers sorgfältig gesammelt hatte, um ein Profil seines Opfers zu erstellen – ein Profil, das auf Einzelheiten basierte, die sie ihm selbst geliefert hatte.

»Das solltest du nicht zerreißen«, sagte ich zu Malley. »Das sind Beweise.«

»Ja. Beweise meiner Blödheit.«

»Nicht!«

Doch sie warf die Seiten in die Luft. Langsam segelten sie nach unten und landeten im Fluss.

Hektisch suchte ich nach einem Netz, um die Blätter aus

dem Wasser zu fischen, fand aber keins. Eigentlich war es auch egal. Tommys Stalker-Aufzeichnungen verwandelten sich in Papierbrei.

»Lass uns weiterfahren«, sagte meine Cousine. »Das Hausboot muss ganz in der Nähe sein.«

Nach ungefähr hundert Metern entdeckten wir ein rotes Bündel – Malleys Nylonrucksack. Nachdem sie ihn an Bord gehievt hatte, sagte sie: »Okay, Richard, was hat das zu bedeuten?«

»Weiß ich nicht genau.« Ich ahnte zwar, was passiert war, wollte aber sicher sein.

Die nächsten Gegenstände, die wir fanden, waren ein Lukendeckel aus weißem Kunststoff, der aus den Scharnieren gerissen war, und der Sitz einer kleinen Toilette, den ich sofort wiedererkannte. Vor uns trieb allerlei Schiffszubehör im Wasser, was meine Befürchtungen bestätigte.

»Das Hausboot ist gesunken«, sagte ich zu meiner Cousine. »Dieses ganze Zeug hier ist abgebrochen, als es unterging.«

Sie fuchtelte mit den Armen herum. »Ist T. C. dann tot, oder was?«

»Halt einfach die Augen offen.«

Im Schneckentempo fuhr ich weiter.

Mein Rucksack samt Inhalt – darunter *Der stumme Frühling* – liegt mit ziemlicher Sicherheit immer noch auf dem schlammigen Grund des Choctawhatchee. Später, als alles vorüber war, fuhr ich mit meinem Fahrrad zu einer Mall und kaufte mir ein neues Exemplar des Buchs, das ich an vier Abenden auslas. Um weiterlesen zu können, ließ ich sogar eine abendliche Angeltour sausen, was meine Mutter veranlasste, mir die Stirn zu befühlen und meine Temperatur zu messen.

In einem der letzten Kapitel des Buchs wird beschrieben, wie es dazu kommt, dass Moskitos und andere Insekten gegen giftige Pestizide, mit denen man sie jahrelang erfolgreich bekämpft hat, resistent werden. Ein dänischer Wissenschaftler berichtete zum Beispiel, er habe beobachtet, wie sich eine bestimmte Fliegenart munter in einem Behälter mit DDT tummelte, jener tödlichen Substanz, die lange Zeit weltweit die Lieblingswaffe gegen unerwünschte Insekten war. Diese dänischen Fliegen hatten sich im Laufe mehrerer Generationen als äußerst anpassungsfähig erwiesen und sich so entwickelt, dass DDT ihnen jetzt nicht mehr schadete als eine Limonadenpfütze.

Wie konnte das geschehen? Rachel Carson zufolge überlebten nur die robustesten und widerstandsfähigsten Fliegen das Besprühen mit DDT und paarten sich dann mit anderen Überlebenden, um noch robustere Nachkommen zu zeugen – Superfliegen, denen die Chemikalien, die ihre schwächeren Vorfahren getötet hatten, nichts mehr ausmachten.

Im wahrsten Sinne des Wortes ein Überleben der Stärkeren!

Als ich das Buch ausgelesen hatte, dachte ich über Skink nach, der sich ebenfalls nicht unterkriegen ließ. Ich überlegte, ob seine Mutter und sein Vater und seine Großeltern und Urgroßeltern wohl genauso zäh und einfallsreich gewesen waren wie er oder ob er einfach eine Laune der Natur war – eines jener seltenen, von Zeit zu Zeit auftretenden Individuen, die mit den stärksten Eigenschaften ihrer Erbmasse gesegnet sind und keinerlei Schwächen aufweisen.

Natürlich würde er über eine solche Beschreibung seiner Person nur lachen. Doch man stelle sich einmal vor, wer an einem regnerischen Sommernachmittag aus dem grauen Nebel, der über dem Choctawhatchee lag, auftauchte:

Ein einzelner Mann, der reglos auf dem Wasser stand und dessen verzerrtes Abbild im Fluss von einem geradezu unheimlichen bläulich-rötlichen Schimmer umgeben war.

Ich meine damit nicht, dass er wie Jesus über das Wasser *wandelte*. Er stand einfach da, wobei seine nackten Füße (einer davon zerquetscht) deutlich auf der Wasseroberfläche sichtbar waren.

Trotzdem sehr eindrucksvoll, stimmt's?

Malley und ich hätten ihn möglicherweise für eine gespenstische Erscheinung gehalten, wenn da nicht die Camouflagehose und der Golfschläger, den er als Krückstock benutzte, gewesen wären – ein uraltes Eisen neun mit abgenutztem Ledergriff.

Ich winkte. Er winkte.

Meine Cousine, die selten zugibt, dass sie etwas verblüfft, sagte: »Ist ja krass.«

»Sieh da! Sieh da! Die Jugend von Amerika!«, rief Skink. »Wunderbar!«

Als wir näher kamen, bemerkte ich unter ihm einen großen Gegenstand, dessen helle, längliche Form sich immer deutlicher herausschälte. Der alte Mann stand nicht auf dem Wasser, sondern auf dem Dach des gesunkenen Hausboots.

»Hab versucht, das Leck im Rumpf zu stopfen«, murmelte er. »Hat aber nicht geklappt.«

Ich schaltete in den Leerlauf. Geschickt hakte der Gouverneur den unteren Teil seines Golfschlägers in die Klampe unseres Boots, damit wir nicht in der Strömung abtrieben.

»Sind Sie okay?«, fragte Malley.

»Es ist mir schon besser gegangen, Mädchen.«

Rekapitulieren wir noch einmal seine zahlreichen Verletzungen: da war die tiefe Wunde am Kopf, Ergebnis seiner Auseinandersetzung mit Dodge Olney; da war der rechte Fuß, den ihm ein Sattelschlepper platt gefahren hatte; da waren all die blauen Flecke, Abschürfungen und Bisswunden, die ihm sein Ringkampf mit einem riesigen, stinksauren Alligator eingebracht hatte.

Und jetzt kam zu dieser Liste noch ein Durchschuss hinzu. Die Kugel war unterhalb seines linken Schlüsselbeins in den Körper eingedrungen und unterhalb des linken Schulterblatts wieder ausgetreten, wobei wundersamerweise alle lebenswichtigen Organe und Arterien unversehrt geblieben waren.

Überleben der Stärkeren, aber auch derjenigen, die einfach Glück hatten.

Wir halfen ihm, an Bord zu klettern.

»Wo ist T. C.?«, fragte Malley.

»Wo ist das Kanu?«, lautete meine Frage.

»Mein Junge, ich nehme an, ihr habt einen Anker dabei. Dann wirf ihn mal aus.«

Ächzend hievte ich Dimes schweren Anker ins Wasser, der sich schnell am Grund festhakte. Das Boot machte ruckartig halt, der Bug zeigte wie eine Kompassnadel flussaufwärts. Jetzt erkannte ich, dass der bläulich-rötliche Schimmer auf dem Wasser von dem Öl und dem Benzin stammte, die aus dem Hausboot sickerten.

Malleys Blick war starr auf das gesunkene Wrack geheftet. »Ist er da unten?«

»Es wäre nützlich gewesen, zu wissen«, erwiderte Skink, »dass er noch eine Waffe hat.«

»Sorry. Hatte ich in der ganzen Hektik vergessen.«

»Sind Sie hungrig?«, fragte ich ihn.

»Was habt ihr denn Schönes?«

Malley öffnete den Deckel der Kühlbox. Der Gouverneur schnappte sich das zweite eklige Sandwich, ein Snickers und zwei Flaschen Wasser, die er in schnellen Zügen austrank. Wir sahen ihm beim Essen zu und warteten darauf, dass er uns erzählte, was passiert war. Er bat mich um seine lächerliche Duschhaube, die ich ihm gern zurückgab. Er sah derart ramponiert aus, dass einem Fremden das Schneckengehäuse in seiner Augenhöhle wahrscheinlich als Letztes aufgefallen wäre.

Immer wieder warf ich einen Blick auf die verschwommene Silhouette des Hausboots und erwartete fast, die Leiche von Tommy Chalmers im Wasser aufsteigen zu sehen.

»Ich hab ihn gefragt, warum er auf diesen Reiher geschossen hat«, fing der Gouverneur an zu erzählen, »weil ich glaube, dass jeder die Chance haben sollte, sein Verhalten zu erklären. Seine Antwort war nicht zufriedenstellend, ebenso wenig wie seine ganze Einstellung.«

Schon wieder dieser Vogel, dachte ich bei mir.

»Dann haben wir uns über Namensdiebstahl unterhalten. Einen gefallenen Soldaten wie Corporal Chock zu entehren, indem man sich seinen Namen aneignet, ist abscheulich. Mr Chalmers zeigte sich in keiner Weise reumütig, was mich empörte. Ich nehm mir noch einen Schokoriegel.«

Diesmal war es ein Milky Way.

»Derart empörte«, fuhr er mit vollem Mund fort, »dass ich einen Fehler machte. Ich hab die Handschellen, mit denen ich ihn an mich gefesselt hatte, aufgeschlossen.«

»Wieso denn das?«, rief meine Cousine.

»Weil ich diesen Dreckskerl über Bord schmeißen wollte, allerdings nicht ohne ihn vorher zum wichtigsten Thema zu befragen – seinem Verhalten dir gegenüber, Miss Spence. Im Laufe dieser Diskussion, die sehr hitzig wurde, kickte er plötzlich einen leeren Batteriekasten auf und holte die bereits erwähnte Feuerwaffe heraus.«

Skink zeigte auf das dunkle, runde Loch in seiner Brust, das mit einem Pfropfen zugestopft worden war, der anscheinend von einem zerrissenen Bettlaken stammte. »Dass er auf mich schießen konnte, lag daran, dass ich nicht wachsam genug war. Ich war zwar abgelenkt, weil das Boot sank, aber das ist keine wirkliche Entschuldigung.« Er zuckte die Achseln.

Malley war nicht gerade eine geduldige Zuhörerin. »Nun sagen Sie doch endlich, ob Sie ihn getötet haben. Ist er … *da unten*?«

Der Gouverneur hob den Kopf, als lausche er. Eine hellgrüne Fliege ließ sich auf dem Schneckengehäuse in seiner Augenhöhle nieder und meine Cousine verscheuchte sie.

»Hört ihr das?«, fragte Skink.

»Nein, Sir«, antwortete ich.

»Und du?«, wandte er sich an meine Cousine.

»Ich höre auch nichts.«

»Na gut.« Er schien nicht enttäuscht zu sein. »Wie still und friedlich es hier draußen ist, nicht wahr?«

»Was ist passiert, nachdem Tommy auf Sie geschossen hatte?«, beharrte ich.

»Ich bin umgekippt. Sicher dachte er, ich sei tot. Er ist in das Kanu gesprungen und einen Bach hochgepaddelt. Das Hausboot blieb noch eine Weile über Wasser, bis es dann … *gluck, gluck, gluck* … absoff.«

»Die Cops werden Tommy schon erwischen«, sagte ich.

»Tatsächlich? Und wann?« Malley war außer sich, weil er entkommen war.

»Keine Polizei«, stellte Skink kategorisch fest. »Ich bin tot, vergesst das nicht. Und ich möchte, dass das so bleibt. Wenn ich plötzlich aus dem Grab zurückkehre, werden mich die Behörden wegen gewisser ungeklärter Vorfälle aus der Vergangenheit in die Mangel nehmen. Malley, mein Kind, ich bin ein jämmerlicher alter Sack. Mein Gedächtnis ist schlecht und ich bin leicht reizbar. Die Leute sagen, ich hätte dies und jenes angestellt. Fragwürdige Zeugen haben die wildesten Anschuldigungen vorgebracht, obwohl sie in einigen wenigen Fällen der Wahrheit entsprachen. Ich habe keine Lust, meinen Namen nach all der Zeit wieder in den Nachrichten zu sehen. Richard hat dir sicher meine Lebensgeschichte erzählt, oder?«

»Hat er«, erwiderte meine Cousine.

»Dann verstehst du mein Dilemma. Du bist ja eine aufgeweckte junge Frau.«

»Deshalb sollten Sie einfach verschwinden. Puff!« Ich schnippte mit den Fingern. »Wir werden Sie decken und uns irgendeine Geschichte ausdenken.«

Skink bemerkte Tommys Koffer, der am Querbalken lehnte. »Habt ihr schon mal reingesehn? Sicher sind da keine Bibeln drin.«

»Was, wenn es einen Prozess gibt?«, schaltete sich Malley ein. »Würde dann sein Wort gegen meins stehen?« Sie gab sich alle Mühe, sich nicht anmerken zu lassen, dass sie sich davor fürchtete.

»Keine Jury wird diesem Dreckskerl auch nur ein Wort glauben«, versicherte ich ihr, um dann zum Gouverneur zu sagen: »Wir bringen Sie zum Auto und anschließend fahren Sie in den Sonnenuntergang davon, okay? Ich hab den Schuhkarton mitgenommen. Sie werden also reichlich Geld haben. Soll die Polizei doch Tommy ausfindig machen.«

»Vielleicht finden Sie ihn, vielleicht auch nicht«, erwiderte er. »Aber Tatsache ist: *Ich* kann ihn finden. Und zwar jetzt gleich, Richard, mit diesem hervorragenden Boot, das ihr zur Verfügung habt.«

»Hören Sie, der kommt nicht weit. Dazu ist er viel zu krank«, widersprach ich. »Spätestens morgen um diese Zeit werden die Cops ihn erwischen, während Sie längst über alle Berge sind.«

»Und wenn er doch entwischt? Sich von einem Auto mitnehmen lässt, auf einen Zug springt, aus dem Land flieht?

Denk doch mal daran, was er einer Cousine von jemand anderem alles antun könnte.« Skink nahm sich eine Cola.

Malley hatte einen Gesichtsausdruck, bei dem es mir das Herz zerriss. Was immer Tommy Chalmers ihr angetan hatte – der Schaden, den er angerichtet hatte, stand ihr deutlich ins Gesicht geschrieben. Sie hatte dieses Martyrium auf die gleiche Weise überstanden, wie Skink alle gefährlichen Situationen gemeistert hatte – mit reiner, unbeugsamer Willenskraft.

»Ich will nicht, dass er entkommt«, sagte sie.

»Das wird er auch nicht«, sagten der Gouverneur und ich gleichzeitig.

»Hey, es ist ja nicht so, dass ich Angst davor hätte, als Zeugin auszusagen«, meinte Malley. »Das schaff ich schon.«

Doch auf ihren Wangen waren mehr Tränen als Regentropfen zu sehen.

T. C. in einem Gerichtssaal gegenüberzustehen, wäre hart. Ich stellte mir vor, wie er geschniegelt und gebügelt dasitzen und so tun würde, als wäre er ein vorbildlicher Bürger. Ich begriff, wie wichtig es für Malley war, dass er hier am Fluss geschnappt wurde, und dass sie persönlich dabei sein wollte, statt einfach nach Hause zu fahren und die Sache der Polizei zu überlassen. Sie wollte das letzte Wort haben, irgendetwas *Endgültiges*.

Mir ging es genauso, das gebe ich zu.

»Jedenfalls werden Sie nicht allein Jagd auf Tommy machen«, sagte ich zu dem Gouverneur. »Wir kommen mit.«

»Selbstverständlich. Gar keine Frage«, sagte Malley in

scharfem Ton. »Und kommen Sie bloß nicht auf die Idee, uns wieder über Bord zu schubsen. Das war übel.«

Skink hatte zu sehr das Jagdfieber gepackt, als dass er widersprochen hätte. Er rülpste lautstark und legte die leere Coladose in die Kühlbox.

»Yolo«, sagte er.

Dann griff er nach dem Seil und zog den Anker hoch, als hätte er überhaupt kein Gewicht.

22. KAPITEL

Ich überließ Skink das Steuer. Als ob ich eine andere Wahl gehabt hätte!

Er drückte so auf die Tube, dass das Boot sich kurz aufbäumte und dann mit voller Geschwindigkeit an Baumstümpfen und Stämmen vorbei durchs Wasser schoss. Malley und ich hielten uns an der Reling fest – eine rasante Fahrt, bei der man sich nicht anschnallen konnte.

Innerhalb von fünf Minuten hatten wir den Bach erreicht. Der Gouverneur stellte den Motor ab und gab uns mit einer Geste zu verstehen, still zu sein. Außer dem Hämmern meines Herzens hörte ich nur, wie das Kielwasser des Bootes zum Ufer schwappte.

Voller Ungeduld zeigte Malley auf die schmale Mündung des Bachs und formte mit dem Mund die Worte: »Worauf warten wir noch?«

Skink ignorierte sie und schloss sein richtiges Auge. Jetzt sah er aus wie ein ergrauter alter Leguan. Der Regen hatte inzwischen aufgehört und hier und da drangen bernsteinfarbene Sonnenstrahlen durch die Wolken.

Plötzlich knallte ein Schuss und hallte durch den Wald. Blitzschnell drehte Skink sich in die Richtung, aus der der Schuss gekommen war. Kurz danach war ein zweiter Schuss zu hören. Wenige Sekunden später kam ein hagerer großer Vogel aus der Mündung des Bachs geflogen, stieg in die Höhe und überquerte mit wilden Flügelschlägen den Fluss.

Abermals ein Reiher, nur dass dieser weiß wie Baumwolle war.

Der Gouverneur warf den Motor wieder an. »Los geht's, Leute.«

Langsam steuerte er das Boot den Bach hoch, dessen Ufer von Fächerpalmen und Azaleen in leuchtenden Farben gesäumt wurden. Meine Cousine saß neben mir auf einem Kissen. Sie rückte ein Stück näher und flüsterte: »Jetzt hat T. C. noch drei Kugeln.«

Diese Berechnung hatte ich auch schon angestellt. Obwohl ich nichts von Waffen verstehe, weiß ich, dass die meisten Revolver sechsschüssig sind. Tommy hatte eine Kugel auf Skink abgefeuert und gerade eben zwei Schüsse abgegeben. Damit blieb noch eine Kugel für jeden von uns übrig – für mich, für Malley und für den alten Mann.

Der einzige Ratschlag, der mir einfiel, war: »Duck dich rechtzeitig.«

»Ah ja?«

Ich kann beim besten Willen nicht erklären, warum wir nicht starr vor Angst waren, als wir uns diesem verzweifelten, schießwütigen Irren näherten. Skinks Anwesenheit beruhigte uns vermutlich, obwohl Malley und ich uns auch darüber im

Klaren waren, dass er auf abnormale Weise furchtlos war und gar nicht daran dachte, sich von einer geladenen Waffe einschüchtern zu lassen.

Bald stießen wir auf das Kanu, das an Land gezogen worden war. Am Ufer lag Skinks Angelrute. Wahrscheinlich hatte es Tommy überfordert, sie mit nur einer Hand zu benutzen.

Der Gouverneur lenkte das Boot durch das Schilf, setzte den Bug aufs Ufer und watete, sich mit dem Golfschläger abstützend, an Land. Mit strenger Miene befahl er uns, im Boot zu bleiben.

»Das können Sie sich abschminken«, erwiderte meine Cousine.

Skink sah mich an, weil er von mir Unterstützung erwartete, doch ich sagte: »Wir kommen natürlich mit.«

Nachdem wir uns durch den Schlamm gekämpft hatten, gelangten wir an Land. Apropos Wildschweinparadies – überall war die Erde zerfurcht, aufgewühlt oder zertrampelt. Fächerpalmen und junge Fichten, deren Wurzeln zu Brei zerkaut waren, lagen herum.

Vielleicht hat Tommy ja auf einen wilden Keiler geschossen, dachte ich bei mir.

Ich war der Einzige von uns, der keine Schuhe anhatte, was mir einen spitzen grünen Dorn in der rechten Ferse bescherte. Malley zog ihn heraus. Skink ging gebückt vor uns her wie ein Goldsucher aus alter Zeit und folgte den Spuren des Kidnappers.

Keiner von uns sagte ein Wort.

Das Folgende erfuhr ich erst später. Einige der Details habe ich selbst hinzugefügt.

Da er vier Stunden zur Verfügung und etwas Geld in der Tasche hatte, beschloss Dime, mit dem Malibu eine kleine Spritztour zu machen. Zweifellos dachte er: Was soll dabei schon schiefgehn?

Er hatte eine Freundin, die in der Nähe von Mossy Head wohnte, doch da sie nicht zu Hause war, fuhr er nach DeFuniak Springs zurück und machte an einer Kneipe halt, um sich einen Drink zu genehmigen (möglicherweise auch zwei). Auf dem Rückweg zur Choctawhatchee-Bucht tauchte plötzlich eine dunkle Limousine in seinem Rückspiegel auf.

Dime dachte sich nichts dabei – bis er das Blaulicht sah. Nervös lenkte er den Wagen auf den Seitenstreifen, bremste einigermaßen elegant ab und versuchte fieberhaft, sich eine glaubwürdige Geschichte auszudenken. Doch leider fiel ihm nichts ein, nicht das Geringste. Mit feuchten Händen umklammerte er das Lenkrad.

Der Polizist trug Zivil – ein gestreiftes Poloshirt, eine beigefarbene Hose und braune Halbschuhe. Er war Afroamerikaner, hatte kurz geschnittenes weißes Haar und sah beträchtlich älter aus als all die Cops, mit denen Dime je zu tun gehabt hatte. Doch ein Cop war er ganz ohne Frage, denn an seiner Hüfte baumelte eine halbautomatische Pistole, und an seinem Gürtel prangte das Abzeichen der Highway-Polizei von Florida.

Einen Namen konnte Dime auf dem Abzeichen nicht erkennen. Er achtete darauf, sich nicht zu weit vorzubeugen, weil sein Atem nach Alkohol roch, eine Tatsache, die der Polizei in der Regel nicht gefällt. Der Polizist fragte weder nach seinem Führerschein noch nach der Zulassung oder den Versicherungspapieren. Stattdessen entwickelte sich ungefähr folgendes Gespräch:

»Sir, wo haben Sie dieses Auto her?«

»Das gehört meinem Onkel.«

»Falsch«, erwiderte der Polizist. »Versuchen Sie's noch mal.«

»Okay, es gehört 'nem Freund von mir.«

»Zweiter Fehlschlag.« Der Polizist öffnete die Wagentür und befahl Dime, auszusteigen.

Es regnete leicht, doch die immer dunkler werdenden Wolken verrieten Dime, dass ein Unwetter im Anzug war. Mit hängenden Armen stand er da, während der Polizist ihn abtastete – der Polizist, der alt genug war, um sein Opa zu sein, bloß dass er dafür die falsche Hautfarbe hatte.

Dime wollte nicht wegen Autodiebstahl oder Trunkenheit am Steuer angeklagt werden, vor allem aber wollte er nicht ins Gefängnis. Da war er nämlich schon mal gewesen. Hinterher hatte er seinem Dad versprochen, dass er der Polizei nie wieder einen Grund geben würde, ihn einzusperren, nicht einmal für eine Nacht.

»Okay, ich sag die Wahrheit«, teilte er dem Polizisten mit, »aber die hört sich ziemlich verrückt an. Aber zunächst mal: Ich hab keine Drogen genommen.«

»Das ist schön.«

»Alles, was ich Ihnen gleich sagen werde, is' die reine Wahrheit.«

»Hoffen wir's«, erwiderte der Polizist.

Dime erzählte, dass er sein Boot an zwei Kinder verliehen habe, einen Jungen und ein Mädchen, die ihm viel zu jung vorgekommen wären, um in einem Chevrolet durch die Gegend zu fahren. Dass sie mit Bargeld bezahlt und das Auto als Kaution zurückgelassen hätten, mit Schlüsseln und allem Drum und Dran.

»Das hört sich schon überzeugender an«, sagte der Polizist.

»Sie glauben mir?« Dime war so erleichtert, dass er den Mann am liebsten umarmt hätte.

»Wo sind die beiden hingefahren?«

»In die Bucht. Um ein bisschen rumzugondeln.«

»Wissen Sie das mit Sicherheit?«

»Na ja, ich hab ihnen jedenfalls verboten, den Fluss hochzufahren.«

»Haben Sie noch ein Boot?«, fragte der Polizist.

»Nein«, sagte Dime, »aber ich weiß, wo ich eins herbekommen kann.«

Wir sind so davon abhängig, rund um die Uhr mit unseren Freunden in Verbindung zu stehen und Zugriff auf unsere Playlist, Twitter, Instagram und dergleichen zu haben. Wenn der Akku unseres Smartphones den Geist aufgibt, ist das so, als hätte jemand den Sauerstoffhahn für unser Gehirn zugedreht. *Wo ist mein Ladegerät? Ich kann das blöde Ladegerät nicht finden! Mom, lass alles stehn und liegen und fahr mich sofort zum nächsten Elektromarkt!*

So bin ich auch. Ohne mein Handy bin ich nur noch ein halber Mensch. Malley flippt jedes Mal aus, wenn ihre Eltern ihr ihr Handy wegnehmen, weil sie sich wieder mal danebenbenommen hat. Dann ist sie unerträglich, so fies wie eine Mokassinschlange. Und wenn ihr Computer sich aufhängt, rastet sie endgültig aus. Einmal hat sie das Ding sogar gegen die Wand geworfen, sodass der Bildschirm einen Sprung bekam. Ich bin nicht ganz so schlimm, obwohl auch meine Laune auf den Nullpunkt sinkt, wenn mein Laptop abstürzt.

Es ist erstaunlich, wie schnell man seine elektronischen Schnuller vergisst, wenn sie auf dem Grund eines Flusses liegen, wie schnell man aufhört, auf all die SMS und Nachrichten fixiert zu sein, die man verpassen könnte. Malley und ich beklagten uns nicht ein einziges Mal darüber, dass wir von unserem kostbaren Social Network abgeschnitten waren. Die Verfolgung eines gefährlichen Kriminellen in der Wildnis führt dazu, dass man völlig andere Prioritäten setzt.

Skink hatte den Vietnamkrieg und zahlreiche andere riskante Abenteuer überlebt. Meine Cousine hatte ein Kidnapping überlebt und ich hatte die Suche nach ihr überlebt.

Und wenn wir einfach Glück gehabt hatten – wie lange würde das noch andauern?

»Schaut jetzt nicht nach oben«, sagte Skink.

»Wieso nicht?«, fragte Malley.

Wir bemerkten, dass Tommy Chalmers' Fußabdrücke abrupt aufhörten, als wäre er von irgendwelchen Außerirdischen in einem Raumschiff entführt worden.

»Er ist auf dem Baum«, teilte der Gouverneur uns leise mit.

»Auf welchem Baum?«

»Auf dem, unter dem wir gerade stehen. Dämpft eure

Stimmen, tut so, als wärt ihr verwirrt, und schaut vor allem nicht nach oben.«

Die schwarze Erde um den Baumstamm war mit den Abdrücken großer Schweinehufe übersät. Offenbar hatte ein wilder Keiler Tommy auf den Baum gejagt.

»Am Stamm ist frisches Blut«, stellte Skink fest.

»Was machen wir denn jetzt?«, fragte meine Cousine, um dann mit extralauter Stimme hinzuzufügen: »Was meint ihr, in welche Richtung ist er gegangen?«

Wir gaben uns solche Mühe, nicht nach oben zu schauen, dass wir wie die Blöden auf unsere eigenen Spuren im Schlamm starrten. Skink schlug vor, weiterzugehen, um auf anderem Weg zurückzukehren und darauf zu warten, dass Tommy vom Baum stieg.

Das hörte sich nach einem guten Plan an, bloß dass Tommy nicht mitspielte. Wir hatten erst ein paar Schritte zurückgelegt, als von oben eine heisere Stimme rief: »Da ist sie ja, meine schöne, süße Braut!«

Skink stieß einen Fluch aus. Mehr als einen, um genau zu sein.

»Dürfen wir jetzt nach oben schauen?«, erkundigte sich Malley.

Tommy saß auf einem Ast und ließ die Beine baumeln. In der linken Hand hielt er den Revolver. Seine rechte Hand war so grotesk angeschwollen, als hätte man sie mit einer Luftpumpe aufgepumpt. Die Finger sahen nicht mehr aus wie richtige Finger, sondern ähnelten eher roten Bratwürsten. Und nicht nur die Hand war angeschwollen. Der ganze Arm war bis zur

Schulter aufgedunsen, als trüge er einen jener gepolsterten Armschützer, die man bei der Ausbildung von Polizeihunden anlegt.

»Hi, Süße!«, rief er Malley zu. »Hast du mich vermisst? Sag die Wahrheit!«

»Du brauchst einen Arzt, T. C. Du siehst aus wie Scheiße am Stiel.«

Meine Cousine – direkt wie immer.

»Komm da runter«, fuhr sie fort.

»Ha, nicht, wenn *der* da ist.« Tommy richtete den Revolverlauf auf Skink. »Oder der da.«

Ich gebe zu, dass ich zusammenzuckte, als er mit der Waffe auf mich zielte.

»Wir sind unbewaffnet, junger Mann«, sagte der Gouverneur.

»Sie haben aber einen Speer!«

»Das ist ein Golfschläger.«

»Halten Sie die Klappe! Das ist ein Speer! Ich hab Sie doch schon erschossen. Sind Sie eine Art Zombie, oder was?«

»Ich bin nur ein alter Mann, der sich mit Ihnen unterhalten möchte.«

»Nein, ein Sumpfzombie mit Speer sind Sie!«

Die Infektion hatte Tommys Verstand schon ziemlich getrübt, obwohl man natürlich verstehen konnte, dass er sich nicht mehr mit Skink anlegen wollte. Vor mir hatte er nicht die geringste Angst; ich war ihm nur lästig.

»Ich werde sie bitten, zu gehen«, sagte Malley. »Dann sind wir unter uns, T. C.«

»Schlechte Idee, Mädchen«, flüsterte der Gouverneur meiner Cousine zu.

»Okay. Aber ich hab noch drei Kugeln übrig«, rief Tommy nach unten. »Falls sie auf die glorreiche Idee kommen sollten, zurückzukehren, meine ich. Vorhin hab ich auf ein blödes Schwein geschossen, das mir auf die Nerven gegangen ist. Da hab ich doch keine Angst, auf einen Zombie zu schießen.«

Ich überlegte, ob Tommy wohl auch an Bigfoots glaubte.

»Du hast gehört, was die junge Dame gesagt hat«, wandte sich Skink an mich. »Lass uns gehen.«

Natürlich würden wir zurückkehren, um Malley zu holen. Und auch, um uns Tommy zu schnappen.

Seite an Seite setzten Skink und ich uns in Bewegung. »Das wird alles sehr schnell gehen, also pass gut auf«, sagte er. »Du musst dafür sorgen, dass deine Cousine mir nicht im Weg steht. Tu, was nötig ist, Richard, aber sieh zu, dass ich freie Bahn habe und gut an Mr Chalmers rankomme. *Comprende?*«

Der Gouverneur lächelte. Er war so ruhig und gelassen, als schlendere er zur Post.

Sobald Tommy uns nicht mehr sehen konnte, machten wir lautlos kehrt und näherten uns dem Baum aus einer anderen Richtung. Skink zeigte auf einen Wachsmyrtenstrauch, hinter den wir uns kauerten, um die Lage zu sondieren.

Tommy war gerade dabei, mit unsicheren Bewegungen vom Baum zu steigen. Abgebrochene Zweige und Borkenstücke rieselten nach unten. Er sah aus wie eine betrunkene Vogelscheuche. Der Hosenboden seiner Jeans war zerfetzt, sodass man eine picklige, aufgerissene Hinterbacke sah. Offenbar hatte der wütende Keiler ihn dort mit dem Hauer erwischt. Das erklärte auch das Blut am Baumstamm.

Als er schließlich festen Boden erreichte, fuchtelte er mit dem Revolver herum und schrie triumphierend: »Oh yeah!«

Der Gouverneur sagte, ich solle mich bereithalten.

Tommy breitete seinen gesunden Arm aus und winkte meine Cousine heran.

»Mein armes Baby«, sagte sie mit sanfter Stimme.

Dann trat sie vor und schlug ihn in den Bauch, was sich anhörte, als sause ein Vorschlaghammer auf einen Sack mit nassem Reis nieder. Ächzend brach er zusammen, ließ die Waffe aber nicht los.

Sich auf den Golfschläger stützend, setzte Skink sich in überraschend flottem Tempo in Bewegung. Ich rannte sofort zu Malley und zog sie aus der Schusslinie. Der Gouverneur kniete schon auf Tommy und wand ihm den Revolver aus der Hand.

Meine Cousine riss sich von mir los und rannte zurück, um auf ihren Kidnapper einzutreten und einzuschlagen, während sie ihn beschimpfte und mit Fragen bombardierte.

Warum hast du das getan?

Wie bist du auf mich gekommen?

Warum hast du gelogen?

Was ist los mit dir?

T. C. sagte kein Wort. Er schien nur noch halb bei Bewusstsein zu sein und sein Körper war so schlaff wie ein nasser Sack.

Ich zerrte Malley von ihm weg. Skink ließ von Tommy ab und stand auf. Dann bellte er wie ein durchgedrehter Pitbull –

und ich meine, er *bellte* wirklich. Das war erschreckender als einer seiner Albträume, weil er jetzt wach war.

Nachdem er die restlichen Kugeln aus dem Revolver entfernt hatte, schlug er mit der Waffe gegen einen Ahornbaum, bis die Trommel kaputtging und der Lauf abbrach. Dann fing er an, in irgendeinem Kauderwelsch ein Lied zu singen und trotz seines zerquetschten Fußes einen Tanz aufzuführen, der noch bizarrer war als die Verrenkungen, mit denen Malley das Wildschwein verscheucht hatte. Dabei wirbelte er die ganze Zeit wie ein Tambourmajor seinen Golfschläger herum.

Stumm verfolgten Malley und ich diesen seltsamen Anfall des Gouverneurs und hofften, dass das Ganze Tommy solche Angst einjagen würde, dass er nicht mehr aufmuckte.

Schließlich schaltete Skink wieder aufs Englische um. »Ich hab Blasen an den Fingern!«, schrie er. Dann kippte er nach vorn und fiel zu Boden.

Wir nahmen an, dass er sich nur ausruhen wollte. Sicher hatte es ihn erschöpft, den Irren zu spielen.

Unglücklicherweise hatte er nicht geschauspielert. Der Anfall, den er gehabt hatte, stammte aus denselben düsteren Quellen wie seine Albträume und war zum denkbar ungünstigsten Zeitpunkt aufgetreten. Aber vielleicht hatte er diesen Zusammenbruch auch unbewusst selbst herbeigeführt, um sich davon abzuhalten, Tommy Chalmers mit bloßen Händen zu töten.

Nachdem es uns gelungen war, Skink umzudrehen, stellten wir fest, dass er nicht mehr zu atmen schien und einen toten Eindruck machte. In seinem Bart klebte weißer, schaumiger Speichel.

Malley bettete seinen Kopf in ihren Schoß, während ich auf seine Brust schlug und versuchte, mich an das zu erinnern, was ich in dem Erste-Hilfe-Kurs gelernt hatte, in den Mom mich nach Dads Tod geschickt hatte. Obwohl meine Cousine und ich bemerkten, dass Tommy sich auf die Knie hochrappelte und davonkroch, hatte der leblose Gouverneur natürlich Vorrang.

Ich drückte so fest auf seinen Brustkorb, dass der Pfropfen aus der Schusswunde unterhalb seines Schlüsselbeins sprang und Blut herausspritzte.

Ich drückte so fest, dass das Schneckengehäuse aus seiner Augenhöhle katapultiert wurde.

Ich drückte so fest, dass sein Körper sich aufbäumte und mich abwarf wie einen Cowboy, der beim Rodeo von einem Bullen fällt.

Schließlich richtete sich der alte Spinner hustend auf. »Ihr habt gerade eine wunderbare Trance gestört«, sagte er.

Malley hob sein Schneckengehäuse auf. »Sorry, wenn wir Ihnen das Leben gerettet haben«, erwiderte sie schnippisch. »Ich weiß auch nicht, was wir uns dabei gedacht haben.«

Meine Haare waren voller Blätter und feuchter Erde. »Mensch, wir haben gedacht, Sie sterben«, sagte ich zu Skink. »Sie sahen *echt* schlimm aus. Viel schlimmer als …«

»Gewöhnlich?«, ergänzte er kichernd. »Übrigens: Hat jemand von euch zufällig bemerkt, wo Mr Chalmers abgeblieben ist?«

23. KAPITEL

Während wir uns um Skink gekümmert hatten, war Tommy zum Ufer gekrochen und hatte das Kanu ins Wasser geschoben. Jetzt paddelte er, durch seinen angeschwollenen Arm gehandicapt, mit unbeholfenen Bewegungen den Bach hinunter.

»Ich hasse dich! ICH HASSE DICH!«, schrie Malley.

Einen Moment lang dachte ich, sie würde ins Wasser springen und ihn verfolgen. So krank und benommen er auch war – Tommy wusste ganz genau, wo er hinwollte: zum Fluss.

Mit dreckigem Grinsen rief er meiner Cousine zu: »Eines Tages werden wir uns wiedersehen, Schätzchen, keine Bange! Ich weiß, wo du wohnst. Ich weiß, auf welche Schule du gehst. Ich weiß *alles*, was ich über dich wissen muss!«

Malley drehte sich zu Skink zurück. »Warum haben Sie bloß den Revolver kaputt gemacht? So was … so was … BLÖDES!«

Sie riss ihm den Golfschläger aus der Hand und schleuderte ihn in Richtung Kanu. Das Eisen neun flog über Tommys Kopf hinweg und fiel platschend in den Bach.

Der Gouverneur stieg in unser Boot und drehte den Zündschlüssel um. Der Motor gab ein rumpelndes Geräusch von sich, sprang aber nicht an. Wieder und wieder versuchte Skink, ihn zu starten, bis nur noch ein Klicken aus dem Zündschloss zu hören war – ein weiterer Beweis dafür, dass Dime sein Boot nicht gut in Schuss hielt.

»Mist«, sagte Skink und ließ eine ganze Reihe weiterer Flüche folgen.

Tommy hörte nicht auf, meine Cousine zu provozieren. »Und wir werden auch heiraten, genau, wie ich gesagt habe! An einem Strand irgendwo in weiter Ferne, nur ich und meine Traumbraut …«

Er paddelte schneller, als ich es bei einem Mann in seinem angeschlagenen Zustand für möglich gehalten hätte, schneller, als jeder von uns schwimmen konnte.

Skink kletterte aus dem Boot und hob seine Angelrute vom Boden auf. An der Schnur war immer noch der Köder befestigt, ein Spinner aus zwei Dreifachhaken. Die Haken waren nicht sehr groß, aber so spitz, dass sie sich ohne Weiteres in Menschenfleisch bohren würden.

Während Skink am Ufer entlanghumpelte und versuchte, mit dem Kanu Schritt zu halten, warf er immer wieder die Angel nach Tommy aus. Obwohl der Bach nicht sehr breit war, war es zu gefährlich, ins Wasser zu waten, weil der Grund aus Treibsand bestand.

Ständig verfehlte der Gouverneur das Ziel, sodass der Spinner mal links, mal rechts von Tommy durch die Luft zischte. Tommy duckte sich nicht ein einziges Mal weg, weil er von alldem gar nichts mitbekam, sondern verbissen versuchte, den Fluss zu erreichen. Mit seinem gesunden Arm ruderte er, während er den angeschwollenen Arm dazu benutzte, das Paddel zu stabilisieren, indem er mit seinen ekelhaften Wurstfingern gegen den Griff drückte.

»Lassen Sie's mich mal versuchen«, sagte ich zu Skink.

Er reichte mir die Angelrute – ohne zu widersprechen und ohne mir Anweisungen zu erteilen. Ich konnte es kaum glauben.

Schon beim ersten Versuch erwischte ich Tommy hinten am Hemd und zog die Schnur fest an, damit sich die Haken richtig in den Stoff bohrten. Tommy schrie auf, ließ das Paddel fallen und fing an, sich auf den Rücken zu klatschen. Sicher dachte er, dass ihn eine Riesenhummel gestochen hatte.

Ich versuchte, die Spannung der Schnur aufrechtzuerhalten, doch diese rollte sich immer weiter ab, während die Strömung das Kanu davontrug. Skinks Angel war nicht stabil genug, um ein hundertsiebzig Pfund schweres Lebewesen – sei es nun ein Fisch oder ein Mensch – einzuholen, obwohl ich wusste, dass es geschickte Angler manchmal schaffen, trotz ihrer minderwertigen Ausrüstung Riesenfische zu fangen. Ich malte mir aus, wie ich Tommy in den Fluss zerrte und den wild zappelnden, schreienden Dreckskerl an Land zog, wo wir ihn mit Ranken fesseln würden, bis die Polizei eintraf.

Aber zu dieser Heldentat kam es natürlich nicht.

Tommy landete zwar im Wasser, aber nicht, weil ich ihn mit übermenschlicher Kraft hineinbefördert hatte. Er schaffte es ganz allein, das Kanu zum Kentern zu bringen, weil er wie verrückt herumfuchtelte, um die vermeintliche Hummel loszuwerden.

Das geschah schon jenseits des Baches, ungefähr hundert Meter von meinem Standort entfernt. Links von mir stand Skink, rechts Malley. Wir sahen, wie das gekenterte Kanu den vom Regen angeschwollenen Choctawhatchee hinuntertrieb.

T. C. bewegte sich nicht mehr so schnell vorwärts wie bisher, weil er immer noch an der Angel hing und die Dreifachhaken des Spinners sehr fest saßen.

»Lass ihn nicht entkommen!«, schrie Malley. »Hol ihn ein!«

Aber er war zu schwer und außerdem wurde er von der Strömung mitgerissen. Er geriet nicht in Panik. Wir sahen, wie er den Kopf hob und tief Luft holte. Weder hektisches Prusten noch verzweifelte Hilfeschreie waren zu hören. Tommy ließ sich einfach, mit seinem unverletzten Arm rudernd, von der Strömung forttragen.

»Halt ihn auf!«

»Das kann ich nicht, Mal!«

Hilflos sah ich zu, wie die Schnur sich immer mehr abspulte und Tommy sich weiter und weiter entfernte. Wenn ich zu fest anzog, würde die Schnur mit Sicherheit reißen. Mir blieb nichts anderes übrig, als abzuwarten und zu hoffen, dass er in einen Strudel geriet, was ihn aufhalten würde.

»Es ist vorbei, mein Junge«, sagte der Gouverneur. »Lass ihn los.« Dabei starrte er konzentriert flussabwärts.

»Vorbei? Ist das Ihr Ernst?« Meine Cousine stapfte erregt auf und ab. »Sind Sie völlig bescheuert? Dieses Monster ist dabei, zu entkommen!«

»Sehr unwahrscheinlich«, erwiderte Skink.

Kurz darauf wurde Tommy Chalmers in einen brodelnden Strudel gezogen und ging unter. Meine Schnur erschlaffte.

Ich holte sie ein. Der Spinner war abgerissen und befand sich bestimmt noch in Tommys Hemd. Ich legte die Angelrute hin und setzte mich auf einen Baumstumpf.

»Natur lehrt die Tiere selbst ihre Freunde kennen«, sagte Skink. »Das ist ein Zitat aus einem Stück von Willie Shakespeare, obwohl er nie mit eigenen Augen einen Alligator gesehen hat. Ich werde jetzt einen kleinen Spaziergang machen, um einen klaren Kopf zu bekommen.«

Er packte mich bei der Schulter und sagte: »Bleib in ihrer Nähe.«

»Mach ich. Keine Bange.«

»Erinnerst du dich noch an die Regel, die wir aufgestellt haben? Wir hatten ja schließlich nur eine.«

»Ja.«

»Tu, was ich immer ich dir sage, wann immer ich's dir sage. Und jetzt sage ich, dass ihr beide hierbleiben sollt. Ich geh nicht weit weg.«

»Okay.«

Am Boot bückte er sich, um seinen Schuhkarton an sich zu nehmen, den er sich unter den Arm klemmte. Bevor er davonhinkte, sagte er noch: »Du bist einer der Guten, Richard.«

Was immer das heißen sollte.

Malley sah ihn nicht weggehen, weil sie den Blick nicht vom Fluss abwenden konnte und unverwandt auf die Stelle starrte, wo Tommy verschwunden war.

»Was war denn das eben?«, fragte sie.

»Ein Alligator.«

»Hast du ihn gesehen?«

»Skink hat ihn gesehen.«

»Und du?«, hakte sie nach. »Ich hab nämlich nichts gesehen, Richard.«

Sanft drehte ich sie in die richtige Richtung und zeigte ihr das dunkel schimmernde Biest, das durchs Wasser pflügte. Der geriffelte Rücken war so breit wie ein Schienenstrang, der lange Schwanz schlängelte sich gemächlich durch das Wasser. Der Alligator hatte den Choctawhatchee bereits halb überquert. Trotzdem war deutlich zu sehen, was in seinem halb offenen Maul klemmte.

Ein grünes T-Shirt, eine dunkelblaue Jeans.

»Mannomann.« Das war alles, was meine Cousine sagte. Dann setzte sie sich hin, am ganzen Körper zitternd.

Wir schwiegen eine Zeit lang und versuchten, das, was wir gerade gesehen hatten, zu verarbeiten. Schließlich fragte Malley, wo Skink sei, und ich wiederholte, was er gesagt hatte – dass wir hierbleiben sollten und er ganz in der Nähe sei. Sie schlug vor, nach ihm zu suchen, aber ich sagte Nein.

Die Ränder der Wolken färbten sich allmählich rosig, was bedeutete, dass die Sonne unterging. Vom Golf wehte eine kräftige Brise einen leichten Salzgeruch heran. Im Wald hinter uns war ein leises Rascheln zu hören. Malley und ich drehten uns erwartungsvoll um, doch es war niemand zu sehen. Später behauptete sie allerdings, sie hätte eine gedämpfte Stimme gehört, die uns befahl, nach oben zu schauen.

Ich bin mir nicht sicher, was ich hörte. Jedenfalls blickten wir beide nach oben, aus welchem Grund auch immer.

Weit oben auf einer Zypresse saß ein Elfenbeinspecht und beäugte uns. Es war ein großes, ausgewachsenes Männchen, dessen Gefieder eine noch leuchtendere Farbe hatte als auf der Zeichnung, die wir für meine Bioarbeit benutzt hatten. Die blauschwarzen Brustfedern glänzten wie Kohlen, und am Nacken zog sich ein schneeweißer Streifen entlang, der sich zum Schwanz hin verbreiterte. Der lange, flache Schnabel sah tatsächlich aus wie Elfenbein.

Und die Haube auf seinem Kopf war von hellem Purpurrot.

»Ich hab's dir doch gesagt«, flüsterte Malley. »Ich hab tatsächlich einen gesehen.«

»Irre.« Das war das einzige Wort, das mir einfiel, obwohl es mir viel zu schwach dafür vorkam.

Der Specht gab einen quietschenden Laut von sich, der sich anhörte, als trete man auf das Gummispielzeug eines Hundes, oder wie die Angeln einer Tür, die wieder mal geölt werden mussten. Drei Mal stieß der Vogel diesen Ruf aus, erhielt jedoch keine Antwort von einem anderen Elfenbeinspecht.

Jedes Gedächtnis funktioniert auf seine Weise. Deshalb kann ich nicht genau sagen, wie lange wir dort saßen und diesen angeblich ausgestorbenen Vogel beobachteten – oder genauer, wie lange er dort saß und uns beobachtete. Die ganze Zeit verhielten wir uns mucksmäuschenstill. Vielleicht waren es fünf Minuten, vielleicht auch nur dreißig Sekunden. Meine Cousine ist sich da ebenfalls nicht sicher.

Surreal war das Wort, das ihr einfiel und das besser passte als meins.

Obwohl der Specht dann davonflog, wandten wir den Blick nicht vom Baum ab. Wir wussten, dass der Vogel wahrscheinlich nicht zurückkommen würde, genauso, wie wir wussten, dass der Gouverneur wahrscheinlich ebenfalls nicht zurückkommen würde, aber das hinderte uns nicht daran, zu hoffen.

Malley und ich waren nicht diejenigen, die den Elfenbeinspecht verscheucht hatten. Er war davongeflogen, weil ein Boot um die Biegung des Flusses kam.

Das tuckernde Boot des Knochenhecht-Manns, das wir in dem Moment, wo wir es sahen, auch rochen.

Am Steuer stand Nickel, der immer noch seine beknackte Sonnenbrille aufhatte. Neben ihm befand sich Dime, eine etwas kleinere, nicht ganz so schmuddelige Ausgabe seines Bruders.

Und auf dem Dollbord saß noch ein Dritter. Er trug ein kurzärmliges Sporthemd und hatte die muskulösen Arme vor der Brust verschränkt. Ich konnte die weißen Haare erkennen und das Halfter mit der Pistole am Gürtel.

Ich winkte mit beiden Armen und schrie: »Mr Tile! Hierher!«

Der Polizist stupste Nickel an, der daraufhin den Kurs änderte, bis das stinkende Boot direkt auf uns zuhielt.

»Tja«, sagte meine Cousine. »Nehme an, dass wir jetzt offiziell gerettet sind.«

24. KAPITEL

Da ich nicht wollte, dass Nickel und Dime mitbekamen, was ich sagte, flüsterte ich Mr Tile zu, Skink sei im Wald.

»Wer?«, entgegnete er.

Offenbar hatten sie Folgendes abgemacht: Wenn der Gouverneur beschloss, zu verschwinden, akzeptierte Mr Tile das, ohne Fragen zu stellen. Er wusste, dass der alte Mann mehr persönlichen Freiraum brauchte als durchschnittliche Menschen. Ungefähr tausend Mal mehr, würde ich sagen.

Skink hatte sich davongemacht, weil er lange vor uns Nickels Boot gehört hatte. Er schien alles lange vor uns zu hören und zu sehen.

Während Nickels Boot sich vom Bach entfernte, suchten Malley und ich das Ufer ab, weil wir hofften, Skink noch einmal zu Gesicht zu bekommen – sei es, dass er uns kurz zuwinkte oder zuzwinkerte oder was auch immer. Ich weiß nicht, ob er uns beobachtete, wünschte es mir aber sehr.

»Skink ist angeschossen worden«, teilte ich Mr Tile mit.

»Wer?« Er legte mir den Arm um die Schultern, zog mich näher zu sich und sagte mit gedämpfter Stimme: »Dieser

Freund von uns ist nur schwer totzukriegen. Solange er noch aufrecht gehen kann, ist alles in Ordnung.«

Ich borgte mir Mr Tiles Handy, um Mom anzurufen, die wahnsinnig erleichtert war, meine Stimme zu hören. Ich erzählte ihr, dass das Taxi nochmals liegen geblieben und Mr Tile gerade rechtzeitig vorbeigekommen sei, eine absolut lahme Geschichte, die sie sicher nicht mal ansatzweise glaubte. Immerhin ersparte sie es mir, die Rechtsanwältin raushängen zu lassen und mich ins Kreuzverhör zu nehmen. Sie war einfach zu glücklich, dass ich nach Hause kam. Hinterher sprach Malley mit Tante Sandy und Onkel Dan und behauptete danach, die beiden seien »verrückt vor Freude«.

Mr Tile brachte uns alle in einem Motel in Panama City unter und am nächsten Morgen brachen wir nach Loggerhead Beach auf. Wie sich herausstellte, hatten er und meine Mutter mindestens dreimal am Tag miteinander telefoniert. Nur weil er ihr ständig versichert hatte, dass mit mir alles in Ordnung sei – obwohl er das manchmal gar nicht genau wusste –, war sie nicht durchgedreht und hatte die Polizei aus dem Spiel gelassen.

Mom wusste ebenso wenig wie Mr Tile, was sich auf dem Fluss ereignet hatte. Als er den grauen Malibu an der Road-20-Brücke entdeckt hatte, hatte er angenommen, der Gouverneur und ich seien in den Wald gegangen, um nach dem falschen Talbo Chock und meiner Cousine zu suchen. Mr Tile mietete einen Hubschrauber, doch dann machte ihm das schlechte Wetter einen Strich durch die Rechnung. Als er zur Brücke zurückkehrte, war der Malibu verschwunden.

Später am Nachmittag fand er ihn wieder, mit Dime am Steuer. Danach fuhren sie beide sofort zu Nickel und machten sich mit dessen Boot auf die Suche. Sie hatten weniger als eine halbe Stunde gebraucht, um uns auf dem Choctawhatchee zu finden.

Die Autofahrt nach Loggerhead Beach dauerte den ganzen Tag. Als ich Mr Tile im Scherz anbot, ihn mal am Steuer abzulösen, lachte er und verlangte den gefälschten Führerschein zurück. Der Malibu war bereits auf einem Autotransporter nach Atlanta unterwegs, wo er versteigert werden sollte. Mr Tile erklärte, dass Skink ein Fahrzeug nie mehr als ein Mal benutzte und Unternehmungen vorzog, wo er selbst nicht mit dem Auto fahren musste.

»Gehört das ganze Geld im Schuhkarton ihm?«, fragte ich.

»Vor Jahren hat er etwas Geld geerbt, das ich für wohltätige Zwecke spenden sollte. Ohne ihm etwas davon zu sagen, habe ich ein paar Dollar für ihn beiseitegelegt, nur für alle Fälle.« Mr Tile zwinkerte mir zu. »Was ganz gut war.«

Ich nahm auf dem Rücksitz Platz, weil Malley unbedingt vorn sitzen wollte, um die Kontrolle über die Musik zu haben. Obwohl die Limousine kein Satellitenradio hatte, entdeckte sie einen akzeptablen, Justin-Bieber-freien Sender. Als keine anderen Autos in der Nähe waren, erlaubte Mr Tile ihr sogar, mal kurz das Blaulicht einzuschalten.

Er stellte uns eine Menge Fragen über Tommy Chalmers, setzte Malley aber nicht zu, um jedes hässliche Detail ihres Kidnappings herauszubekommen. Er benahm sich absolut wie ein Gentleman.

Zum Thema Skink hatte er nur noch zu sagen, dass sie alte Freunde waren und sich sehr gut verstanden. Wir erzählten dem Polizisten (der, wie ich mir schon gedacht hatte, pensioniert war), dass der Gouverneur, nachdem er einen seltsamen Anfall gehabt hatte, bewusstlos zusammengebrochen war und dass wir angenommen hatten, er liege im Sterben, doch dass er dann wieder zu sich gekommen war, als wäre nichts geschehen, und behauptet hatte, er sei nur in Trance gefallen.

»Tja, wer weiß?«, meinte Mr Tile.

»Machen Sie sich denn gar keine Sorgen um ihn?«, fragte Malley.

»Doch. Ständig.«

»Sie haben einem Reporter erzählt, Skink sei tot«, sagte ich. »Das habe ich im Internet gelesen.«

»Das war seine Idee. Was wollt ihr zwei eigentlich der Polizei über euren schillernden Reisegefährten erzählen?«

Ich sah meine Cousine von der Seite an. Sie schüttelte den Kopf.

»Macht, was immer ihr für richtig haltet«, sagte Mr Tile. »Er wird für alles Verständnis haben.«

»Wer ist *er*? Ich weiß gar nicht, von wem Sie reden«, entgegnete ich. »Irgendein Fremder hat mich im Auto in den Nordwesten mitgenommen. Der Typ hat mir noch nicht mal seinen Namen verraten!«

Mr Tile kicherte. »Na bestens!«

»Das Problem ist meine Mom. Sie weiß, wer *er* wirklich ist.«

»Deine Mutter ist extrem froh, dass ihr zwei gesund und

munter seid. Ich glaube nicht, dass sie daran interessiert ist, dem Gouverneur Ärger zu machen.«

Mr Tiles Handy klingelte, ein simpler Standardklingelton. Das Gespräch dauerte mehrere Minuten. Er sagte wenig und hörte hauptsächlich zu. Nach dem Telefonat fragte ich, ob das Skink gewesen sei. Nein, sagte er, das sei der Sheriff von Walton County gewesen, ein weiterer alter Kumpel.

Ein Angler hatte die Leiche von Malleys Kidnapper entdeckt. Sie hatte unter einem im Wasser treibenden Gewirr von Ästen gesteckt, wo der Alligator sie als Nachtisch deponiert hatte.

Doch der Tote hieß gar nicht Thomas Chalmers. Auch diesen Namen hatte er gestohlen, und zwar einem Krabbenfischer in Dulac, Louisiana, der vor zwei Jahren tödlich von einem Blitz getroffen worden war.

Die Fingerabdrücke der Leiche im Choctawhatchee gehörten einem sechsundzwanzigjährigen Mann namens Terwin Crossley, geboren in Hattiesburg, Mississippi. Sein letzter bekannter Aufenthaltsort war Valparaiso, Florida, wo er angegeben hatte, von Beruf Dachdecker zu sein. Sein Vorstrafenregister umfasste Verurteilungen wegen bewaffneten Einbruchs, Scheckfälschung und schweren Stalkings.

Die Initialen T. C. waren die einzige zutreffende Information über sich selbst, die er meiner Cousine gegeben hatte.

»Ich bin ja so blöd«, sagte sie in verzweifeltem Ton.

»Nein, du bist sehr jung«, erwiderte Mr Tile, »und er war ein ganz übler Typ.«

Der Sheriff habe noch mehr zu berichten gehabt, sagte

Mr Tile. »Morgens um drei Uhr siebenunddreißig hat der Fahrer eines UPS-Lieferwagens die Polizei angerufen, weil er auf der Straße eine verdächtige Person beobachtet hatte ...«

»Moment mal«, unterbrach ich ihn. »Sie reden von heute?«

»Ja, von heute Morgen«, sagte Mr Tile. »Der Fahrer gab an, in Ebro, das ein paar Meilen westlich von der Choctawhatchee-Brücke liegt, eine Person gesehen zu haben, die neben einem überfahrenen Tier kniete. Der Fahrer sagte, das tote Tier sei entweder ein Kojote oder ein streunender Hund gewesen. Der betreffende Mann hatte ein Taschenmesser in der Hand und sah nach Ansicht das Fahrers so aus, als sei er nicht ganz richtig im Kopf.«

»Ist ja der Knaller«, sagte Malley.

»Er trug eine Camouflagehose und eine Duschhaube. Der UPS-Fahrer hupte, damit er ihm aus dem Weg ging.«

»Und was ist dann passiert?«, fragte ich.

»Dann hat der Mann seine Hose runtergelassen und dem Fahrer seinen nackten Hintern gezeigt.«

»Klasse!«, begeisterte sich Malley.

»Als die Polizei eintraf, war der Mann verschwunden«, fuhr Mr Tile fort. »Der Kojote ebenfalls.«

»Na ja«, sagte ich. »Immer noch besser als Blutegel.«

Am Tag nach unserer Rückkehr wurde ich mehrere Stunden lang von Trujillo befragt. Er erkundigte sich nicht ein einziges Mal, ob der Mann, der mich im Auto mitgenommen hatte, Clinton Tyree, der frühere Gouverneur von Florida, gewesen sei, sodass ich ihn genau genommen nicht anlügen musste. Ich sagte, irgendein fremder alter Mann habe mich nach Nordwesten gebracht, was nahe genug an der Wahrheit dran war.

Der Kriminalbeamte fragte mich auch nicht nach angeblich ausgestorbenen Spechten. Warum hätte er das auch tun sollen?

Als ich noch nicht daran geglaubt hatte, dass es tatsächlich selbst heute Elfenbeinspechte gab, hatte Skink mir geschildert, was passieren würde, falls bekannt werden sollte, dass man einen Elfenbeinspecht gesichtet hatte: Die Gegend um den Choctawhatchee würde von Neugierigen überschwemmt werden, überall würden Souvenirläden entstehen, und alle möglichen Raffzähne würden versuchen, aus dem Vogel Profit zu schlagen. Skink hatte gesagt, der Elfenbeinspecht, den er gesehen hatte, sei vielleicht der Letzte seiner Art auf dem ganzen Planeten, vielleicht aber auch der Erste einer neuen, robusteren Generation, doch so oder so verdiene er Ruhe und Frieden. Das hätte er auch über sich selbst sagen können.

Ich habe den Elfenbeinspecht in dieser Geschichte erwähnt, weil er der Schlüssel zu allen weiteren Ereignissen war, die Hauptspur, die mich zu Malley führte. Außerdem glaube ich, dass man diesen speziellen Vogel erst wiedersehen wird, wenn er selbst es so will. Dasselbe gilt für Skink.

Das Gespräch meiner Cousine mit Trujillo und einer Kriminalbeamtin dauerte ungefähr fünf Stunden. Danach wurde der Fall offiziell abgeschlossen und die »Helft uns Malley zu finden«-Plakate wurden entfernt. Die Polizei veröffentlichte eine Presseerklärung, in der es hieß, dass Malley wieder zu

Hause sei, und in der die Medien gebeten wurden, die Privatsphäre der Familie zu respektieren. Außerdem wurde in der Presseerklärung mitgeteilt, dass der mutmaßliche Entführer Malleys bei einem Unfall ertrunken war, bevor die Polizei ihn hatte festnehmen können. Die gruseligen Details ließ man weg.

Der graue Koffer voller Beweismaterial, den wir Trujillo übergeben hatten, landete irgendwo in einem Polizeidepot. Es gab niemanden mehr, gegen den man hätte ermitteln oder den man hätte verhaften können. Terwin Crossley hatte seine Tat allein begangen und war allein gestorben.

Fairerweise muss man sagen, dass Alligatoren nicht oft Menschen umbringen. Das passiert höchstens ein- oder zweimal im Jahr, was sich zunächst nach viel anhört. Wenn man allerdings bedenkt, dass es in Florida über eine Million Alligatoren und achtzehn Millionen Einwohner gibt, muss man zugeben, dass Hummeln statistisch gesehen wesentlich gefährlicher sind.

Das Erste, was meine Cousine bei ihrer Rückkehr nach Hause machte, war, sich die schwarze Haarfarbe auszuwaschen. Außerdem wurde sie von einem Arzt untersucht, der feststellte, dass mit ihr alles in Ordnung war. Die Abdrücke der Handschellen an ihren Handgelenken sind bereits verschwunden. Einmal in der Woche geht sie zu einer Psychiaterin – einer »Seelenklempnerin«, wie Malley sagt –, und ich glaube, das hilft ihr.

Manchmal reden Malley und ich über das, was an jenem Nachmittag auf dem Fluss geschehen ist. Wir haben einen

Mann sterben sehen, was uns beiden Albträume bescherte. Obwohl T. C. ein Mistkerl war, war es schaurig, so etwas mit ansehen zu müssen.

Wenn ich ihn nicht mit dem Angelhaken erwischt hätte, wäre er wahrscheinlich nicht ins Wasser gefallen und nicht von dem Alligator gepackt worden. Andererseits hätte er sich, wenn er unschuldig gewesen wäre, überhaupt nicht dort draußen befunden und hätte nicht versucht zu fliehen.

Ich habe keine Ahnung, was für eine Kindheit Terwin Crossley gehabt hat, ob seine Eltern freundlich und liebevoll oder kaltherzig und grausam waren. Vielleicht war er eines dieser Kinder, die nie die Chance hatten, ein anständiger Mensch zu werden. Vielleicht war er aber auch von Geburt an ein Widerling.

Wie auch immer: Was ihm passiert ist, hat mir – nach allem, was er Malley angetan hat, nach den perversen Drohungen, die er zum Schluss noch ausgestoßen hat – nicht gerade das Herz gebrochen. Meiner Ansicht nach verdient der Alligator, der T. C. aufgefressen hat, einen Orden. Vielleicht komme ich für diese Aussage in die Hölle, aber sie entspricht nun mal der Wahrheit. Wie meine Cousine das sieht, weiß ich nicht, weil sie sich nie zu diesem Thema geäußert hat.

Wir werden nie erfahren, ob der Alligator, der Terwin Crossley schnappte, derselbe war wie der, der zwei Tage zuvor mit unserem Kanu davongeschwommen war. Nachdem man die Leiche des Kidnappers entdeckt hatte, legten die Beamten vom Naturschutz in der ganzen Gegend mit Ködern versehene Haken aus, wie man es immer macht, wenn ein Alligator einen Menschen getötet hat. In den meisten Fällen erwischt man dann den Übeltäter.

Diesmal jedoch nicht. Man fing nichts, nicht mal einen blöden Knochenhecht.

Malley und ich fragen uns nach wie vor, ob Skink irgendwie wusste, was mit T. C. passieren würde, und zwar schon bevor der Alligator auftauchte – ob es also möglich ist, dass ein Mensch so eng mit der Natur verbunden ist, dass er eine fast mystische Art von Intuition entwickelt. Die Reaktion des Gouverneurs auf dieses schockierende Ereignis war so gelassen und sachlich gewesen, dass man sich unwillkürlich fragte, ob er die ganze Zeit etwas in der Art erwartet hatte.

Malley ist nicht hundertprozentig davon überzeugt, dass es so war, und ich auch nicht.

Ich glaube jedoch, dass man manche Dinge nicht verstehen kann. Und außerdem glaube ich an Karma.

Ich habe meiner Mutter nicht verraten, dass Skink mir das Autofahren beigebracht hat. Damit will ich sie überraschen, wenn ich alt genug bin, um den Führerschein zu machen.

An einem Wochenende fuhren wir nach Saint Augustine, um uns mit Kyle und Robbie zu treffen, die dort an einem Surfwettbewerb teilnahmen. Auf dem Hinweg erwähnte Mom etwas, das man wohl als irren Zufall und auch als Ironie des Schicksals bezeichnen könnte: Ihre Mutter, meine verstorbene Oma Cynthia, hatte damals, als Clinton Tyree für das Amt des Gouverneurs kandidierte, Wahlkampfplaketten und Autoaufkleber für ihn verteilt. Seltsam, aber wahr.

An jenem Abend nahmen meine Brüder mich nach dem Dinner beiseite und quetschten mich über das Abenteuer um Malley aus. Sie sagten, ich hätte »gewaltigen Mumm«, weil ich allein losgezogen sei, um sie ausfindig zu machen. Ich musste mich gehörig zusammenreißen, um ihnen nichts von Skink zu erzählen, der meiner Ansicht nach der eigentliche Held der Rettungsaktion war.

Ganz abgesehen davon, dass er einer der coolsten alten Säcke ist, die es gibt.

Alles, was er gesagt hatte, stimmte. Der Roman von Rousseau, aus dem er zitiert hatte, heißt *Émile*. Das Shakespeare-Zitat stammte aus einem Stück namens *Coriolanus*. Das Wort »Melange« gibt es tatsächlich. Es bedeutet »Mischung« und reimt sich wirklich auf Orange.

Auch in puncto Linda Ronstadt hatte der Gouverneur recht – sie hat eine tolle Stimme. Ich habe mir ihr *Heart Like a Wheel*-Album runtergeladen, nachdem meine Mutter mir ein neues Smartphone gekauft hatte, als Ersatz für das, das auf dem Grund des Flusses lag. Ich bot ihr an, ihr das Geld zurückzuzahlen, doch das lehnte sie ab.

Was mir ganz recht war, weil ich das Geld für was anderes brauchte. Ich arbeitete wieder für den Autowaschservice – und zwar jeden Tag –, sodass ich genau zweihundert Dollar in der Tasche hatte, als ich in Saint Augustine in den Surfshop ging.

Der Besitzer Kenny, ein Freund meines Vaters, stand hinter dem Ladentisch. Nachdem ich ihm die Scheine hingeblättert hatte, sagte er »Danke« und legte sie in die Kasse.

»Willst du nicht wissen, wofür das ist?«, fragte ich.

»Für das Skateboard, das du letztes Jahr mitgenommen hast.« Kenny lächelte. »Sieh mal nach oben«, sagte er.

An der Decke über dem Ladentisch war eine Überwachungskamera angebracht. Im Laden gab es noch drei davon.

»Dann wusstest du also die ganze Zeit, dass ich es gestohlen hatte?«

»Du hast es nicht gestohlen, Richard. Du hast nur vergessen, es zu bezahlen. Ich wusste, dass du das eines Tages nachholen würdest.«

»Tatsächlich? Wieso?«

»Weil du Randys Sohn bist und weil er das genauso gemacht hätte.«

»Nein. Er hätte es gar nicht erst mitgenommen.«

»Vielleicht doch, falls er in jungen Jahren seinen Dad verloren und etwas Besonderes zur Erinnerung gebraucht hätte«, erwiderte Kenny. »Hast du das Brett schon ausprobiert?«

»Nein.«

»Das solltest du aber. Das würde ihn freuen.«

Als wir wieder zu Hause waren, holte ich das Skateboard aus seinem Versteck unter der Matratze hervor. Da ich nicht wollte, dass Mom der Anblick traurig machte, wartete ich, bis sie in die Kanzlei gegangen war. Dann setzte ich meinen Helm auf und fuhr mit dem Brett die A1A entlang.

Mann, ist das Ding schnell.

Natürlich war keine Rede mehr davon, Malley aufs Internat zu schicken. Nach allem, was passiert war, wäre es Onkel Dan und Tante Sandy wohl am liebsten, wenn sie bei ihnen wohnen würde, bis sie fünfunddreißig oder so ist. Das Ganze hat die beiden jedenfalls echt mitgenommen. Malley versprach, nicht mehr ganz so widerspenstig und aufmüpfig zu sein, ein Versprechen, das sie bisher gehalten hat. Ihre Eltern sind ständig dabei, sie anzurufen oder ihr eine SMS zu schicken, was verständlich ist, Malley jedoch tierisch nervt.

Letzte Woche hat die Schule wieder angefangen, in der Malley wegen des Kidnappings natürlich *der* Star ist. Die ganze Aufmerksamkeit ist ihr unangenehm, was meiner Cousine so gar nicht ähnlich sieht. Sie hat sogar ihre Facebook-Seite geschlossen und sich bei Twitter abgemeldet. Manchmal wird sie in den Schulgängen von anderen Kindern angesprochen und zu T. C. befragt – wer er war, wie er auf sie gekommen ist –, und dann erzählt sie ihnen zumindest ein paar schlimme Sachen, um sicherzustellen, dass ihnen nie so etwas zustößt.

Vor ein paar Tagen hat sie für den Fünftausendmeterlauf weniger als siebzehn Minuten gebraucht. Wenn das bei einer Sportveranstaltung passiert wäre, wäre das für ein Mädchen in ihrem Alter ein neuer Rekord gewesen. Doch Malley war allein gerannt, mit der Stoppuhr in der Hand, wie sie es jeden Morgen macht. Sie sagt, das sei ihr lieber, weil sie dann von niemandem eingeholt werden kann.

Was sie nicht weiß, ist, dass sie nie wirklich allein ist, wenn sie ihre Runden dreht. Einer von uns hält sich immer in der Nähe des Sportplatzes auf, nur um sicherzugehen, dass sich dort keine Pseudo-Talbos herumtreiben. An manchen Tagen stehe ich auf dem Beobachtungsposten, an anderen Onkel Dan, Tante Sandy oder Mom. Selbst Trent macht mit. Wir haben bestimmte Verstecke, von wo aus wir alles überblicken können.

Obwohl T. C. keine Gefahr mehr für Malley darstellt, passen wir immer noch wie die Schießhunde auf sie auf. Vielleicht ändert sich das eines Tages, aber da bin ich mir nicht so sicher.

Apropos Trent: Es ist ihm tatsächlich endlich gelungen, zwei Häuser zu verkaufen, eines davon ein wunderschönes Anwesen direkt am Meer. Zur Feier des Tages hat er meiner Mutter eine Jadekette geschenkt, für sich selbst hat er einen neuen Satz Golfschläger gekauft und mir hat er eine tolle Angelrute spendiert.

Dann lud er uns zum Essen in sein Lieblingssteakhaus ein, und okay, ich konnte es mir nicht verkneifen, ihn zu fragen, ob er die Legende vom Sumpfzombie kenne.

»Was zum Teufel ist ein Sumpfzombie?«, fragte er interessiert.

»Das ist so was wie ein Bigfoot, nur schlauer und noch unzivilisierter. Ich hab tatsächlich einen in Aktion gesehen. Dem hingen Truthahngeierschnäbel am Bart.«

Meine Mutter wusste, von wem ich sprach. Sie warf mir einen Zieh-deinen-Stiefvater-nicht-durch-den-Kakao-Blick zu.

»Von dem hab ich noch nie was gehört«, sagte Trent und zog eine Augenbraue hoch. »Du willst mich wohl auf den Arm nehmen, wie?«

»Stimmt. Es gibt keine Sumpfzombies.«

Am nächsten Abend hatte ich mein erstes Date mit Beth. Wir gingen in einen Will-Farrell-Film, und sie lachte fast genauso laut wie ich, was ein gutes Zeichen war. Am kommenden Wochenende wollen wir mit meinem Skiff zum Angeln rausfahren. Beth hat sich offiziell von Taylor getrennt, sodass in diesem Bereich alles klar ist.

Bloß dass Taylor jetzt dauernd Malley ansimst und sie bittet, mit ihm auszugehen. Sie antwortet ihm jedes Mal, das könne er sich abschminken, und zwar in ungefähr dreizehn verschiedenen Sprachen. Malley hat nämlich eine App, die ihre sarkastischen Bemerkungen ins Spanische, Französische, Deutsche, Griechische und mehrere andere Sprachen übersetzt.

Meine Cousine kann ganz schön brutal sein.

Mr Tile sprach mir eine Nachricht aufs Band und sagte, ich solle ins Internet gehen und einen Artikel lesen, der wenige Tage, nachdem wir Walton County verlassen hatten, im *Pensacola News Journal* erschienen war. Der Artikel hatte folgende Überschrift:

ANONYMER SPENDER EHRT
GEFALLENEN MARINE

In dem Artikel hieß es, ein Unbekannter habe im Namen von Earl Talbo Chock, einem jungen, in Afghanistan gefallenen Marine, am Northwest Florida State College einen Studienfonds eingerichtet.

Was die Spende so merkwürdig machte, war die ungerade Summe – 9720 Dollar – und die Tatsache, dass sie aus Bargeld bestand und von der Post in einem einfachen Schuhkarton zugestellt wurde, zusammen mit einem kurzen handschriftlichen Brief, in dem der Verwendungszweck erläutert wurde.

Laut Zeitungsbericht hatten die Eltern von Talbo Chock großes Interesse daran, den geheimnisvollen Wohltäter persönlich kennenzulernen, um ihm oder ihr für diese großzügige Ehrung zu danken. Sie sagten, vor Kurzem sei ein Obdachloser am Grab ihres Sohnes beobachtet worden. Er habe kerzengerade dagestanden und vor dem weißen Kreuz salutiert. Als ein Friedhofsarbeiter ihn ansprach, habe der Fremde eine »unhöfliche Geste« gemacht und sei davongehumpelt.

Talbo Chocks Eltern fragten sich, ob dieser Obdachlose wohl derjenige gewesen sei, der den Schuhkarton mit Geld ans College geschickt hatte, und baten die Öffentlichkeit um Hilfe bei seiner Identifizierung.

Ich versuchte mindestens ein halbes Dutzend Mal, Mr Tile zurückzurufen, erwischte aber immer nur seine Mailbox. Offenbar hatte er mir nicht mehr zu sagen. Er hatte uns nur wissen lassen wollen, dass mit Skink alles in Ordnung war. Ich druckte den Artikel aus und gab ihn Malley, als wir wieder eine unserer Strandtouren machten.

Der Dreiviertelmond sah wie ein reifer, über dem Meer aufsteigender Pfirsich aus. Nie werde ich die Farbe des Himmels vergessen, weil wir in jener Nacht zum ersten Mal auf eine Mutterschildkröte stießen, die ihre Eier ablegte.

Wir hatten weniger als einen Kilometer zurückgelegt, als wir frische Schildkrötenspuren entdeckten, die vom Wasser zum Rand der Dünen führten. Dort hatte eine riesige Unechte Karrettschildkröte ein Loch gegraben, das so breit war wie ihr Panzer. Als ich den Strahl meiner Taschenlampe auf das Loch richtete, sahen wir, wie die Eier hineinfielen.

Die Schildkröte schnappte weder nach uns, noch versuchte sie, davonzukriechen. Sie blinzelte bloß mit ihren großen feuchten Augen und schnaufte angestrengt: eine erschöpfte alte Mama, die ihrer Arbeit nachging.

Sie war schon früher an dieser Stelle gewesen, und ihre weiblichen Nachkommen würden – sofern sie überlebten – ebenfalls zu diesem Strand zurückkehren, genau zu dieser Zeit im Sommer, um dort ihrerseits Eier zu legen.

Das ist ein Ritual, das es seit ungefähr hundert Millionen Jahren gibt. Unglaublich, aber wahr: Unechte Karrettschildkröten, Suppenschildkröten und Echte Karrettschildkröten schwammen schon im Meer herum, als der Tyrannosaurus Rex noch durch die Wälder streifte.

Nachdem Malley und ich Fotos von der Mutterschildkröte gemacht hatten, riefen wir bei der Naturschutzbehörde an und gaben die genaue Position des Nests durch. Morgen würde man es mit pinkfarbenem Absperrband markieren. Blieb zu hoffen, dass Dodge Olney noch im Gefängnis saß.

Damit niemand auf das Nest aufmerksam wurde und die Mutterschildkröte störte, gingen wir weiter. Ab und zu fanden wir Eierschalen, die anzeigten, dass andere kleine Schildkröten geschlüpft waren. Einige von ihnen hatten es ins Meer geschafft, andere waren von Möwen oder von Waschbären gefressen worden. Das ist der Lauf der Natur. Trotzdem drücken Malley und ich immer den kleinen Schildkröten die Daumen.

An jedem markierten Nest blieb ich stehen, um den Strahl

meiner Taschenlampe auf den Sandhaufen innerhalb der Absperrung zu richten. Mehrmals kniete ich mich hin, weil ich meinte, etwas Ungewöhnliches entdeckt zu haben, was aber nie der Fall war.

Obwohl ich oft haltmachte, wurde Malley nie ungeduldig und verkniff sich jede sarkastische Bemerkung. Dieses Verhalten war etwas, das ich mir seit unserer Rückkehr vom Choctawhatchee angewöhnt hatte, etwas, das ich wahrscheinlich mein Leben lang tun werde.

Denn ich suchte nach einem Trinkstrohhalm, der aus dem Sand ragte.

© Elena Seibert

Carl Hiaasen

Carl Hiaasen, Autor, Journalist und Starkolumnist des *Miami Herald*, lebt mit seiner Familie in Florida. In seinen zahlreichen Romanen für Erwachsene und Jugendliche schreibt er bevorzugt über Floridas dunkle Seiten. Seine Bücher sind »einfach unverschämt unterhaltende, absolut berauschende Leseabenteuer« (*Washington Post*) und wurden in über 21 Sprachen übersetzt. Bei Beltz & Gelberg erschienen bereits *Eulen*, *Fette Fische*, *Panther* und *Echte Biester*.
www.carlhiaasen.com

Carl Hiaasen

Eulen

Aus dem Amerikanischen von Birgitt Kollmann
Roman, 352 Seiten (ab 11), Gulliver TB 74106

Roy ist neu in Florida und er hasst dieses flache Land und die Hitze. Dass der Widerling Dana Matherson es auf ihn abgesehen hat, macht es nicht besser. Doch hätte der ihn nicht gegen das Schulbusfenster gedrückt, hätte Roy auch nicht den barfüßigen Jungen wegrennen sehen … oder Beatrice kennen gelernt. Und in die Sache mit den Eulen wäre er erst recht nicht verwickelt worden.

Carl Hiaasen

Panther

Aus dem Amerikanischen von Birgitt Kollmann
Roman, 384 Seiten (ab 12), Gulliver TB 74214

Matsch und Moskitos – Nick und Marta können sich Aufregenderes vorstellen als einen Ausflug in die Schwarzrankensümpfe!
Aber dann bricht ein Buschfeuer aus und Mrs. Stark verschwindet. Nick und Martas Nachforschungen führen direkt in die Sümpfe, hinein in das Revier der Panther. Doch hier ist was faul, seltsame gefährliche Dinge passieren – und dann fallen Schüsse …

GULLIVER

www.beltz.de
Beltz & Gelberg, Postfach 10 01 54, 69441 Weinheim

Carl Hiaasen

Echte Biester

Aus dem Amerikanischen von Michael Koseler
Roman, 331 Seiten (ab 12), Gulliver TB 74532
Ebenfalls als E-Book erhältlich (74414)

Als Sohn eines Tiertrainers bringt Wahoo Cray so schnell nichts aus der Ruhe. Bis ein Filmteam der Realityshow »Expedition Überleben!« auftaucht: Derek Badger, der Star der Sendung, will unbedingt mit echten Biestern kämpfen, obwohl er kaum in der Lage ist, eine Fliege zu fangen. Erst bringt er alle zur Weißglut, dann verschwindet er lädiert und verwirrt in den Everglades. Wahoo macht sich auf die Suche nach ihm.

Carl Hiaasen

Fette Fische

Aus dem Amerikanischen von Birgitt Kollmann
Roman, 304 Seiten (ab 11), Gulliver TB 74007

Türkisblaues Wasser in den Florida Keys – oder weiterhin eine stinkende Kloake, in der Baden verboten ist? Noah und seine Schwester Abbey setzen alles daran, die Verbrecher zu erwischen, die das Abwasser eines Kasinoschiffs direkt ins Hafenbecken leiten. Schließlich sitzt ihr Vater deswegen unschuldig im Gefängnis …

GULLIVER

www.beltz.de

Beltz & Gelberg, Postfach 10 01 54, 69441 Weinheim

Luca Bloom

Ich, Elias

Roman, 144 Seiten (ab 14), Gulliver TB 74209

Eines Tages steht sie vor ihm: Zoe. Die Eine, die Wahre. Elias ist verliebt, entrückt und völlig durcheinander. Und Zoe lässt seine Träume in Erfüllung gehen. Die Welt steht still, wenn sie sich sehen. Doch Elias macht einen entscheidenden Fehler … Denn so ist sein Leben: Witzig, chaotisch, spannend und manchmal auch richtig tragisch.

S. A. Bodeen

Nichts als überleben

Aus dem Amerikanischen von Friederike Levin
Roman, 221 Seiten (ab 13), Gulliver 74581
Ebenfalls als E-Book erhältlich (74582)

Robie stürzt mit einem Flugzeug über dem Pazifik ab. Max, der Co-Pilot, rettet sie in ein aufblasbares Rettungsfloß – dann stirbt er. Robie muss ihn über Bord werfen und treibt tagelang auf dem Meer. Allein. Gnadenlos den Naturgewalten ausgeliefert. Sie hat Angst. Hunger. Durst. Panik. Hoffnung? Nur ein Gedanke lässt sie nicht aufgeben: Sie will nichts als überleben …

GULLIVER
www.beltz.de
Beltz & Gelberg, Postfach 10 01 54, 69441 Weinheim

Katja Brandis

Vulkanjäger

Roman, 365 Seiten (ab 14), Gulliver TB 74592
Ebenfalls als E-Book erhältlich (74451)

Jan wird von seinem Vater, dem berühmten Dokumentarfilmer und Vulkanologen, auf eine Reise zu den Vulkanen der Welt eingeladen. Mit der Besessenheit seines Vaters hat er nicht gerechnet. Auf der Jagd nach spektakulären Ausbrüchen begibt der sich regelmäßig in Lebensgefahr. Erst ein Abstecher nach Neapel zum schlafenden Vesuv verspricht ruhige Tage – und Jan begegnet der wunderbaren Giulia. Dass der Vesuv einer der gefährlichsten Vulkane der Welt ist, wird Jan erst klar, als es beinahe zu spät ist …

Katja Brandis

Floaters. Im Sog des Meeres

Roman, 475 Seiten (ab 13), Gulliver TB 74738
Ebenfalls als E-Book erhältlich (74267)

Das Jahr 2030: Im Pazifik treibt ein gigantischer Teppich aus Plastikmüll. Der Umweltaktivist und Milliardär Benjamin Lesser will das Meer säubern und den Müllstrudel recyceln. Mit an Bord seines Spezialschiffes sind die Zwillinge Danilo und Malika. Doch Müll-Piraten und »Floaters« haben längst begonnen, die Abfälle auszubeuten, sie verteidigen erbittert ihr Revier. Und mitten auf dem Pazifik trifft Malika einen Jungen, dem sie nie hätte begegnen dürfen …

GULLIVER

www.beltz.de
Beltz & Gelberg, Postfach 10 01 54, 69441 Weinheim

Matt Dickinson

Die Macht des Schmetterlings

Aus dem Amerikanischen von Alan C. Lyne
Roman, 352 Seiten (ab 14), Gulliver 74593

Ein Schmetterling erschreckt ein Kaninchen und löst dadurch eine katastrophale Kettenreaktion aus, die das Leben von Menschen an verschiedenen Orten der Welt beeinflusst, verändert oder gar beendet. Von einem Mädchen auf dem Mount Everest über einen Jungen in Afrika, einer Pilotin in England oder einem Attentäter in Amerika. Ihre Schicksale sind unausweichlich miteinander verwoben, das Chaos kennt keine Grenzen. Doch wer von ihnen wird am Ende überleben – und wie?

Christoph Wortberg

Der Ernst des Lebens macht auch keinen Spaß

Roman, 192 Seiten (ab 14), Gulliver 74659
Ebenfalls als E-Book erhältlich (74450)

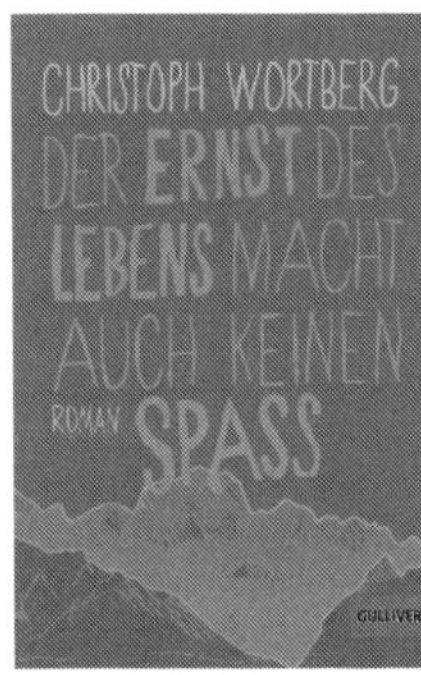

Lenny hat seinen älteren Bruder Jakob immer bewundert. Den Großen, den Alleskönner. Doch jetzt ist Jakob tot. Lenny beginnt, Fragen zu stellen. Wer war sein Bruder? Wer ist er selbst? Und was, zum Teufel, ist der Sinn des Lebens ohne Jakob? Da trifft Lenny auf Rosa. Sie kannte seinen Bruder. Besser als er ahnt …

GULLIVER www.beltz.de
Beltz & Gelberg, Postfach 10 01 54, 69441 Weinheim